오션토피아

오션토피아

고예나 연작소설

팔일오

차례

아쿠아리움 편

옥토

—잠시 후 '옥토 쇼 타임'이 시작됩니다. 아쿠아리움에 오신 방문객들께서는 관람을 원하시면 옥토 수조 앞으로 모여주시면 감사하겠습니다. 다시 한번 알려드립니다……

아쿠아리움의 백미라고 할 수 있는 '옥토 쇼 타임' 알림 방송이 곳곳에서 울리자 흩어져 있던 방문객들은 앞을 다퉈 몰려들었다. 선반에 비치된 방석을 하나씩 쥔 이들은 자리를 채워나갔다. 얼마 지나지 않아 수조 앞은 발 디딜 틈이 없을 정도로 만원을 이루었다. 아쿠아리스트 영인이 옥토 수조가 있는 단상으로 걸어 나오자, 마이크를 잡은 사회자는 이들을 힘찬 박수로 응원해달라고 외쳤다. 영인이 허리를 구부려 인사하자 수조 안에 있던 옥토 역시 몸통을 구부려 인사하는 제스처를 취했다. 카메라 셔터 소리가 일제히 터져 나왔다.

—갈색과 흰색이 섞인 이 흉내문어는 일반 문어보다 몸이 가늘고 다리가 길어요. 그래서 얼핏 보면 낙지처럼 보이기도 하죠.

영인이 수조 안으로 손을 집어넣자 옥토의 빨판이 그녀의 손을 잡았다 놨다를 반복했다. 몸통을 인간의 손 모양처럼 만들어 영인과 악수를 하는가 하면 던지는 공을 주워 오기도 했다. 본격적인 쇼 타임이 시작되기 전 갖가지 잔기술을 보여주는 워밍업이었다.

—흉내문어의 피부에는 색소 세포가 있는데 근육과 연결되어 있어요. 근육이 색소 세포를 수축시키면서 순식간에 몸의 색을 바꾸는 거죠. 심지어 질감까지 바꿀 수 있답니다.

영인이 수조 속으로 미로 모형을 집어넣자 옥토는 마치 처음 접한 것처럼 신중하게 다가갔다. 공간을 탐색하여 줄을 치는 거미처럼 모든 다리를 이용하여 공간을 감지한 옥토는 요리조리 미로를 헤쳐 나갔다. 때론 장대를 뛰어넘듯 높은 벽을 기어오르기도 했고 다리를 모았다가 쭈욱 뻗치며 로켓이 발사하는 것 같은 모양새로 나아가기도 했다.

'오늘따라 영인이가 기분이 좋아 보이네. 명민인가 뭔가 하는 남친이라도 왔나?'

옥토는 관객을 휘익 둘러보았다. 영인에게 관심을 보이는 남성이 가끔 일터로 찾아온다는 것을, 그리고 폐장시간까지 기다렸다가 함께 나간다는 것도 알고 있었다. 옥토가 처음부터 영인의 감정이나 기분을 읽었던 건 아니었다. 그러나 함께하는 시간이 길어질수록 그녀의 속마음을 조금씩 헤아리게 되었다. 어느 순간 그 남성을 바라보는 영인의 시선이 진중해졌다는 것도 끈덕진 관찰을 통해 얻은 결과였다. 옥토는 언제부턴가 영인과 호흡을 맞추는 이 쇼 타임이 기다려졌다. 그녀가 자신을 특별하게 여긴다고 느끼기 시작한 때부터였을까. 누군가 너무도 좋아지면, 그래서 온 마음을 다해 흠모하게 되면 상대에 대한 모든 것이 저절로 깨우쳐졌다. 그것은 자연의 이치였다.

드디어 미로의 마지막 관문까지 통과한 옥토는 수조 밑에 깔려 있는 진흙 속으로 들어갔다. 그리고 몸의 색을 진흙 색과 비슷하게 변화시켰다.

—엇, 문어가 없어졌다!

앞줄에 앉은 꼬마의 말이 끝나기가 무섭게 옥토는 진흙에서 나와 본래의 몸 색깔로 돌아갔다. 그러곤 장식용 수초를 머리 위에 얹고는 좌우로 왔다 갔다 하며 우스꽝스러운 모습을 연출했다. 예상했던 대로 적절한 폭소가 튀어나왔다. 옥토는 폭소가 희미해져 갈 무렵 자신의 머리와 몸통을 수초의 색깔과 질감으로 바꾸었다. 커다란 수초더미가 마구 돌아다니는 것 같은 형국이 연출되자 아까보다 더 큰 웃음이 터져 나왔다.

—흉내문어는 먹물이 없기 때문에 천적을 피할 때도 흉내 내기 필살기를 쓴답니다.

이제 마지막 변신만을 앞두고 있었다. 영인의 호흡에 맞춰 옥토가 피부의 질감을 바꾸려던 그때 저 멀리서 낮익은 음성이 내리꽂

혔다.

"대-왕-문-어-님!"

그 짧은 단어는 옥토를 자신의 고향으로 순식간에 옮겨놓았다. 온갖 바다생물들이 양옆으로 늘어서서 대왕문어의 길을 터주고 있었다. 그렇다. 옥토는 아쿠아리움에 잡혀 오기 전 바다를 관장하던 통치자였다. 자신의 모습이 섬광처럼 번쩍이던 찰나, 아까보다 더 생생한 음성이 옥토의 세 심장을 관통했다.

"대-왕-문-어-님!"

옥토는 이제 이성적 사고를 할 수 없을 지경에 이르렀다. 이러한 사실을 전혀 알지 못한 영인은 관객들을 향해 마지막 멘트를 던졌다.

—자, 무엇으로 변신했죠? 바로 기다란 바다뱀으로 변신 성공!

—바다뱀 아닌데요.

영인은 장난치는 관객들이 으레 있는 걸 알았기에 여유 있는 웃음으로 응수했다.

—에이, 거짓말하면 안 되죠. 여기 바다뱀……

수조를 가리키던 영인은 말을 끝맺지 못했다. 수조 안엔 며칠 전 자신이 바다에서 데리고 온 장수거북 한 마리가 들어 있었다. 영인은 그런 옥토를 뚫어져라 쳐다보았다. 아무것도 모르는 방문객들은 그저 힘찬 박수를 보낼 따름이었다.

영인의 속마음이 물결을 타고 전해져 왔지만 이미 옥토는 바다뱀이 될 의지를 상실한 뒤였다. 인간에게 잡혀가던 날 마지막까지 바위 뒤에 숨어 절규했던—자신을 애타게 부르며 울부짖던—충복의 목소리가 다시금 환청처럼 들려왔다.

조우

방문객들은 관람이 끝나면 하나같이 요의를 느꼈다. 화장실을 찾기 위해 주위를 살피면 이상하게도 보이는 건 기념품 숍뿐이었다. 화장실 위치를 묻기 위해 숍에 살포시 발이라도 들여놓을라치면 메이드 인 베트남이 붙어 있는 수백 개의 봉제인형들이 일제히 추파를 던졌다. 평소 인형에 관심이 없는 방문객들도 홀려서 스윽 보다 보면 두어 개는 자신의 취향에 얼추 맞아들었다. 게다가 '지금부터 30분 동안 20% 할인'이라는 문구의 전광판이 머리 위에서 반짝이면 판단력이 흐려질 수밖에 없었다. 그러나 실눈으로 확인한 가격표에 놀라 망설이는 게 대부분의 수순이었다. 하지만 온 김에 뭐라도 하나 사갈까 싶어 조약한 볼펜이라도 만지작거리고 있다 보면 결국 요의를 참을 수 없게 되어 후다닥 계산대로 직행하게 되었다. 그렇게 기념품을 손에 쥐고 나오면 신기하게도 이때까지 보이지 않던 화장실이 눈앞에 나타났다. 참으로 기적 같은 아쿠아리움이 아닐 수 없었다.

폐장 시간이 되자 방문객뿐 아니라 아쿠아리스트들도 일제히 빠져나갔다. 지하의 아쿠아리움엔 오직 바다생물만이 남았다. 이

때만을 기다리고 있던 옥토는 몸을 납작하게 만든 뒤 수조 뚜껑 사이를 빠져나왔다. 벽에 밀착하여 감시 카메라가 없는 사각지대만을 골라 다리를 디뎠다. 수조 속의 바다생물들은 옥토에게 잠시 눈길을 주었다가 곧 시선을 거둬버렸다.

"아이고, 제가 대왕문어님을 알현하러 가야 하는데 이렇게 친히 오시다니요……"

장수거북은 수조 너머 자신을 보러 온 옥토를 향해 눈물을 쏟아냈다.

"아아… 대체 이게 얼마 만인 게냐!"

반가운 나머지 옥토는 무람없이 과거의 말투가 나왔다. 거북 수조에 붙어 있는 한글을 대강 살핀 옥토는 다시 입을 열었다.

"모래밭에서 구조되었단 걸 보니 알을 낳고 돌아가던 중 변을 당한 게로구나."

장수거북은 한숨을 푹 내쉬었다.

"머리카락이 긴 인간 여성만이 저를 풀어주자고 했지만 다수결로 인해 무산되었습니다."

옥토는 그 여성이 영인임을 보지 않아도 헤아릴 수 있었다. 어떤 표정으로 말했을지도 머릿속에 생생하게 그려졌다.

"제 수조에 붙어 있는 글, 너무 가증스럽지 않습니까? 특히 마지막 문장요. 거북이를 위해 일회용 빨대 사용 자제, 탄소중립실천을 위해 대중교통 생활화? 허 참……"

옥토는 자신의 발치 주변에서 뒹굴고 있는 일회용 빨대와 도장이 찍힌 주차권을 바라보았다. 평소엔 아무 생각 없이 지나쳤던 쓰레기더미였다.

"그래도 잡혀 온 보람이 있습니다. 어떻게 그동안 이런 곳에 갇혀 계셨던 거예요? 아까 대왕문어님이 인간 앞에서 묘기 부리는 걸 보곤 눈물이……"

옥토의 표정이 낭패감으로 살짝 덮이자 장수거북은 서둘러 입을 다물었다. 옥토는 그 시절 위엄을 갖추었던 자신의 모습을 되살리기 위해 목소리를 저음으로 깔곤 물었다.

"그래, 바다는… 잘 굴러가고 있는가?"

"겉으론 달라진 게 없어 보이지만 언제 터질지 모르는 시한폭탄 같다고나 할까요? 그러니 어서 컴백하셔야죠. 저와 함께 여길 탈출해요!"

단 한 번도 생각해본 적 없던 단어, '탈출'이 지난날 충복이었던 이의 입에서 거침없이 튀어나왔다. 옥토는 자신이 믿고 있던 견고한 세계의 한 축이 와르르 무너지는 걸 느꼈다.

'그래… 나는 질서와 규칙으로 바다 세계를 평정하던 대왕문어였어. 인간들 앞에서 재주나 부리고 박수나 받는 광대 따위가 아니었다고…… 아아, 나의 수하들은 어떻게 지내고 있을까?'

옥토는 지금까지 길고도 아득한 꿈을 꾼 것 같았다. 꿈속에선 분명 이 세계가 현실이라고 생각했는데 눈을 뜨자 모든 게 허상임이 까발려졌다.

"탈출하기로 마음을 정했노라."

"참으로 현명한 결단이십니다, 대왕문어님."

장수거북은 한 생물이 과거의 영광을 되찾아가는 모습을 기쁘게 지켜보았다.

"내 너무 오랫동안 타성에 젖어 있었느니……"

"내일이라도 당장 탈출하시죠."

"먼저 떠나거라."

"네?"

장수거북이 모가지를 치켜올렸지만 수조 밖의 옥토는 준엄하게 고개를 내저었다.

"떠나기 전 이곳에서 마무리 짓고 가야 할 일이 있어 그런다."

옥토는 영인과 마지막 인사도 나누지 않은 채 이렇게 떠날 순 없다고 생각했다. 내일 쇼 타임 때 어떠한 시그널을 보낸다면 영인은 기꺼이 그 뜻을 알아들으리라 믿어 의심치 않았다.

"그럼 언제쯤 탈출하실 겁니까?"

"잡혀 오던 날 달 모양을 보았는가?"

"보름달이었습니다."

"다시 만월이 뜨기 전에 반드시 돌아가도록 하겠네."

"만월의 빛이 부서지는 밤바다에서 대왕님을 기다리고 있겠습니다."

회의

한 달에 한 번 열리는 회의 날엔 모든 생물이 빠짐없이 참석했다. 정기적으로 개최되는 이 회의는 아쿠아리움에 사는 생물들에게 크나큰 자긍심을 심어주었다. 한곳에서 모든 생물들이 모이는 게 불가능할 것 같지만 어떻게든 방법은 있기 마련이었다. 어느 곳이든 개구멍은 존재했고 그곳을 통과하는 날다람쥐 같은 생물이 뭍이 아닌 물에도 있었다. 하지만 그럼에도 수조 밖을 나온다는 건 위험천만한 모험을 동반하는 일이었다. 물을 순환시켜 주는 펌프와 오염 물질을 제거하는 여과장치, 유해한 미생물을 제거하는 자외선 살균기와 각종 배관 장치로부터 빠져나와 자가 호흡으로 견뎌야 했기 때문이다. 그래서 회의 시간은 30분을 넘지 않았다. 덩치가 큰 연가오리와 얼룩말상어의 경우, 밖으로 나가는 것이 불가능하기에 천장과 바닥이 연결된 대형 돔 수조 안에서 회의를 보는 것이 용인되었다. 또한 몸의 대부분이 수분으로 이루어져 있어 찢어지기 쉬운 해파리는 수조 안에서 알전구 역할을 함으로써 회의에 임했다. 이들의 몸이 불빛에 투과되면 회의 장소 역시 조명에 따라 붉고 퍼렇게 달떴다.

제일 먼저 '주'와 '황' 개구리가 수조에서 나왔다. 평소에 갈고닦은 점프 실력으로 덮개를 쿵하고 밀어내자 틈이 생겼다. 이들은 뜀박질을 하여 매표소 직원 자리까지 이동했다. 책상에는 플라스틱 투명 텀블러가 놓여 있었다. '주'와 '황'이 텀블러에 들어가자 옥토가 나타나 그것을 들고 회의장으로 이동했다. 옥토의 다른 발에는 유리로 만든 그릇이 들려 있었다. 물이 담긴 그릇 속에는 시리얼 부스러기와 함께 흰동'가리'가 함께 들어 있었다. 몸의 형체를 길쭉하게 바꾼 옥토가 텀블러와 시리얼 볼을 쥐고 가는 모습은 마치 콜라와 팝콘을 들고 영화관으로 이동하는 인간의 그림자처럼 보였다.

회의장에 그것들을 둔 옥토는 다시 매표소 직원 자리로 향했다. 책상 옆엔 민트색 미니 냉장고가 있었다. 앙증맞은 정사각형 문을 열자 다이어트 보조식품과 냉동만두, 육포 같은 것들이 우당탕 쏟아졌다. 유통기한이 임박한 그것들을 바닥에 내동댕이친 뒤 끌고 온 장애인용 휠체어에다 냉장고를 비스듬히 기울여 실었다. 그러곤 사각지대만을 골라 휠체어를 훅훅 밀었다. 휠체어가 펭귄 수조 앞에 다다르자 대기하고 있던 '펭'이 냉장고 속으로 쏙 들어갔다. 옥토는 다음 목적지인 해마 수조로 이동했다. 냉장고 문손잡이에 '해'와 '마'의 꼬리를 나란히 걸고서 회의장으로 향하자 얼추 모든 이들이 모여 있었다. 옥토는 휠체어에 실린 냉장고를 내려놓은 뒤 콘센트에 플러그를 끼웠다. 저 멀리 폼폼크랩을 태운 불가사리와 그 뒤로 부지런히 기어 오고 있는 장수거북만 도착하면 될 성싶었다. 주황색 몸통에 오각형이 삐뚤빼뚤 채워져 있고 다리마다 검정 줄무늬가 그어져 있는 폼폼크랩은 크기가 작은 벌레만 하여 언뜻 보면 거미인지 착각할 정도였다. 하지만 양 집게발에 말미잘—치어리더 손에 든 응원용 수술 같은 폼폼—을 쥐고 있었기에 자세히 보면 곤충과가 아님을 알 수 있었다.

"내가 게라는 걸 잊었어? 앞이 아닌 옆으로 좀 가라고. 속이 미식거리잖아."

"남의 몸에 올라탄 주제에 무슨 명령질이야? 확 잡아먹어 버릴까 보다."

"흥, 그럼 무서워할 줄 알고?"

폼폼크랩은 눈 하나 깜박하지 않았다. 외려 불가사리 등에다 폼폼을 문질거리며 툴툴거리기까지 했다. 그 모습을 본 장수거북이 뒤에서 말을 걸어왔다.

"거기 두 생물, 제 등에 탈래요?"

"고맙지만 사양할게요."

"지금 남 걱정할 땐가?"

불가사리는 누구에게나 그러하듯 반말로 응수했다.

연가오리와 얼룩말상어는 생물들이 한자리에 모이는 모습을 대형 돔 수조 천장에서 흐뭇하게 내려다보았다. 그 사이로 작은 열대어들이 거대한 물고기 모양을 이룬 채 대기 중이었다. 열대어들 역시 회의에서 나름의 역할을 수행했는데 바로 시간 담당이었다. 이들이 대형 돔 수조를 여섯 바퀴 돌고 오면 회의는 그것으로 끝이 났다. 연가오리가 지느러미를 펄럭이며 신호를 보내자 열대어 무리가 첫 바퀴를 돌기 시작했다. 이를 지켜본 옥토는 앞으로 나와 무겁게 운을 뗐다.

"아주 옛날에 쇼펜하우어라는 인간이 그랬다고 합니다. 인생은

권태와 고통 사이에서 오가는 시계추와 같다고. 그렇습니다. 이제 우리는 결정해야 할 때가 왔습니다. 여기서 인간이 주는 먹이나 받아먹으며 죽음을 맞이할 것인가? 아니면 진짜 내 삶의 터전을 찾아 떠날 것인가?"

옥토의 말이 끝나기가 무섭게 장수거북이 맞장구를 쳤다.

"당연히 자유를 찾아 떠나야 합니다. 우리는 인간에게 조종이나 당하는 저급한 생물이 아니니까요."

이번엔 '황'개구리가 텀블러에서 폴짝 튀어나와 의견을 개진했다.

"오늘 주제는 자유인가요? 그런데 자유를 좇는 것이야말로 멍청한 짓 아닐까요? 여기 있으면 천적으로부터 공격당할 위험도 없고 먹이도 안정적으로 공급받잖아요."

같은 텀블러에 들어 있던 '주'가 뒤따라 나오더니 '황'의 말에 반박했다.

"평생 인간들에게 조종당하다가 죽고 싶으면 그래도 되겠죠. 하지만 깨인 생물들은 제 이야길 잘 들으세요. 안일함과 나태함으로 가득한 이곳에서의 삶을 우리도 이제 한 번쯤은 재고할 때가 되었다고 봐요."

"만약 탈출을 시도했다가 물에 다다르기도 전에 죽으면 그거야말로 어리석은 짓 아닐까요?"

"자신이 선택한 삶에 대한 운명을 겸허히 받아들여야겠죠. 본래 자유는 대가 없이 주어지지 않는 법이니까."

'황'과 '주' 개구리가 갑론을박을 펼치는 사이, 수조 안에서 불빛 역할을 하던 '해'와 '파'와 '리'가 고개를 절레절레 저었다.

"오늘 회의가 희한하게 흘러가네……"

"이렇게 심오한 적이 있었던가?"

"뭐 이러다 또 흐지부지 끝나겠지. 저번에도 먹이가 싱싱하지 않다는 이유로 단식하자, 투쟁하자 했다가 별 성과 없이 종료됐잖아."

수조 안의 생물들이 떠드는 동안에도 여전히 밖에선 팽팽한 분위기가 흐르고 있었다.

"이곳 시스템이 우릴 바보 맹추로 만들고 있습니다. 하지만 우리에겐 시스템을 바꿀 힘이 없어요. 그렇다면 방법은 단 하나… 우리가 바뀌어야 합니다."

"아니, 전제부터가 틀려먹었어요. 여긴 갑작스러운 폐수로, 그리고 온도 변화로, 또 전염병으로 죽을 일도 없어요. 여러분, '주'의 말에 휩쓸리면 안 됩니다. 아쿠아리움 밖이 얼마나 살벌한지 벌써 잊으셨어요?"

'황'의 말에 좌중이 웅성거리자 냉장고 손잡이에 매달려 있던 '해'와 '마'도 소곤거렸다.

"오늘따라 개구리들이 왜 이렇게 목에 핏대를 세우지?"

"이게 다 옥토가 초장에 똥폼을 잡아서 그래."

"저 거북이가 맞장구만 안 쳤어도."

"여기 오기 전에 바다에서 옥토를 대왕으로 모셨다던데?"

"뭐? 대왕? 푸하하. 지금이 때가 어느 땐데 왕 놀이야?"

이때 술렁이던 생물들이 일동 침묵했다. 옥토가 뱉은 한마디의 파장 때문이었다.

"자유가 무엇의 줄임말인 줄 아는 생물 있습니까?"

아무도 나서는 이가 없자 옥토가 자답했다.

"바로 '자기 이유'의 줄임말입니다."

다시금 장내가 거세게 물결쳤다.

"아니, 죽음을 불사하고서라도 자유를 택하란 말이에요?"

"미친 소리지. 목숨이 두 개냐구."

"이번 달 회의는 조졌네, 조졌어."

그때 장수거북이 앞으로 엉금엉금 기어 나왔다. 한 발 한 발 전진하는 모습이 사뭇 진지해 보였다.

"아쿠아리움 생물 여러분, 우리가 왜 인간에게 이용당하고 살아야 합니까? 제 눈에 빨대를 처넣은 인간들이 절 구출하겠다며 이곳에 가두어버렸습니다. 언제까지 파렴치한 인간들의 돈벌이 수단이 되어 여기서 썩어야 한단 말입니까? 내일 바닷물을 실은 탱크트럭이 온다는 정보를 제가 입수했습니다. 회의실과 제 수조가 가깝기 때문에 몇 번이나 확인한 정보예요. 저와 함께 탈출할 생물 있습니까?"

아무도 선뜻 지느러미나 팔을 들지 않았다. '탈출'은 회의에서 단 한 번도 언급되지 않은 단어였다. 분위기는 어느 때보다도 얼음장처럼 경직되어 갔다. 돔 수조에서 회의를 내려다보고 있는 연가오리와 얼룩말상어 역시 굳어 있긴 마찬가지였다. 오직 열대어 떼만이 거대한 물고기 형태를 유지하며 움직였다. 세 바퀴째 돌고 있는 열대어들은 처음에 비해 지쳐 보이는 기색이 역력했다. 그때 불쑥 침묵을 깨뜨리는 이가 있었으니 시리얼 볼 안의 흰동'가리'였다.

"당신은 육지에서도 숨을 쉴 수 있으니 탈출을 쉽게 결정할 수 있는 거죠."

장수거북은 고개를 저었다.

"저라고 죽을 위기가 없을 것 같아요? 그냥 겁쟁이라서 못 따라가겠다고 이실직고하시죠."

"뭐? 가뜩이나 어제 성전환해서 예민해 죽겠는데 겁쟁이? 야, 등딱지 두꺼우면 단 줄 알아?"

"흥, 그러게 누가 평소에 그렇게 처먹으래? 몸무게순으로 성전환되는 거 하루이틀도 아니고."

"굴러온 돌이 박힌 돌 빼낸다더니. 여러분, 지금 저 거북이가 우리를 선동하고 있습니다!"

흰동'가리'가 느끼는 분노의 무게만큼이나 시리얼 볼 속의 물이 줄줄 밖으로 흘러내렸다.

"흰동'가리' 말이 옳소. 가려면 당신 혼자 가쇼! 이곳은 유토피아니까."

"유토피아는 무슨. 디스토피아겠지."

'황'개구리 말에 '주'개구리가 다시 딴지를 걸었다.

"이런 환상의 나라가 또 있을 것 같아? 때 되면 짝짓기시켜 주니까 울음주머니 부풀릴 필요도 없지, 끼니마다 영양 가득한 하수구 파리 나오지. 대체 뭐가 문제야?"

"울음주머니가 점점 작아지고 있다고. 등에 덮여 있는 보호색도 점점 빛을 바래가고 있어. 이러다간 나중에 형광주황빛이 무채색으로 변할지도 몰라. 이게 다 환장의 나라에 갇혀 있기 때문이라는 걸 모르겠어?"

급기야 생물들은 '주'개구리 파와 '황'개구리파로 갈려 대립각을 세우기 시작했다. 그때 불가사리 위에 있던 폼폼크랩이 집게발을 들어 발언권을 표시했다. 소란스럽던 장내가 잠시 잦아들었다.

"저도 여기 있는 게 좋아요. 그런데 아쿠아리움을 무조건 믿을 수만은 없어요. 천년만년 이곳의 평화가 지속될 거란 보장이 없으니까요."

"천년만년 살 것도 아닌데 뭐가 문제임?"

폼폼크랩을 태운 불가사리가 밑에서 시니컬하게 반격을 날렸다.

"넌 좀 이럴 때 짜져 있으면 안 돼?"

불가사리에게 정나미가 떨어진 폼폼크랩은 바로 바닥으로 기어 내려왔다. 그러곤 멀찍이 거리를 뒀다. 그러거나 말거나 불가사리는 신경도 쓰지 않았다. 다시금 장내가 어수선해졌다.

이 모든 광경을 대형 돔 수조에서 무표정하게 바라보는 연가오리와 달리 얼룩말상어는 굉장히 복잡한 표정이었다. 어느 극성맞은 인간 다이버에게 포획당한 뒤 연구실 수조에서 홀로 키워졌던—탈출하고 싶었으나 불가능한 일인지라 그냥 죽어버릴까 했지만 그조차도 마음대로 되지 않았던, 그리하여 최후의 발악을 한 결과 홑몸으로 마흔 개가 넘는 알을 낳았던— 시절이 오버랩되었던 것이다.

—채찍 꼬리 도마뱀이라고 알아? 야생에서 잡아와 동물원에서 수컷 없이 사육했는데 결국 너처럼 혼자서 번식을 했어. 이때까지 단성생식을 한 적이 없는 종이었는데 얼마나 고립된 상황이었으면… 인간이 미안해.

얼룩말상어는 자신에게 용서를 구했던 최초의 인간을 떠올렸다. 얼룩말상어 먹이 주기 코너가 폐지되고 나서도 자신을 계속해서 들여다본 유일한 아쿠아리스트였다. 만약 영인이 이 광경을 본다면 뭐라고 할까. 그러나 얼룩말상어의 상념은 곧 깨졌다. 회의장 한가운데 있던 냉장고의 문이 화악 열렸던 것이다. 영하의 온도를 유지하고 있던 '펭'이 뒤뚱거리면서 나왔다. 그 뒤로 문이 닫힘과 동시에 냉장고 손잡이에 걸려 있던 '해'와 '마'가 시계추처럼 움직였다. '펭'은 뜨끈한 공기가 피부에 닿는 것이 못마땅한지 눈살을 찌푸리며 입을 뗐다.

"여러분도 알다시피 제 친구 '귄'이 며칠 전에 죽은 채로 발견됐습니다. 정말이지 죽을 줄은 몰랐어요. '귄'은 남극에서 살던 시절 스트레스를 받지 않았어요. 매일이 한파와의 사투였지만 살아 있는 삶이었으니까요. 그곳에선 추위를 막기 위해 다 같이 몸을 밀착시켜 하나의 큰 원을 이루어 살았어요. 그러나 이곳에 온 뒤부턴 각자가 외딴섬이 되어 고립을 자처하며 살았지요. 저는 '권'이 죽은 이유가 그런 체온 품앗이를 하지 못하게 되었기 때문이라고 생각해요. '권'은 펭귄으로 태어나 펭귄다운 삶을 누리지 못해서 죽은 거예요. 그런데 '권'이 죽자 박 대표가 뭐라고 한 줄 아세요? 손실을 입었다며 우리에게 쌍욕을 퍼부었어요. 인간들은 자신들이 무슨 잘못을 저지르고 있는지조차 모르고 있습니다."

'펭'은 온몸의 털이 바짝 말라 타들어가는 고통을 느꼈지만 마지막까지 힘을 짜냈다.

"전 아주 먼 남극이란 곳에서 왔어요. 탈출을 하고 싶지만 지상으로 나가는 순간 질식하여 죽고 말 겁니다. 여객기에서 비행기로, 또 활어차로 옮겨져서 아쿠아리움 수조로 오기까지의 여정은 그야말로 지옥이었습니다. 여기 있는 생물들 중 탈출하지 않는다 하여 비겁하다 생각할 필요도, 죄책감을 가질 필요도 없어요. 전 그저… 탈출을 꿈꾸는 이들이 있다면 그들의 선택을 존중할 따름이에요. 꼭 성공해서, 죽은 제 친구 '권'의 몫까지 자유로이 살다 가길 바라요……"

'펭'은 냉장고 안으로 들어가기 전 '주' 개구리에게 슬쩍 눈길을 던졌다. 잠시 봤을 뿐인데도 눈살이 찌푸려질 만큼 형형한 주황빛이 도는 개구리였다. 그저 보는 것만으로도 유해물질에 전염될 것 같은데 저게 연해진 거였다니… 언젠가 전기 배선 공사를 하러 왔던 인간들의 의복이 떠올랐다. 그들이 입었던 조끼 색도 그런 불협화음의—나는 위험하다. 그러니 가까이 오지 말라는—

느낌을 풍겼었다. '펭'은 인간들이 자연의 색을 차용했음을 깨달았다.

'개구리들아, 만약 탈출한다면 꼭 위험천만한 공사 현장을 발견하길. 그렇지 않으면 너희는 물에 뛰어들기도 전에 절멸해버릴지도 몰라.'

그러나 '펭'은 아무 말도 뱉지 않고서 냉장고 안으로 들어갔다. 옥토가 회의를 마무리 짓기에 앞서 좌중을 쓰윽 둘러보았다.

"태초의 지구에는 물만이 존재했습니다. 해수면의 변화와 대륙의 이동, 그리고 화산 폭발로 인해 땅이 생겨났지요. 우리가 알다시피 인간은 물이 아닌 땅에서 시작된 종(種)입니다. 즉, 호모사피엔스는 물고기의 후예란 말이지요. 그런데 그들은 자신이 세상의 주인공인 양 착각하며 살고 있습니다. 지구가 자기네들 건 줄 알아요. 우리가 언제까지 저들의 들러리로 살아야 합니까?"

생물들은 이제 아무도 반박하거나 비꼬지 않았다. 우두머리처럼 말하는 옥토에게 적응을 한 것인지, 아니면 한껏 무거워진 분위기 때문인지 알 수 없었다.

"진화에는 이유도 목적도 없다고 합니다. 우리의 탄생 역시 이유나 목적은 없을 겁니다. 그러나 이곳에서 인간이 주는 먹이나 받아먹기 위해 태어나진 않았을 겁니다. 저 역시 장수거북 뒤를 이어 2차로 탈출할 겁니다. 태곳적 세상으로 돌아가 해역을 관장하는 통치자라는 자아를 되찾을 겁니다. 바다로 돌아가실 분들은 혹여 나중에라도 제게 귀띔해주시면 힘닿는 데까지 도와드리겠습니다."

때마침 열대어 떼가 마지막 바퀴를 돌고 오는 중이었다. 이들은 결승점에 다다르자 물고기 모양 대열에서 이탈하여 낙엽처럼 우수수 떨어졌다. 옥토는 빠르게 말을 이었다.

"생명 유지 장치도 없는 이곳에서 함께하시느라 모두 고생하셨습니다. 이번 달 회의는 이것으로 끝내겠습니다."

옥토는 말하는 중간에 이미 뒷다리로 냉장고 코드를 뽑고 있었다. 다른 생물들 역시 자신들의 수조를 찾아 썰물처럼 빠져나갔다. 펭귄 수조로 이동한 옥토는 휠체어에 실린 냉장고 문을 열었다. 친구를 잃어버린 '펭'에게 위로의 한마디를 건네고 싶었지만 무슨 말을 해야 할지 알 수 없었다. 하늘색 페인트칠이 군데군데 벗겨진 수조 천장을 보며 겨우 이런 말을 찾아냈다.

"남극의 실제 하늘도 여기랑 비슷할 거예요. 요즘 지구 온난화가 심하니까."

"우리 조상들은 하늘을 날 수 있었다고 하더군요. 그런데 바다에 잠수해서 먹이를 구하다 보니 헤엄칠 수 있는 몸으로 바뀌게 되었다고 해요. 저도 이제는 이곳에서 적응하기 위해 노력하는 수밖에요."

"박 대표가 곧 새로운 동료를 데리고 올 겁니다. 외롭겠지만 조금만 참으십시오."

"그 동료는 무슨 죄인지… 여하튼 감사합니다. 옥토님, 꼭 탈출에 성공하셔서 멋진 통치자로 살아가길 바랍니다."

멋진 통치자. 옥토는 '펭'의 덕담을 세 개의 심장에 아로새기며 돌아섰다.

"옥토님이 탈출하면 우린 이제 어떻게 한자리에 모여서 회의해요?"

냉장고 손잡이에 매달린 '해'와 '마'가 촉촉한 눈빛으로 옥토를 쳐다보았다. 회의 때의 눈빛과는 딴판이었다.

"이가 없으면 잇몸으로 해결한다잖아요. 다 수가 생기겠죠."

옥토는 멋쩍게 웃으며 해마 수조의 비밀번호를 터치했다. 수조 안에 설치된 인조 정글짐으로 돌아간 '해'와 '마'는 자신의 영역에 꼬리를 매달곤 옥토와 눈물의 이별의식을 치렀다. '해'와 '마'는 막상 눈물이 나오자 이것이 진짜 감정인지 쥐어짠 감정인지 분간을 할 수 없었다.

조금 전 회의가 열렸던 자리는 어두운 적막으로 넘실거렸다. 남은 생물은 대형 돔 수조 천장에 머물러 있는 연가오리와 얼룩말상어뿐이었다. 옥토는 발을 들어 그들에게 마지막 인사를 해 보인 후 바닥과 같은 색으로 몸의 표피를 바꾸어 모습을 감추었다.

"회의도 끝났으니 산책이나 해볼까."

연가오리가 물살을 가르며 움직이자 얼룩말상어가 그 뒤를 따랐다.

"밤이라서 쉴 줄 알았더니 웬일?"

"좀 심란해서… 몸이라도 움직이려구."

연가오리는 그 속내가 짐작되었지만 아무것도 묻지 않았다. 그저 얼룩말상어의 속도에 맞추어 지느러미에 힘을 빼고 헤엄칠 뿐이었다.

"몇몇 생물들이 탈출하고 나면 박 대표가 굉장히 격노하겠지?"

"남아 있는 생물들이 염려돼."

회의에 대해 이러쿵저러쿵 입방아를 찧는 건 덩치 큰 생물들뿐만이 아니었다.

"어이, 신입. 너도 오늘 회의에 참석했더라면 재밌었을 텐데."

폼폼크랩이 새로 온 암컷 크랩에게 말을 걸었다. 수조에 들어온 지 이틀 만에 건네는 첫인사였다.

"폼폼만 있으면 다야? 왜 이렇게 매너가 똥이야?"

"하여튼 잡혀 오느라 고생 많았어. 그런데 너 왜 여기 온지 알아?"

"나도 모르지. 근데 바다에 비해 여기도 나쁘지 않네."

"나쁘지 않긴. 우린 바다의 청소부라고 불릴 만큼 찌꺼기를 주로 먹고 살잖아. 그런데 여긴 청결 그 자체야. 이끼나 찌꺼기는 찾아볼 수조차 없다고. 왜 인간들이 갯강구는 두고 우리만 잡나 몰라. 그래, 잘난 게 죄지. 인간의 눈에 징그럽게 보였더라면 관상용으로 팔리는 일도 없었을 텐데 말이야."

암컷 크랩은 이때다 싶었는지 슬금슬금 폼폼크랩 곁으로 다가왔다.

"인간이 날 여기에 보낸 이유를 알 것 같아. 요즘 짝짓기 철 아냐?"

그러고는 말이 끝나기가 무섭게 폼폼크랩을 향해 소변을 누기 시작했다. 폼폼크랩은 기겁하며 뒤로 물러섰다.

"야야, 내 앞에서 페로몬 방출하지 마."

"왜 그래? 얼른 내 오줌 향기에 자극받아야지."

"모든 수컷이 널 좋아할 거란 착각은 버려."

"내 앞에서 춤 안 출 거야?"

"내가 왜 구애 행위를 해야 해?"

"인간이 그러라고 우릴 같은 수조에 넣어준 거 아냐?"

"그러니까 왜 인간 말을 들어야 하냐구?"

폼폼크랩은 과격하게 폼폼을 휘두른 나머지 하나를 바닥에 떨어뜨리고 말았다. 그것을 찾느라 모래밭 여기저기를 들쑤시고 다니자 암컷 크랩은 짝짓기를 포기했는지 저만치 물러갔다. 그때 어디선가 밀려오는 진동을 감지한 폼폼크랩이 그대로 동작을 멈추었다. 바로 옆 수조의 불가사리가 잿빛 돌멩이 위에 널브러진 상태로 벽을 툭툭 치고 있었다. 그 진동이 폼폼크랩의 수조에까지 전해진 것이었다.

"또 잃어버렸냐? 쯧쯧. 이참에 버려. 여기선 무기 쓸 일도 없잖아."

"그래, 네 말대로 약육강식을 거세한 아쿠아리움은 평화 그 자체야. 방문객들은 물속의 평화를 물 밖에서 감상한 대가로 입장료를 지불하지. 하지만 그건 그거고, 네 본능이 언제 돌아와서 날 잡아먹을지 모를 일이잖아."

"하하. 아까 내 등 위에서 완전 센 척하더니 쫄보였구먼."

"폼폼만 있으면 난 무적이 되니까. 너 같은 천적으로부터 몸을 보호하기에 말미잘 독성만큼 좋은 것도 없지."

폼폼크랩이 다시 폼폼을 찾기 시작하자 불가사리는 혀를 찼다.

"뻘짓 그만하고 남은 걸 찢어서 두 개로 만들어."

"아, 맞네. 그 방법이 있었지."

"하여간 머리가 나쁘면 몸이 고생이지."

"뭐라고?"

폼폼크랩은 두 개의 개체로 나눈 폼폼을 양 집게발에 쥐고서 상대 수조 벽을 향해 펀치를 날렸다.

"그나저나 오늘 회의에 대해서 어떻게 생각해?"

"너 말 한번 잘 꺼냈다. 아까 내 말에 바로 반박을 해? 이래서 내가 널 좋게 보려 해도 좋게 볼 수가 없어."

"……"

"그래, 넌 탈출하나 안 하나 상관없는 삶이지. 바다에 있어도 인간 손을 탈 거고, 여기에 있어도 만짐을 당할 테니까. 게다가 넌 딱딱하고 맛없다고 인간들이 잡아먹지도 않잖아."

불가사리 수조는 어느 순간 아무 기척도 없었다. 폼폼크랩은 말을 이으려다 말고 고개를 돌렸다. 조금 전까지만 해도 잿빛 돌 위에 널브러져 있던 불가사리가 보이지 않았다. 물속 깊이 침전하여 잠이 든 모양이었다. 그는 하품을 길게 한 후 나지막이 혼잣말을 했다.

"실은 내가 이곳으로 잡혀 오기 전에 '피피'라고 내 반쪽이 있었어. 피피는 바다에서 일어나는 일들을 재밌게 말하는 재주가 있었지. 피피는… 잘 살고 있겠지? 설마 그동안 다른 놈이… 생긴 건 아니겠지? 난… 피피를 만나러 갈 거야. 오늘이 여기서 보내는 마지막 밤이 될 거라구……"

폼폼크랩은 이내 스르르 잠이 들었다. 잠시 후 옆 수조에서 딸깍거리는 소리가 났다. 바닥에 붙어 있던 불가사리가 몸을 떼어내자 돌들끼리 부딪치면서 나는 소리였다. 수조는 다시 잠잠해졌다. 파동 하나 없는 고요한 어둠 속, 불가사리의 말단촉수 하나가 반짝 빛났다.

폼폼크랩은 몇 시간 자지 못했다. 장수거북에게 자신의 탈출 의사를 알릴 시간은 오직 새벽뿐이었다. 회의 날을 제외하곤 이렇게 수조를 벗어나 실내를 활보하는 건 처음이었다. 옆으로 기어가는 동안 수조여과장치 소리들이 한데 섞여 괴기한 음을 만들어냈다. 괴물의 울음소리 같아 슬쩍 겁이 났지만 오늘 이곳을 떠난다 생각하니 무서움이 저만치 달아났다. 회의실 옆에 있는 장수거북 수조를 발견한 그는 집게발로 두드렸다. 장수거북은 투명 수조 벽 너머의 폼폼을 보곤 아무것도 묻지 않았다. 그저 무겁게 고개를 끄덕여 보일 뿐이었다. 탈출 의지를 다지는 신호를 주고받은 폼폼크랩은 천천히 돌아섰다. 순간 자신의 그림자를 밟고 있는 한 생물체를 발견하곤 너무도 놀란 나머지 비명 한번 못 지른 채 그 자리에 주저앉고 말았다.

"나도 탈출한다."

불가사리의 어조엔 높낮이가 없었다.

"뭐……?"

"이제부터라도 다리에 힘 좀 길러. 고작 이런 걸로 주저앉아서야 탈출이나 하겠어?"

"대체 왜 바다로 가려는 거야? 설마 나 잡아먹으려고?"

"야, 생물 입맛 그렇게 쉽게 바뀌는 거 아냐."

불가사리는 전과 달리 폼폼크랩의 보폭에 맞춰 앞이 아닌 옆으로 함께 움직였다.

"아니, 그럼 왜 탈출하려는 거야? 넌 여기 있어도 상관없잖아."

"바늘이 가는 곳에 실이 따라갈 뿐."

"뭔 소리야?"

"아쿠아리움 3년이면 인간 속담도 인용할 줄 알아야지."

불가사리는 자신의 수조에 다다르자 또 불쑥 말을 건넸다.

"바다에 가면 피피라는 네 짝꿍 볼 수 있는 거야?"

"뭐야, 너 어제 안 자고 있었어? 근데 피피는 왜? 잡아먹으려고?"

"아, 고놈의 잡아먹는다는 얘기 좀 그만할 수 없어? 나 이제 육식 안 할 거거든!"

폼폼크랩은 웃음이 튀어나올 뻔한 걸 꾹 참고서 불가사리를 계속 추궁했다. 그러나 끝내 시원한 대답을 들을 수 없었다.

탈출

아쿠아리움 개장 시간은 오전 10시였다. 그러나 문은 항상 한 시간 일찍 열렸다. 가장 먼저 입장하는 인간은 노년에 가까운 여성이었다. 전날 저녁 대충 청소해 놓은 아쿠아리움을 다시 한번 정리함과 동시에 휴지통을 비우는 것이 주된 임무였다.

—아오, 오늘따라 왜 이렇게 피곤하다냐.

특이한 억양을 구사하는 여성은 구석에 비치된 휴지통의 스테인리스 뚜껑을 연 뒤 그 안에 든 100리터짜리 쓰레기봉투를 꺼냈다. 먹다 남은 군것질거리와 휴지, 물티슈, 빨대, 일회용 플라스틱, 아이의 토사물 등등이 커다란 투명 봉투 너머 그대로 비쳤다. 평소와 다른 점이 있다면 쓰레기봉투 안에 담긴 정체불명의 검정비닐봉지가 조금씩 꿈틀거린다는 것이었다. 여성은 제일 위에 있는 검정비닐봉지를 확 낚아챘다.

"으악, 장수거북 살려."

"폼폼이 죽어."

—안에 돌이 있다나. 왜 이렇게 무겁다냐.

검정비닐봉지를 꾸욱 누른 여성은 혼잣말을 뱉었다. 그러곤 다시 한번 그것을 납작하게 눌러 부피를 최소화한 뒤 서둘러 100리터 쓰레기봉투의 매듭을 지었다.

"게 내장 다 터질 뻔……"

"해수 다 새어나갈 뻔."

쓰레기봉투는 지상과 지하의 공기가 뒤섞인 아쿠아리움 정문 앞에 놓였다. 태양 아래 놓인 쓰레기봉투는 얼마 지나지 않아 다시 꿈틀거리기 시작했다. 이윽고 검정비닐봉지에 미세한 구멍이 뚫리는가 싶더니 폼폼크랩이 집게발을 드러냈다. 집게발은 쓰레기봉투의 꼭대기에 있는 매듭을 단박에 싹둑 잘라버렸다. 순간 쓰레기봉투가 중심을 잃고 모로 기우나 싶더니 온갖 것들을 밖으로 토해내며 쓰러졌다. 검정비닐봉지 역시 데굴데굴 구르다 착지했다. 봉지 속 생물들은 어지럼증을 느꼈지만 곧 자신의 자리를 찾아 대오를 정렬했다. 폼폼크랩이 불가사리 등에 올라타자 불가사리 역시 장수거북 등에 올라탔다. 작게 뚫린 구멍 사이로 폼폼크랩의 긴장된 얼굴이 빠끔히 드러났다. 배의 키를 움켜쥔 조타수가 된 셈이었다.

"캬. 아쿠아리움 앞에 무슨 가게가 이리 많아? 인생네컷, 명랑핫도그, 서브웨이, 패밀리 데이, 하삼동 커피… 줄지어 서 있는 쓰레기봉투도 수십 개야."

"우리가 탈 탱크트럭이나 확인해."

불가사리가 닦달하자 장수거북이 그 뒤로 말을 슬며시 덧붙였다.

"상어 두 마리가 마주 있는 모양새로 그려진 트럭을 찾으면 돼요. 탱크는 파란색으로 칠해져 있습니다."

장수거북은 과거에 해수집의 탱크차를 종종 봤었다. 인간들은 모터로 바닷물을 끌어올리는 해수 업체를 해수집이라 불렀다. 수

산시장이나 아쿠아리움에다가 바닷물을 팔아서 돈을 버는 해수집 사장 별명이 봉이 김선달이란 것까지도 기억하고 있었다.

“이쪽으로 트럭 한 대가 오고 있어요.”

도로를 지켜보던 폼폼크랩이 외쳤다.

“그런데 파란색이 아니라 녹색인데……”

“녹색이요? 탱크차 모양 맞아요?”

“그게 그러니까… 그런 것 같기도 하고 아닌 것 같기도 하고……”

탱크차를 한 번도 본 적 없는 폼폼크랩은 말끝을 흐렸다. 거대한 녹색 차는 아쿠아리움 앞에 정차했다. 운전석과 보조석에서 건장한 남성 두 명이 내리더니 신속한 동작으로 쓰레기봉투를 실어 날랐다.

“쓰레기 수거차인가 봐……”

“우린 쓰레기봉투가 아닌 검정봉지니까 상관없겠지?”

“그건 불가사리 네 생각이고.”

“지금이라도 쓰레기봉투로부터 떨어질까?”

“선불리 움직였다간 더 눈에 띌 수도 있다구.”

그때 시커먼 매연이 검정비닐봉지를 자욱하게 덮쳤다.

“웩!”

폼폼크랩은 매운 눈을 힘겹게 뜨며 구멍 사이로 바깥을 내다보았다. 상어 그림이 그려져 있는 파란색 타원형 물탱크 트럭이 쓰레기 수거차 옆으로 정차하고 있었다.

“오, 상어다! 살면서 상어가 이렇게 반가울 줄이야……”

"상어 두 마리가 마주 보는 그림 맞아요?"

장수거북은 재차 확인했다.

"네, 탱크는 파란색이랬죠? 확실해요."

야구모자를 쓴 남성이 운전석에서 내렸다. 그는 트럭 뒤에 감겨 있는 호스를 풀어 아쿠아리움의 해수저장탱크로 가져갔다.

"탱크엔 25톤의 바닷물이 들어 있어요. 저걸 옮기는 동안 우린 트럭에 타야 합니다."

장수거북의 말에 폼폼크랩은 다시금 구멍을 통해 전방을 주시했다. 쓰레기봉투를 든 인간 남성들은 녹색 차에 쓰레기를 싣는 것에만 집중할 뿐 전혀 이쪽에 눈길을 주지 않고 있었다.

"지금이야."

"뛰어!"

폼폼크랩과 불가사리의 말이 끝나기가 무섭게 장수거북은 있는 힘껏 내달렸다. 비닐봉지가 움직이는 순간 폼폼크랩과 불가사리는 커다란 충격에 휩싸였다. 이것이 최상의 속도란 말인가. 차라리 굴러서 가는 게 더 빠르지 않을까. 그러나 한배에 탄 이상 별다른 방도가 없었다.

"자, 잠시……"

장수거북은 바닥에서 전해지는 진동을 감지하곤 이동을 중단했다. 그러곤 팔다리와 목을 등껍질 안으로 쑤셔 넣었다.

"뛰어도 모자랄 판에 왜 멈춰?"

불가사리의 물음에 폼폼크랩이 구멍에 눈을 고정시키곤 장수거북을 대신해 답했다.

“인간 하나가 여기로 오고 있어!”

폼폼크랩은 머리카락이 긴 여성이란 것만 확인한 채 구멍을 닫아버렸다. 눈이라도 마주쳤다간 그대로 잡혀가 버릴 것 같았다.

‘우리의 계획은 이대로 물거품이 되는 건가……’

‘탈출은커녕 입구에서 잡히는 운명이라니……’

세 마리의 생물들은 힘이 쭈욱 빠졌다. 그러나 망연자실해할 틈도 없이 온몸이 공중으로 붕 떠올랐다. 그런데 어째서인지 공중부양이 꽤 안정감 있었다. 그들은 곧 이유를 알아차렸다. 한 겹의 비닐 사이로 익숙한 체취가 맡아졌다. 바로 아쿠아리스트 영인이었다. 그때 비닐봉지가 다시 어딘가로 사뿐히 착지했다. 봉지 안의 생물들은 무슨 상황인지 도무지 파악이 되지 않았다. 폼폼크랩은 구멍에 눈을 맞추었다.

“영인이가 봉지를 원래 있던 자리에 두고 갔어요.”

그 말에 장수거북은 용기를 내어 조금씩 움직였다. 느린 걸음이긴 해도 검정비닐봉지는 탱크트럭 쪽으로 이동했다. 그동안 아무런 외부의 압력도 일어나지 않았다. 장수거북은 그녀의 묵인을 응원이라 믿으며 묵묵히 제 갈 길을 갔다. 마침내 탱크트럭 앞바퀴까지 당도했다. 그러나 생각지도 못한 위기에 직면했다.

“올라갈 수가 없어……”

아무리 버둥거려도 중력을 거스르는 것은 무리였다. 자신이 옥토대왕님과 다르다는 것을 다시 한번 뼈저리게 느낀 장수거북은 절망에 빠졌다. 폼폼크랩과 불가사리도 상심에 잠긴 건 마찬가지였다. 그 순간 다시금 지진과 같은 발걸음 소리가 들려왔다. 점점 커질수록 생물들의 심장도 옥죄어들었다. 또 한번 비닐봉지가 공중으로 떠오르나 싶더니 어딘가로 옮겨졌다. 더 이상 사위의 움직임이 감지되지 않자 폼폼크랩은 구멍을 내다봤다. 비닐봉지가 탱크트럭의 보조석에, 정확히는 보조석에 탄 인간이 발을 놓는 자리에 놓여 있었다. 그때 갑자기 물대포가 쏟아졌다. 영인이 자신의 텀블러에 있는 물을 흘려보내고 있었다. 그렇지 않아도 수분이 말라가 게거품을 쥐어짜던 폼폼크랩에겐 한 줄기 빛과도 같았다. 봉지 속 해수의 염분은 연해질 테지만 지금 그런 걸 가릴 처지가 아니었다.

'우리가 지금 꿈을 꾸고 있나?'

'이게 말이 되나? 인간이 생물의 메시지를 읽다니……'

달콤한 꿈을 복기해보려는데 물줄기가 끊어졌다. 이어 야구모자가 들어왔다. 세 마리의 생물들은 바짝 긴장했다. 야구모자는 보조석에 눈길 한번 주지 않은 채 시동을 걸었다. 차가 사 차선 도로에 진입하자 생물들은 구역질이 올라왔다. 그러나 조금 전 꿈인지 생시인지 모를 순간들을 떠올리며 촉수를 악물고 견뎌냈다. 폼폼크랩은 자신의 폼폼을 집게발로 꼬옥 쥐었다. 피피크랩과 나누었던 말미잘의 증표를 놓칠 순 없었다. 불가사리 역시 장수거북의 볼록한 중앙 등딱지에서 벗어나지 않기 위해 안간힘을 다했다. 부스럭거리는 소리를 내지 않기 위해선 검정비닐봉지의 형태가 일정하게 유지되어야 했다. 장수거북 또한 영인이 점지해준 자리를 벗어나지 않기 위해 꼬리 끝까지 힘을 주었다.

'영인이란 인간 여성에게 입은 은혜는 결코 잊지 못할 거야. 언젠가 갚을 날이 있겠지……'

태양이 그들의 장밋빛 미래를 염원하듯 붉은 기운을 뿜어내며 수평선 아래로 넘어가고 있었다.

바다 편

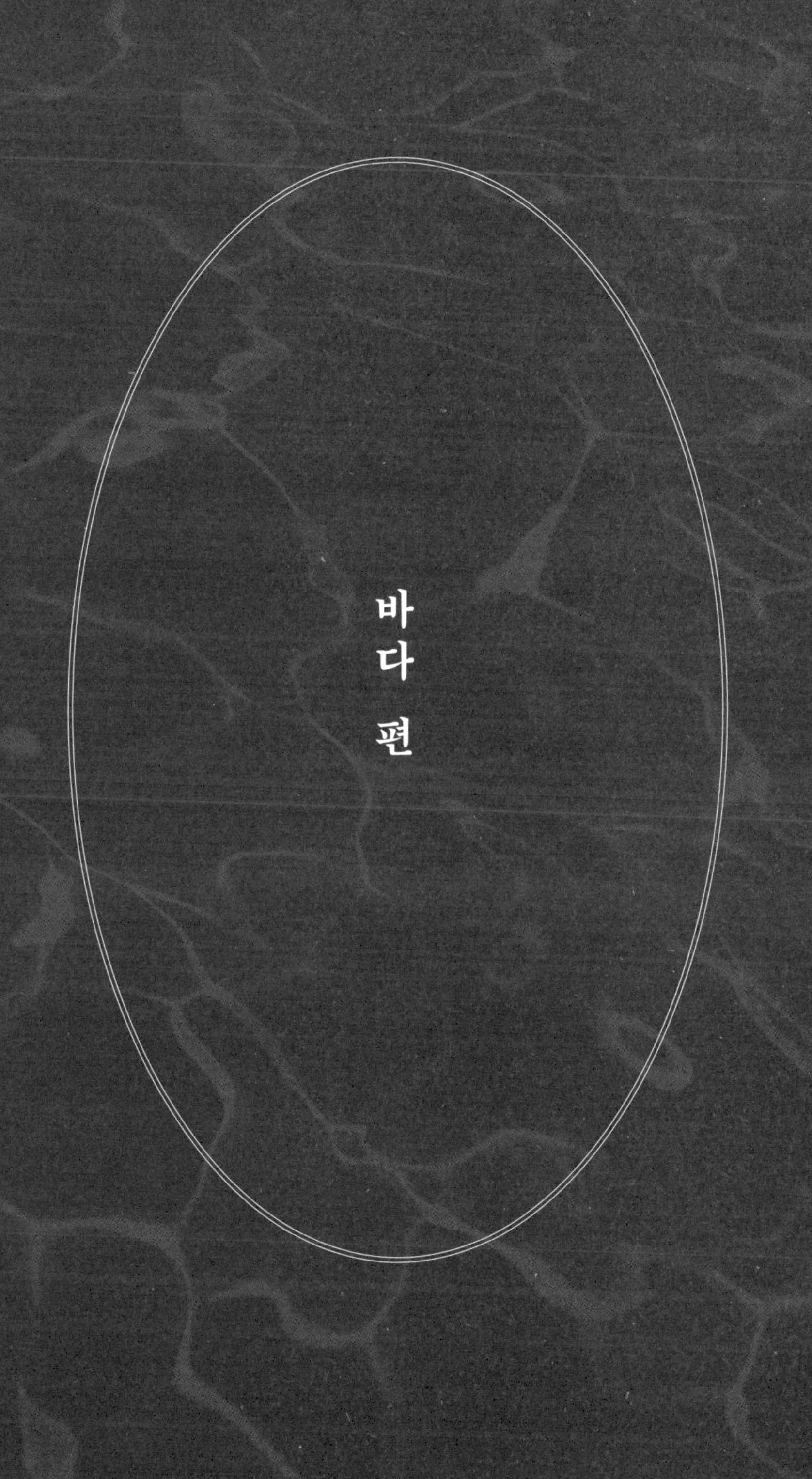

갯바위구 물풀동 파래 25번지

밀물과 썰물의 흐름이 빠른 갯바위구는 물살이들이 가장 선호하는 서식처였다. 암초가 제멋대로 뿌려져 있는 듯한 들쑥날쑥한 지형이었기에 감성돔, 볼락, 우럭뿐만 아니라 조개, 멍게, 굴 등이 떼 지어 살았다. 이들의 냄새를 기막히게 맡은 몇 호모사피엔스들은 곧바로 낚시터란 걸 만들어 수입을 올렸다. 낚시터가 유명해지는 속도에 비례해 그곳에서 분실하는 휴대폰의 수도 함께 늘어났다. 갯바위구는 워낙에 험준한 수중 구조를 띠고 있었기에 무언가를 빠뜨리면 줍는 것을 단념해야 했다.

물살이들은 휴대폰이 최초로 떨어졌던 날을 잊지 못했다. 미끼에 걸려 돌아오지 못한 동족들의 모습이 고스란히 사진첩에 들어있었던 것이다. 칼로 난도질당하는가 하면 끓는 물에 투하되는 등 인간의 잔악무도함은 상상을 초월했다. 사진첩 속 야만인들은 약속이라도 한 듯 친구와 부모와 이웃이었던 물살이들을 살별하게 먹어댔다. 모든 휴대폰엔 동족의 죽음 과정이 증거로 찍혀 있었다. 한동안 물살이들은 메스꺼움과 소화불량을 호소했다. 심한 이들은 PTSD 같은 정신질환에 시달리기도 했다. 누군가는 휴대폰을 저주해 패대기치는가 하면 뭍으로 던져버리기도 했다. 그러나 잊을 만하면 다른 휴대기기가 입수되었다. 어느 순간 물살이들은 그것을 증오하는 대신 사용하게 되었다. 카메라를 터치하여 자신의 모습을 찍거나, 달력을 터치하여 살아온 날들을 어림잡아 보거나, 계산기를 터치하여 조에 이르는 숫자 단위를 세어보는 재미에 맛이 들려버렸다. 종내에는 이 해역에 사는 모든 물살이들이 휴대폰을 소지하기에 이르렀다. 문제는 며칠 지나지 않아 꺼져버린다는 것이었다. 전기가오리가 나서서 다양한 방식으로 충전을 시도해보았지만 소용없었다.

그러던 어느 날, 투명 주머니 안에 든 휴대폰이 입수되었다. 바닷물에 접촉되지 않은 그것은 좀처럼 꺼지지 않았다. 또한 물살이의 지느러미와 직접적으로 닿지 않아도 터치가 먹혔다. 전기가오리의 충전이 먹힌 것 역시 두말할 나위 없는 쾌거였다. 물살이들은 이날 이후 투명 주머니에 든 휴대폰만을 상대하게 되었다. 최근에는 몸체에 꼭 맞게 투명막이 씌워져 있는 것이 발견되기도 했는데 터치감은 훨씬 좋았다.

갯바위구의 물풀더미를 한참 지나 수심 깊은 곳까지 다다르면 군무를 추는 스물다섯 개의 파래를 만날 수 있었다. 그곳이 바로 흰수염고래의 은신처였다. 청색과 회색이 적절히 섞인 흰수염고래는 지구 역사상 가장 거대한 동물로 불렸다. 그러나 200톤 가까이 되는 덩치에 어울리지 않게 크릴새우 같은 좁쌀 생물들을 잡아먹었다. 그래서인지 이빨고래와는 달리 순한 성정을 지니고 있었다. 흰수염고래는 하루에 4톤 정도의 먹이를 섭취해야 했기에 밀도 높은 플랑크톤 무리를 발견하면 입을 크게 벌리고서 바닷물과 함께 와악— 하고 섭취했다. 입천장에 달린 흰 수염은 인간이 자동차를 세척하기 위해 만든 세차장 브러시를 연상시켰다. 털이라기보다 촘촘한 빗에 가까운 그것을 통과하면 입속에서 먹이가 절로 걸러졌다.

그는 휴대기기를 공적으로 사용한 최초의 물살이였다. 갯바위구 물풀동 파래 25번지에서 네모난 빛을 밝히고 있는 [고래의 꿈]은 그의 표식이나 다름없었다. 투명 막에 든 패드는 바위틈에 정교하게 끼워져 있었기에 어떤 세찬 물결이 밀려와도 움직이지 않았다. 휴대폰보다 네 배가량 큰 [고래의 꿈] 안에는 인간이 결제한 수백 권의 책들이 들어 있었다. 그는 많은 물살이들이 [고래의 꿈]이라는 공공재를 자유로이 쓰길—책을 읽고 기록을 남겨서 자신의 생각을 정립하길— 바랐다. 그러나 대개의 물살이들은 독서에 관심이 없었다. 오늘 열린 독서모임에도 참석한 물살이라곤 고작 한 마리뿐이었다. 그러거나 말거나 흰수염고래는 자신의 가치를 고수했다. 그가 메모장을 열자 '모비딕'이란 제목이 상단에 떴다.

"글밥이 많아서 읽기 힘들었지만 오기가 생겨서 끝까지 봤어요."

"중도하차할 줄 알았더니 대단하구나."

두 집게발에 말미잘을 꽉 쥔 피피크랩은 [고래의 꿈]이 생기기 전부터 흰수염고래의 은신처에 종종 놀러 왔었다. 대화하길 좋아하는 피피크랩은 흰수염고래와 쿵짝이 잘 맞았다. 두 생물체가 함께 있는 모습을 인간이 보았다면 포식자와 피식자의 관계인 줄 알고 손에 땀을 쥐었겠지만 말이다.

"그런데 〈모비딕〉에 나오는 향유고래는 이빨고래과인가요?"

"그렇지. 나의 친척뻘인 이빨고래는 사냥할 때 수백 개의 이빨을 쓴단다. 수염을 쓰는 나와 가장 큰 차이점이지."

흰수염고래가 싱긋 웃자 입천장에 달려 있는 수염들이 밖으로 노출되며 나풀거렸다.

"흰수염고래님, 저는 읽는 동안 너무 열이 받았어요. 에이허브 선장은 고래 때문에 한쪽 다리를 잃었단 이유만으로 복수심에 불타올라 모비딕을 뒤쫓잖아요. 고래 뼈로 의족을 하고 있는 주제에 감사한지도 모르고 말이에요."

"그러게 말이다. 나는 인간이 참으로 감정적인 동물이란 걸 다시금 깨달았단다."

"그렇게 감정적이니까 모비딕에게 던진 작살 밧줄이 자기 목에 감겼던 거겠죠. 어리석은 선장 같으니라곤……"

피피크랩은 말미잘을 흔들며 분노를 표출했다.

"그런데 인간이 쓴 책은 왜 죄다 우릴 죽이려는 내용이죠?"

"하지만 포경을 금지시키는 법안을 만든 것도 인간이란다."

"칫. 그건 고래기름을 대체할 수 있는 석유를 발견했기 때문 아닌가요? 여전히 지금도 불법으로 고래잡이를……"

"피피, 그래서 우리도 인간사냥에 나서야 한다고 생각하니?"

"흰수염고래님은 마냥 참는 게 능사라고 생각하세요?"

"상대가 싫다고 해서 죽이려 들면 우리도 화를 입게 돼. 결국 모두 자멸할 뿐이지."

"상대를 죽이고 우리는 살아남으면 되잖아요?"

"싸우지 않고도 이길 수 있는 방법이 있단다."

"그게 뭔데요?"

"공존."

"말도 안 돼. 인간과 공존이라뇨?"

"인간은 자신이 인간이기 때문에 인간 중심적인 사고를 할 수밖에 없어. 그들 입장에선 그들이 맞고 우리가 틀린 거야. 하지만 역지사지할 줄 아는 인간도 존재한단다. 우리 편을 드는 인간도 있단 얘기지. 우리 역시 그들 편에서 생각할 줄 알아야 해. 인간이 우리와 다르다고 해서 틀린 건 아니니까."

"끄응."

"〈모비딕〉에서도 에이허브 선장 같은 사람도 있는가 하면 이스마엘 같은 사람도 있잖니."

"하지만 대부분 인간들은 에이허브 선장 같겠죠?"

"아마도 그렇겠지……"

"역시 인간에게 기대 같은 건 하면 안 되겠어요."

"하지만 다수라고 해서 그게 언제나 옳은 걸 가리키진 않는단 걸 인간도 알 거야."

흰수염고래는 말을 더 하려다 말고 멈추었다. 초음파를 통해 아내의 소리를 감지했기 때문이었다. 흰수염고래가 진동을 느끼고 있단 것을 알아차린 피피크랩은 몸의 방향을 돌렸다.

"호출 왔죠? 전 이만 가볼게요."

"미안하다. 아내가 수유할 시간이라고 도움을 요청하는구나. 어군음향탐지기 소리 때문에 잘 들리지 않았지만……"

"휴, 이놈의 해양소음."

피피크랩은 꿍얼거리며 [고래의 꿈]으로 다가갔다. 그러곤 말미잘을 내려놓은 뒤 집게발로 후기를 적어나갔다.

—마음의 양식을 한껏 섭취한 덕에 배가 터질 것 같은 〈모비딕〉이었습니다. 역시 흰수염고래님과 함께 이야기 나누니 더욱 풍성해진 느낌이에요. 제가 에이허브 선장이었다면 과연 고래를 적으로 규정하지 않고 살살 구슬릴 수 있었을지… 역지사지란 이렇게 어렵네요.

저장 버튼을 누른 피피크랩은 흰수염고래에게 꾸벅 인사를 한 뒤 자리를 떴다. 옆으로 한참을 기어가고 있는데 눈동자가 흐리멍덩한 크릴새우 하나가 위아래로 흔들거렸다. 흥, 이까짓 것에 내 속을 줄 알고. 가던 길을 가려는데 낯선 크랩 하나가 입을 쫙 벌리며 게걸음으로 다가오는 게 아닌가.

"안 돼!"

피피크랩은 납작한 몸통에 온 힘을 실어 상대를 밀어냈다. 두 크랩이 동시에 데칼코마니 형태로 넘어졌다.

"앗, 내 말미잘!"

"사랑의 증표!"

각자 말미잘을 줍느라 바닥을 헤매던 크랩들은 동시에 동작을 멈췄다. 그리고 서로를 바라보았다.

"폼폼?"

"피피?"

두 크랩은 서로의 집게발을 엇갈리게 포갠 뒤 환희의 눈물을 흘렸다. 같은 말미잘로부터 떼어낸 증표까지 확인한 이들은 다시금 부둥켜안았다.

"여기서 뭐 하고 있었어?"

"독서모임하고 돌아가던 길이었어."

"뭐라고?"

"너 없는 사이 이 해역도 제법 문명화됐어."

피피크랩은 폼폼크랩에게 그간 있었던 일을 실감 나게 들려주었다.

"믿을 수 없어. 인간의 휴대폰을 한 대씩 소지하고 다루는 것도 모자라 문자까지 깨쳤다고……?"

폼폼크랩은 믿을 수 없단 듯 되물었다.

"휴대폰의 주인이 누구였냐에 따라 안에 든 내용물의 성격도 천차만별이야. 어떤 건 개 사진만 잔뜩 있길래 처음엔 개도 휴대폰을 사용하는 줄 알았다니까."

"하하, 어떤 취향의 인간이었는지 짐작하는 재미가 쏠쏠하네."

"자연 풍경이나 꽃 사진만 잔뜩 찍은 인간도 있고, 짝짓기하는 모습만 찍어놓은 인간도 있어. 또 어떤 인간은 글씨만 잔뜩 찍어 놨어."

"그래서 네 거엔 무슨 사진이 많은데?"

"그보다도 앞으로 독서모임에 나오는 게 어때? 다음 도서는 〈피노키오〉야."

"내가 인간계에 있었던 동안 한글 뗀 걸 어떻게 알아챘는지 모르겠지만 사양할게. 독서라니, 생각만 해도 머리 아파."

"역시 온다고 할 줄 알았어."

제멋대로인 건 여전하구먼. 폼폼크랩은 그런 피피크랩의 변하지 않은 모습이 차라리 반가웠다. 두 크랩은 이때까지 쌓인 회포를 신나게 풀었다. 정신없이 이야기를 주고받느라 물풀 끝에 달린 별 모양의 생물체를 아무도 인지하지 못한 채 그냥 지나쳤다.

"뭐야, 암컷이 아니잖아?"

폼폼크랩과 함께 탈출한 불가살이가 모래밭에 착지하며 중얼거렸다. 모래 몇 알이 공중으로 부유하며 치솟자 그 틈을 타 불가살이는 다시 깊숙한 곳으로 모습을 감추었다.

난파선

태양 빛을 한 몸에 받은 바다는 해류의 리듬에 맞춰 고르게 넘실거렸다. 파장이 짧은 청색광은 수심이 깊어질수록 더욱 짙어졌다. 바닥까지 내려가면 심연의 색이 오묘한 푸른빛을 띨 것 같지만 의외로 그곳은 우중충한 시멘트더미를 뒤집어쓴 것처럼 볼품이 없었다. 개중엔 색색의 산호와 말미잘과 수초가 잔뜩 뒤덮인 스팟이 있기도 했다. 산호는 만발하게 피어 있는 꽃무더기를, 돌기를 세우며 퍼져 있는 말미잘은 버섯을, 싱싱한 초록을 내뿜으며 웃자라 있는 수초는 잡초를 연상시켰다. 그것만 보면 여기가 꽃밭인지 해저인지 헷갈렸다.

오늘도 잠수복과 고글로 무장한 인간 하나가 수중촬영 중이었다. 다이버는 기기에서 잠시 눈을 떼곤 길 잃은 이방인 같은 표정을 지어 보였다. 산호초를 찍는 데 집중하다 보니 생각보다 너무 멀리 온 탓이었다. 하지만 치어 떼의 꽁무니에서 만들어지는 물보라에 매료되어 곧 동공이 풀렸다. 치어 떼를 따라가던 그의 시선이 어느 곳에서 멈추었다. 다이버는 저도 모르게 탄성을 내질렀다. 참으로 거대한 물체가 생각지도 못한 곳에 떡하니 자리 잡고 있었다.

아주 오래전 전쟁으로 인해 배가 침몰된 걸까? 낡아서 부패된 선체엔 온갖 수초들이 휘감겨 있어 본래의 모습을 찾기 어려웠다. 멀리서 보면 털 달린 수중가옥 같기도 했다. 다이버는 난파선을 향해 천천히 다가갔다. 창문이 있었을 것으로 추정되는 뚫린 틈 사이로 치어 떼들이 자유로이 넘나들었다. 그는 난파선의 모습을 열심히 카메라에 담았다. 내부에 들어서자 깊이를 가늠할 수 없을 만큼 어두운 심연이 흘렀다. 천장에는 온갖 따개비들이 수놓아져 있었다. 마치 질서 정연한 해양생태도감을 보는 것 같았다.

쉬쉭—

난파선에서 나는 소리였다. 소리가 날 때마다 갑판이 미세하게 좌우로 흔들렸다. 다이버는 소리의 출처를 찾기 위해 더욱 아래로 내려갔다.

—으아악.

대왕오징어가 선체 바닥에 누워 있었다. 다리를 몸통 쪽으로 최대한 접어 올렸음에도 2미터는 족히 넘어 보였다. 꼼짝도 않고 있는 이 생물체가 죽은 건지 자는 건지 모르겠지만 지구상에서 가장 긴 두족류를 본 이상 달아나는 게 상책이었다. 다이버가 수면 위로 몸통의 방향을 돌리는 순간 대왕오징어의 농구공만 한 눈이 번쩍 뜨였다. 동물 중 가장 큰 눈을 가진 놈과 정면으로 마주한 다이버는 걸음아 날 살려라 하며 황급히 도망쳤다. 혼비백산하는 바람에 기기가 떨어졌지만 목숨과 바꿀 만한 건 아니었다.

“아얏!”

빛과 소음에 민감한 대왕오징어는 자신의 밀실에 침입한 인간을 도저히 용서할 수 없었다. 거기다 이마 한가운데에 타격까지

가하지 않았는가. 몸을 일으킨 대왕오징어는 여덟 개의 다리를 아래로 내린 뒤 눈 근처에 있는 수관에서 엄청난 양의 물을 쏟아냈다. 그러자 추진력을 받은 몸이 로켓처럼 솟아올랐다. 주황색과 흰색이 얼룩덜룩 섞여 있는 대왕오징어의 몸이 일직선으로 쭉 뻗어 오르자 크기와 속도에 압도된 주변의 잔챙이들이 선회하여 달아났다.

"간만에 인간 고기나 사냥할까."

하지만 이리저리 둘러보아도 먹잇감은 이미 자취를 감춘 뒤였다. 잠수복으로도 가려지지 않는 두툼한 지방이 눈앞에 아른거렸으나 그는 더 이상 힘쓰고 싶지 않았다. 사실 이러한 사냥방식은 대왕오징어에게 적합하지 않았다. 그는 대개 바닥에 매복해 있다가 긴 다리를 뻗어 먹이를 잡곤 했다. 난파선으로 돌아온 대왕오징어는 촉완으로 인간의 물건을 들어 올렸다.

"오호, 최신 기종 같은데? 좋아, 이 정도면 봐줄 수 있지."

그의 입가에 함박웃음이 걸리던 그때 난파선 창틀 사이로 시커멓고 기다란 물살이가 쑤욱 들어왔다.

"오징어님, 안녕하세요."

가장자리의 노란 등지느러미를 제외하곤 모두 검은색인, 아직 암수 구별도 되지 않는 새끼 장어였다. 하지만 50센티미터는 족히 넘는 데다 한시도 쉬지 않고 몸을 구불거렸기 때문에 대왕오징어는 보는 것만으로도 진이 빠졌다. 그러나 언제나처럼 태연함을 가장했다.

"그래, 리본장어로구나."

"오징어님, 이마 한쪽이 부었네요. 다치셨어요?"

"인간이 물건을 던졌거든."

"역시 인간은 나빠요."

"너도 인간을 싫어하니? 성숙기에 도달한 몸이 아름답다며 '리본장어'라는 멋진 이름까지 지어줬는데도?"

"흥, 누가 지어달랬나? 오징어님은 인간이 왜 싫어요?"

"날더러 무서운 바다 괴물이라며 '크라켄'이라고 부르는데 좋아할 수가 있나? 괴물은 지들이면서."

"흐흐, 그건 맞아요. 인간이야말로 지구상에 존재하는 최고의 악이죠. 으앗, 웃으니까 배가 더 아프네."

"배? 개복치 의원한테 가봤어?"

"네, 배탈이라네요. 약도 처방받아 먹었는데 안 나아요."

"혹시 이상한 걸 먹었나?"

리본장어는 어떻게 알았냔 듯 지느러미를 퍼덕거렸다.

"대왕문어님이 사라진 이후 바다가 무질서해져서 이 모양이 된 거예요. 구획을 정해놓고 먹이 사냥하던 규칙을 아무도 안 지키잖아요. 어떤 놈이 계속 내 구역을 침범하길래 나도 다른 데 가서 먹이사냥을 했더니 그만……"

대왕오징어는 왕좌가 공석이 된 지 꽤 되었단 것을 그때서야 깨달았다. 사실 이 해역에선 크고 작은 싸움이 하루가 멀다 하고 일어났다. 하지만 대왕오징어의 삶은 별반 달라진 게 없었으니,

아무도 시비를 걸어오지 않아서였다.

리본장어는 계속 복통을 호소하며 몸을 뒤집었다. 기나긴 꼬리로 배를 문지르려고도 해봤지만 자신의 의지와 상관없이 몸이 자꾸만 꼬여 잘 되지 않는 모양이었다. 보다 못한 대왕오징어는 자신의 여러 다리를 이용해 리본장어의 배를 문질문질 해주었다.

"우왕, 고마워요. 한결 괜찮아진 것 같아요. 그런데 이 난파선은 오징어님의 집인가요?"

대왕오징어는 세모꼴의 지느러미를 흐느적거리며 난파선 내부를 한 바퀴 휘익 돌았다.

"그건 아니고 낮잠 잘 때 종종 이용한단다. 심해처럼 어두워서 딱이거든. 그러고 보니 아까 꾼 꿈이 생각나네. 꿈에서 용인지 미꾸라진지……"

"엇, 혹시 용왕님?"

"흠, 그게 그러니까 길쭉하고 굵긴 한데 용왕인지는 정확히……"

"대박! 용왕님 꿈은 아무나 꾸는 게 아니라고 하던데."

'얘 뭐야? 신화 속 생물을 진짜 믿는 거야?'

대왕오징어는 눈알을 부리부리 뜨며 리본장어를 보았다.

"오징어님, 우리 소원 빌어요."

"뭐?"

소원 비는 걸 해본 적이 없는 대왕오징어는 리본장어의 성화에 못 이겨 다리들을 엉거주춤 중앙으로 모았다. 그 바람에 다리 사이에 감춰져 있는 입이 옴짝달싹 못 하게 되었다. 리본장어는 양쪽의 노랑 지느러미를 모으곤 늘 하던 대로 소원을 빌기 시작했다.

"용왕님께 비나이다. 오징어님과 저의 아픈 곳이 낫게 해주시고, 우리를 낚싯대로부터 지켜주시고, 해양쓰레기로부터 보호해주시고, 미세 플라스틱으로부터 구제해주시고, 마지막으로 이 해역의 안녕과 평화를 비나이다."

"너 소원 좀 빌어본 솜씨다?"

눈을 뜬 대왕오징어는 리본장어가 아까와 달리 보였다.

"우리 리본장어들은 용왕님을 오래전부터 믿어왔거든요."

'흥. 길쭉하게 생겼다고 해서 지가 용왕 후손이라도 되는 줄 아나?'

대왕오징어는 속마음과 달리 자상하게 웃어 보였다. 리본장어가 용왕님 꿈을 꾼 자신더러 선택받은 생물일지도 모른다며, 자꾸 말도 안 되는 소리로 추켜세워 주어서였다.

"오징어님, 그럼 다음에 또 봐요. 그때도 용왕님 꿈꾸거든 저한테 들려주세요."

'꿈이 마음대로 꿔지냐? 그나저나 저 시커먼 보호색을 보면 어린놈이지만 아무도 선뜻 건드릴 생각을 못 할 것 같다니까. 그래서 저렇게 맹랑한 건가?'

현란한 굴곡을 만들어내며 멀어지는 리본장어를 보며 대왕오징어는 속으로 중얼거렸다.

고래의 꿈

수면 위로 올라간 흰수염고래는 후욱— 하고 숨을 내쉬었다. 폐에 있던 공기를 분사하자 두 개의 콧구멍 같은 분기공에서 물보라가 분사되며 하늘 높이 치솟았다. 장대 같은 자연 분수가 허공에서 춤을 추자 때마침 지나가던 고래바다유람선에서 환호성이 터져 나왔다. 비스듬히 걸린 무지개를 휴대폰으로 찍는 소리가 연신 들려왔다. 흰수염고래는 지느러미를 벌려 포즈를 취한 뒤 다시 바닷속으로 모습을 감추었다. 갯바위구를 향해 천천히 유영하고 있는데 저 멀리서 낯익은 물살이 하나가 지느러미 같은 팔을 휘휘 내저으며 아는 체를 해왔다.

"아이고, 흰수염고래님. 그간 안녕하셨습니까."

"아니, 이게 누군가. 살아 있었군. 장수거북!"

장수거북은 아쿠아리움에 감금되었던 그간의 사정과 더불어 탈출해서 오기까지의 과정을 상세히 털어놓았다. 대왕문어님과의 조우는 이야기의 백미였다. 물론 장수거북은 대왕님이 인간세계에서 박수갈채에 둘러싸여 이상한 재주를 부리고 있더란 얘긴 하지 않았다.

"대왕문어님까지 돌아오신다 하니 참으로 겹경사로군! 그것 참 잘 되었어. 그간 말씀도 없이 어딜 떠나셨나 했거든."

장기간 실종이면 십중팔구 인간의 짓임을 모를 리 없는 흰수염고래지만 상상조차 하기 싫어 그간 외면해왔던 터였다. 장수거북은 흰수염고래의 허리쯤에 밀착하여 함께 나아가는 동안 끊임없이 주위를 두리번거렸다.

"이 해역도 많이 바뀌었군요."

"인간들이 낚시터를 세우는 바람에 미끼들이 범람하고 있다네. 조심, 또 조심하게."

갈고리에 걸린 냉동새우를 곁눈질로 살피던 장수거북은 저도 모르게 모가지가 등딱지 안으로 움츠러졌다.

"그런데 이건 뭐지요?"

갯바위구 물풀동 파래 25번지의 표식인 양 네모난 빛을 밝히고 있는 패드를 발견한 장수거북은 다시 모가질 내밀었다.

"[고래의 꿈]이라는 공공재라네. 과거 인간들은 대부분 문맹이었다더군. 읽고 쓸 줄 아는 건 소수의 특권계층이었기에 가진 자의 시선에서 모든 기록이 남겨졌던 거지. 한마디로 다수의 현실을 반영하지 못했어. 하지만 이 해역은 달라. 모든 물살이들이 읽고 쓸 수 있으니까. 갯바위구 위에 낚시터가 생기는 바람에 하루가 멀다 하고 휴대폰이 입수되니, 한글을 모르려고 해도 모를 수가 없게 되었지. 그물에 낚인 물살이들이 구사일생으로 돌아와 말소리를 가르쳐준 것도 꽤 도움이 되었고 말이네. 자네도 뭍에 있다 와서 그런지 말이 더 유창해진 것 같구먼."

"하하. 그런가요?"

장수거북은 칭찬에 멋쩍어하면서도 [고래의 꿈]에서 눈을 떼지 않았다. 패드에서 가장 활성화된 기능은 메모장이었다. 독서

기록과 그 외의 기록이 카테고리별로 나뉘어 저장되어 있었다.

"마치 인간들이 쓰는 대자보 같군요."

"대자보? 그게 뭔가?"

"큰 종이에다 써서 벽에 붙인 다음 여럿이서 보는 방식이지요. 과거보단 줄긴 했지만 호소력 있는 글을 쓸 때 젊은 인간들이 종종 이용한다고 들었습니다."

장수거북은 야구모자의 트럭에 실려 이동했을 당시, 차체에서 흘러나오던 '매체의 역사'를 기억나는 대로 말했다.

"제가 바다에 입성한 기념으로 여기 한 줄 써도 되겠습니까?"

"여부가 있겠는가."

흰수염고래가 자리를 내주자 장수거북은 아직 익숙지 않은 터치로 느릿느릿 글자를 입력해 나갔다.

—장수거북, 인간세계를 탈출하여 돌아오다. 아쿠아리움이란 곳에서 수개월간 감금당했으나 수확도 있었으니… 바로 대왕문어님을 만났다는 것. 보름달이 뜰 때쯤 모습을 드러내실 예정이니 다들 왕의 귀환을 기대하시라!

"개성 있는 문장이군. [고래의 꿈] 성격이 확장되는 것 같기도 하고 말이야. 시간이 되면 내가 운영하는 독서모임에도 나오지 그래. 이번 도서는 〈피노키오〉인데 얇아서 입문용으로도 그저 그만이라네."

"짬 날 때마다 와서 읽어보고 참석하겠습니다."

이때 흑명태 하나가 지나가다 말고 지느러미를 과하게 파닥거렸다.

“하마터면 부딪칠 뻔했잖아. 길에다 이런 걸 세워놓으면 어쩌…자는 건지요.”

흑명태는 장수거북 뒤에 거대한 배경처럼 버티고 있는 흰수염고래를 보곤 뒤늦게 예의를 차렸다.

“미안하군. 하지만 공공재의 위치를 옮길 수 없는 점 양해 바라네. 자유롭게 의견을 개진하기 위해선 잘 보이는 길목에 있어야 하거든.”

흑명태는 공공재란 말에 호기심이 생겨 [고래의 꿈]을 터치해 보았다. 인간이 저장해 놓은 수많은 책, 그리고 감상을 저장해 놓은 메모장 말곤 별다른 게 없었다. 그때 자신을 사로잡는 문장 하나가 눈에 띄었다.

“오, 왕의 귀환? 이거 진짭니까?”

장수거북은 자신 있게 팔을 들었다.

“그럼요. 뭍의 세계에 있을 때 대왕문어님이 저랑 약속했는걸요.”

흑명태는 그 말을 믿어도 될지 모르겠지만 다소 마음이 놓였다. 요사이 바다에서 일어나는 크고 작은 사건들 때문에 먹이사냥은 물론 잠자리에 있어서도 피해가 막심한 탓이었다.

“그런데 패드 안에 볼 만한 게 없네요.”

흰수염고래는 머리를 좌우로 저었다.

“독서, 그리고 기록이란 게 처음엔 어렵고 진입장벽이 높은 행위로 여겨질 수 있지만 나중엔 하나의 문화로 자리 잡을 수도 있네. 그리되면 물살이들끼리 건전한 토론 문화가 형성될 것이고 우리는 보다 이상적인 생물로 거듭나게 되겠지."

"아까 자유롭게 의견을 개진해도 된다고 하셨는데 그럼 한마디 써도 되겠습니까?"

흰수염고래가 흔쾌히 고개를 끄덕이자 흑명태는 빠르게 끄적여 나갔다. 그가 꼬리를 흔들며 사라진 자리엔 이런 문장이 남아 있었다.

—공공재 [고래의 꿈]을 철거하라!

용왕님 가라사대

"자연의 색이란 어쩜 저리 곱고도 신비로울까?"

물살이들은 리본장어가 지나갈 때마다 힐끔거렸다. 사춘기에 이른 리본장어는 이제 까만색이 아닌 사파이어 같은 청옥색으로 몸통이 뒤덮여 있었다. 그것은 노란 등지느러미와 어우러져 눈부신 조화를 이루었다.

"나도 너처럼 고운 시절이 있었지. 지금을 즐기렴."

기다란 몸통이 전부 싯누런 색으로 뒤덮인 리본장어가 저편에서 말을 걸어왔다.

"누님이라고 해야 하나요. 여하튼 안녕하세요."

"아유, 예의 바른 수컷이기도 하지."

"아직 겪어보진 않았지만 암컷의 고충이 이해가 가네요. 부디 산란 잘하셔요."

리본장어는 끝인사도 깍듯이 하고선 난파선으로 들어섰다.

"안녕하세요, 오징어님."

"이야! 너 때깔 한번 죽이는구나."

리본장어는 이전보다 몸집이 더 커졌지만 비늘을 덮은 색깔이 밝아졌기에 미성숙기보다 더 만만해 보였다.

"이제부터가 인생의 절정기 아니겠어요? 암컷 되기 전까지 실컷 놀 거예요. 참, 오징어님. 그날 이후로 지금까지 배가 하나도 안 아파요. 오징어님의 문질력 덕인가 봐요."

"문질…력? 하하, 듣던 중 반가운 소식이구나."

그때 난파선 창틀 사이로 은빛연어 한 마리가 힘차게 물살을 헤치며 들어왔다.

"여기가 용왕님을 꿈에서 보았다는 오징어님이 사는 곳 맞나요?"

"제가 그 오징어입니다만."

대왕오징어는 최대한 음성을 낮게 내리깔았다.

"제 동료가 사냥한 먹이를 빼앗겨서 울고 있는데 도와주셨다면서요. 감사해요."

"난 그저 대왕문어님이 정해 놓은 사냥 구역을 모리배들에게 환기시켜 준 것뿐인데."

은빛연어는 감사함의 표시로 지느러미를 공손히 모았다.

"오징어님이 꿈 이야기를 늘어놓자 그놈들이 아가미가 너덜거릴 정도로 줄행랑쳤다면서요. 참으로 대단하세요."

대왕오징어는 용왕이란 신화 속 생물의 위력을 새삼 실감했다. 그렇지 않고서야 뒷골목의 껄렁뱅이들에게 겁주던 평소의 행위를 가지고 다들 찬양 일색으로 추켜세워 줄 리 없었다.

"저기… 무리한 부탁인 줄은 알지만 아예 공식적으로 나서서 바다의 무질서를 바로잡아 주시면 안 될까요? 대왕문어님이 오시기 전까지라도 말이에요."

은빛연어는 난파선에 온 목적을 가감 없이 쏟아냈다. 얼마 뒤 산란을 위해 민물로 돌아가야 하는데, 지금처럼 무법천지의 바다가 계속된다면 강에 도달하기도 전에 이곳에서 운명을 다하고 말 것이었다. 삶의 목적이 유전자를 남기는 게 전부인 은빛연어에게 바다에서 목숨을 보전하는 일보다 중요한 건 없었다.

"하지만 대왕문어님의 왕좌에 어찌 내가……"

대왕오징어가 말끝을 흐리자 리본장어가 바로 받아 챘다.

"사실 몸집 크기로 말할 것 같으면 문어, 오징어, 고래 세 분이 비등하잖아요. 인간이 이 세 분에게만 '대왕'이란 단어를 붙여준 것만 봐도 알 수 있어요. 그러니까 제가 하고픈 말은 원래 오징어님도 대왕오징어라 불릴 자격이 있단 거지요."

옛날 옛적 대왕문어가 왕좌를 차지하게 되면서 '대왕'이란 단어는 오직 문어에게만 붙일 수 있도록 합의를 본 적이 있었다. 그 이후 대왕오징어에겐 그냥 '오징어', 대왕고래에겐 '흰수염고래'라고 부르게 된 것이었다.

'하긴, 언제까지 왕좌를 공석으로 둘 순 없는 노릇 아닌가. 그리고 어젯밤에 진짜로 용왕 꿈을 또 꾸기도 했고. 정말 내가 선택받은 생물인 걸까?'

용왕이란 존재에 대해 생각하다 잠들어서 그런지 몰라도 또다시 꿈에 용왕이 등장한 것이었다. 사실 대왕오징어는 자신이 꿈에서 본 게 용왕이라고 단정 짓기 어려웠다. 그도 그럴 것이 신화 속 생물을 실제로 본 이는 아무도 없었다. 아마도 머릿속에 그리고 있는 용왕의 모습은 저마다 각양각색일 것이었다. 신화에 의하면 용왕님의 몸통을 덮고 있는 비늘은 너무도 투명하여 보이지 않을 정도이며 몸의 길이 역시 그 끝을 알 수 없다고 했다. 육안으로 식별이 불가능하지만 어딘가에 존재하는, 그리하여 이 해역을 지켜주는 범접 불가능한 생물이 바로 용왕님이었다.

'용왕이 진짜 존재한다면 난 선택받은 거고, 신화일 뿐이라 해도 내 꿈에 나왔단 사실은 변치 않는다. 그래, 까짓것 대왕문어가 한 것처럼 이 해역을 통치해보자. 대왕이 별건가? 나도 원래 대왕오징어였잖아.'

두 개의 촉완에 힘이 바짝 들어간 오징어는 결심한 듯 고개를 치켜들었다.

"앞으로 이 해역의 치안 유지를 위해 계속 힘써보도록 하겠습니다. 그럼 어젯밤 용왕님께서 제 꿈에 나온 이야길 들려드리도록 하지요."

"우와, 역시 또 꿈에 강림하실 줄 알았어요!"

리본장어는 노랑과 청옥색이 섞인 몸통을 비비 꼬면서 기뻐했다. 은빛연어는 '꿈보다 해몽인 건가' 싶은 표정으로 대왕오징어와 리본장어를 번갈아 보았다.

'리본장어가 원래 용왕님을 저렇게 믿었던가? 그래서 오징어님을 추종하는 걸까?'

대왕문어의 통치 시절, 리본장어는 누구보다도 높은 충성도를 보였었다. 그랬기에 은빛연어는 고개를 갸웃거릴 수밖에 없었다. 그때 난파선 안으로 시커먼 주둥이 하나가 쓱 들어왔다.

"저기, 지나가다 본의 아니게 엿들었습니다. 요즘 해역이 안정을 되찾았다 싶었는데 그게 다 오징어님 덕분이었군요."

모두의 시선이 흑명태에게로 쏠렸다.

"헌데 대왕문어님이 머지않아 돌아온단 소식은 들으셨는지요?"

"누가 그래요?"

리본장어가 흑명태를 불청객 대하듯 쏘아보았다. 흑명태가 방금 본 [고래의 꿈] 이야기를 늘어놓자 리본장어는 코웃음을 쳤다.

"오징어님, 누군가 끼적인 낙서 따위에 신경 쓰지 마세요."

고개를 끄덕이려는 대왕오징어를 향해 은빛연어가 도리질을 했다.

"[고래의 꿈]은 흰수염고래님이 만든 공공 커뮤니티 게시판이에요. 신빙성이 없지 않습니다."

은빛연어는 체력 훈련을 위해 험난한 지형인 갯바위구까지 가서 비늘 도장을 찍고 오는 게 일과 중 하나였다. 그래서 [고래의 꿈]을 익히 알고 있었다. 그때 리본장어가 또 한번 나섰다.

"아마 누군가 지어낸 글이겠죠. 글로 적어놨으니 그럴듯해 보이는 거 아니겠어요?"

그 말에 흑명태는 순간 대가리를 세게 맞은 듯한 충격에 빠졌다.

'구전으로 내려오는 이야기가 아니라 기록으로 보존해야 그럴듯해지는구나… 시간이 지나도 많은 이들이 볼 수 있고 말이지. 흰수염고래는 누구보다도 이걸 빠르게 간파했던 거야.'

큰 깨달음을 얻은 흑명태의 주둥이에서 이런 말이 튀어나왔다.

"우리도 오징어님의 꿈을 기록하는 게 어떻겠습니까? 용왕님의 말씀을 박제하는 겁니다."

"우왓, 좋은 생각이에요!"

리본장어가 흑명태의 말에 찬성하며 몸을 덩실거렸다. 대왕오징어는 잠시 생각하는 듯하더니 난파선 아래로 세모 지느러미를 밀어넣었다. 수관에서 물이 후욱, 하고 뿜어져 나오자 그에 대한 반작용으로 큼지막한 몸통이 무서운 속도로 내려갔다. 그와 같은 기세로 조금 뒤 다시 올라온 대왕오징어의 여덟 개 다리엔 [고래의 꿈]과 비슷한 크기의 패드가 감겨 있었다. 투명 막 안에 든 그것은 약속이라도 한 듯 흑명태에게 건네졌다.

'이왕이면 [고래의 꿈]을 능가하는 걸로 만들어야지.'

메모장을 활성화시키는 흑명태의 마음 저변에서 인정욕구가 모락모락 피어올랐다. 사실 흑명태는 치어 시절부터 용왕님에 대한 이야기를 아가미에 못이 박히도록 듣고 자랐다. 그에게 이야길 들려주었던—지금은 노쇠한— 명태들은 아직도 신화 속 생물을 지극정성으로 섬겼다. 그도 그럴 것이 인간들이 명태류를 워낙 싹쓸이해 간 탓에 절멸 위기에 놓이기도 했고 지구온난화로 인해 짝짓기가 점점 어려워진 탓도 있었다. 흑명태는 자신의 종끼리 암묵적으로 떠받들고 있는 용왕님 신화에 대해 다른 물살이들에게 언급한 적이 한 번도 없었다. 특히나 대왕문어님 시절에는 전부 그를 믿고 따랐기에 더욱이 입조심을 했었다. 그런데 오늘 용왕님을 따르는 이들이 생각보다 많단 것을 알고 내심 놀랄 수밖에 없었다. 물살이들은 항상 의지할 누군가가 있어야 하는 것일까? 흑명태는 대왕문어님이 바다에 돌아올 확률이 0에 수렴한다고 보았다. 장수거북이 육지에서 탈출한 것을 외려 기적이라 봐야 할 것이었다. 현재로선 오징어님 아래 집결하는 게 이 해역의 안정을 도모하는 최선의 길이란 판단이 섰다. 용왕님 꿈을 연속으로 꾼다는 게 다소 의심이 갔으나, 다른 한편으론 평소에 믿음이 얼마나 신실했으면 그런 걸까 싶기도 했다.

"[용왕님 가라사대] 어떻습니까?"

"우와, 주둥이에 착 감기는데요?"

"참으로 비상한 재주를 가진 물살이로구먼."

대왕오징어는 흑명태를 치하한 뒤 어젯밤 꿈에 용왕님이 하신 말씀을 적어보겠다며 나섰다.

어지러운 해역을 이끌어 나갈 자는 오직 대왕이란 타이틀이 붙은 한 마리의 생물뿐이니. 위로는 지느러미가, 가운데엔 몸통이, 아래엔 머리와 다리가 달려 있느니. 내 다음날에 또 나타나 가르침을 주리니.

흑명태는 대왕오징어가 쓴 글자의 크기를 진하게 키우던 와중 속으로 자문했다.

'머리와 다리가 몸통 아래에 있는 건 대왕문어님에게도 해당이 되는 말이잖아. 앞으로 흥미진진하겠는걸. 이미 대세는 기운 것 같지만.'

흑명태는 모인 이들에게 한마디씩 쓸 것을 권했다. 바로 리본장어가 나섰다.

—용왕님, 제 꿈엔 언제 나오실 건가요? 알러뷰 쏘마취.

다음은 흑명태 차례였다.

—용왕님께서 연일 대왕오징어님의 무의식을 통해 말씀을 전달하고 계신다.

흑명태는 오징어 앞에 '대왕'을 붙일까 말까 고민하다가 결국 붙이는 쪽을 택했다.

은빛연어도 우물쭈물하다 지느러미를 들었다.

—신화가 현실로 이어질 수 있을까요?

[용왕님 가라사대]를 자축한 물살이들은 덕담을 나누곤 각자의 서식처로 돌아갔다. 대왕오징어는 낮잠을 청하기 위해 난파선

아래로 침전했다.

한참 후 난파선 앞 모래밭에서 별 모양 하나가 훅, 튀어 올랐다. 사방에 아무도 없는 것을 확인한 불가살이는 네모난 패드 속 문장들을 주욱 읽어 내려갔다. 그러곤 다섯 개의 팔로 재빠르게 한마디 남겼다. 참으로 군더더기 없는 명료한 두 음절이 달렸다.

—멍멍

피노키오

—공부하라고 책 사줬더니 팔아버리고 이상한 친구와 나쁜 길로 가는 피노키오는 한심 그 자체.

—하지만 우리 역시 치어 시절에 한심하지 않았나요?

—그러게요. 왜 새끼들은 양육자의 말을 반대로 듣는 걸까요? 그래야 마치 자식이란 게 증명이라도 된단 듯.

"이런 책이 나오는 걸 보면 인간도 우리랑 하등 다를 게 없나 봅니다."

패드 속 리뷰들을 눈으로 읽던 흰수염고래가 입을 열자 그때서야 피피크랩은 뒤를 돌아보았다. 그는 바로 폼폼크랩을 인사시켰다.

"오, 네가 말로만 듣던 피피크랩의 반쪽이로구나. 반갑다."

폼폼크랩은 흰수염고래와 정식으로 첫 대면을 했다. 피피크랩의 집게발에 껍질 떠밀려오긴 했지만 독서모임에 참석하길 잘했단 생각이 들었다. 〈피노키오〉는 나름 재미와 교훈이 있었다. 피피크랩은 참조하란 듯 먼저 감상을 읊었다.

"피노키오가 고래에게 잡아먹혔을 땐 끝장이구나 싶었는데 고래 뱃속에서 제페토 할아버지를 만날 줄이야… 재회 장면은 정말 감동적이었어요."

폼폼크랩은 자신의 차례가 되자 괜히 긴장이 되었다.

"저기 그런데… 고래의 재채기 때문에 피노키오와 할아버지가 뱃속에서 빠져나오게 되잖아요. 그거 흰수염고래님이 일부러 해피엔딩으로 마무리 지으려고 그러신 건가요?"

"하하하, 너무 몰입했구나. 폼폼, 소설은 허구란다. 더군다나 내가 쓴 것도 아니고 이탈리아라는 나라에 사는 인간이 쓴 작품인걸."

한바탕 웃음바다가 인 그때 저 멀리서 누군가 헤엄쳐오는 모습이 포착됐다.

"큰일 났어요, 큰일!"

장수거북은 육지와 달리 바다에선 달리기 선수라고 할 만큼 속도가 빨랐다. 그랬기에 폼폼크랩은 두 눈을 의심할 수밖에 없었다. 장수거북은 가쁜 숨을 몰아쉬며 [고래의 꿈]을 모방한 [용왕님 가라사대]며, 오징어의 꿈에 용왕님이 매일같이 출몰한다는 믿을 수 없는 이야기까지 들은 대로 털어놓았다. 흰수염고래는 의외로 침착한 모습이었다. 다리를 동동 구르는 건 크랩들이었다.

"넌 용왕님 믿어?"

"난 눈에 보이는 것만 믿어."

"오징어 그놈 완전 사기꾼 아냐? 꿈은 증명할 수가 없잖아."

"피노키오처럼 코가 길어져봐야 정신을 차리지."

크랩들이 아웅다웅하는 틈을 파고들어 장수거북이 끼어들었다.

"제일 나쁜 건 흑명태예요. 우리한텐 패드 철거하라고 저주를 써 갈기더니, 그대로 따라 하는 꼴 좀 보라구요."

"앞으로 그 얘긴 하지 마세요. 그 글은 제가 삭제했으니까."

장수거북은 피피크랩의 말을 잘못 알아들었단 듯 모가지를 길게 내뺐다.

"게시판의 정화를 위해 삭제했다구요."

흰수염고래의 침묵은 암묵적인 동조를 의미했다. 장수거북은 반박하지 않을 수 없었다.

"그럼 긍정의 논조만 띠게 되어 [고래의 꿈]에선 제대로 된 토론이 이루어지지 않을 텐데요."

"정당한 비판은 받아들일 수 있지만 밑도 끝도 없는 힐난조는 상대할 가치도 없어요. 놀이에도 규칙이 있듯 선을 넘는 발언은 반칙이라 탈락이에요."

피피크랩의 말에 장수거북은 고개를 갸웃거렸다.

'예를 갖춰 깍듯이 반론하면 괜찮단 건가? 하긴 흑명태가 좀 무례하긴 했어.'

"대왕문어님은 지금 어디쯤이실지……"

흰수염고래의 말에 일순 모두의 낯빛이 흐려졌다. 사실 아무도 주둥이 밖으로 꺼내지 않았지만 바로 오늘이 만월로 차오르는 날이었다.

"실제로 얼마나 많은 물살이들이 꿈 이야길 믿는지 모르겠지만 오징어에게 휩쓸리고 있는 것 같아요."

장수거북의 말에 크랩들이 집게발을 치켜들곤 아우성을 쳤다.

"왕좌의 공석이 길어지니 물살이들이 불안해서 객관적 판단을 못 하고 있어."

"오징어는 그 틈을 교묘히 파고들어 구세주 목소리를 대변하는 척 행세하고 있고."

"피피, 네가 저번에 인간계의 투표제에 대해 얘기한 적 있잖아. 다수결 원칙이라고 했나? 우리도 그걸 도입하면 어떨까? 흰수염고래님은 어떻게 생각하세요?"

그러자 장수거북이 팔을 휘휘 저었다.

"만약 그렇게 했다가 대왕문어님을 기다리잔 표보다 새로운 대왕으로 오징어를 추대하잔 표가 더 많이 나오면 어떡해요? 우리가 소수란 이유로 묵살되는 건 싫어요."

"그래도 공정하잖아."

물살이들의 의견이 갈리는 가운데 흰수염고래의 묵직한 한마디가 대화를 종결시켰다.

"난파선에 가봐야겠구나."

장수거북이 길잡이로 앞장서자 흰수염고래 뒤로 두 크랩도 따라나섰다. 사실 흰수염고래는 대왕오징어를 만나러 가는 길이 영 탐탁지 않았다. 둘은 조상 때부터 사이가 좋지 않았기 때문에 웬만하면 부딪치는 것을 피해왔었다. 흰수염고래의 친척뻘인 이빨고래가 대왕오징어와 격렬하게 싸운 끝에 잡아먹었단 이야기는 고래들 사이에서 전래동화처럼 내려오고 있었다. 동화의 백미는 인간들이 고래사냥을 하여 이빨고래의 배를 갈랐는데 그 안에 든 대왕오징어의 사체를 보고 괴물이라 여겨 도망갔단 결말 부분이었다. 그 때문에 오징어들은 속으로 고래를 적대시했다. 고래들 역시 마찬가지였다.

난파선의 크기에 맞먹는 몸집을 가진 흰수염고래가 안으로 들어오자 대왕오징어는 저도 모르게 다리들이 경직되었다. 함께 있던 작은 물살이들도 일제히 숨을 멈췄다. 고래가 험상궂은 표정이나 태도를 보이지 않았음에도 그 크기와 아우라에 압도되어 지레 겁부터 먹은 것이었다.

"[용왕님 가라사대]가 생겼다 하여 덕담을 쓰러 왔습니다."

"환영…합니다."

대왕오징어는 썩은 미소를 지으며 패드 앞으로 안내했다. 흰수염고래는 진지한 낯빛으로 한 문장 남겼다.

—바다의 질서를 어지럽히는 자, 그 끝이 좋지 못하리라.

대왕오징어의 면상이 울그락불그락 달아오르더니 다음과 같은 글을 내리달았다.

—용왕님의 말씀을 거스르는 자, 종래에 재앙이 있으리.

두 마리의 거대한 물살이가 맹렬한 기세로 서로를 노려보았다.

"진정 반역을 일으킬 셈입니까?"

"민심이라는 명분이 있으면 반역이 아니라 혁명입니다."

"민심이라니, 하긴 착각도 자유지요."

"용왕님의 계시까지 뒷받침되면 이는 거스를 수 없는 운명 아니겠습니까."

"당신 꿈에 용왕님이 나온다는 걸 어떻게 믿는단 말입니까?"

"용왕님의 행보를 의심하다니, 머잖아 천벌을 받을까 우려됩니다."

"누가 천벌을 받을지는 두고 봐야 알겠지요."

"저처럼 용왕님과 교감하는 신실한 생물은……"

"용왕님의 꼭두각시로밖에 안 보입니다."

"말씀이 심하시군요."

"그냥 왕좌에 오르고 싶다고 솔직하게 말씀하시지요."

"물론 제 의지도 일정 부분 있습니다. 제 오랜 소망이 물살이들이 배불리 먹고 사는 거였으니까요."

"대왕 자리를 꿰차고 싶어 그럴듯한 말을 내뱉는 것인지, 진정 그러한 마음을 품고 있어서 대왕이 되려는 것인지 알 수가 없으니 말입니다."

대왕오징어는 눈알에 핏줄이 터지도록 힘을 주곤 흰수염고래를 노려보았다. 흰수염고래 역시 지지 않고 물풀 같은 수염들을 밖으로 끄집어내어 단박에 시야를 차단해버렸다.

"생사도 알 수 없는 생물 하나 때문에 이 해역의 많은 물살이들이 언제까지 불안에 떨어야 합니까?"

"함부로 주둥이 놀리시면 곤란합니다."

"뭐라구요?"

"먼저 선 넘은 게 누굽니까?"

"지금 해보자는 거예요?"

"의미 없는 말씨름은 관두지요. 그럼 제안 하나 하겠습니다. 인간계의 투표제를 적용해 표를 많이 받은 후보가 왕좌에 오르도록 하지요."

대왕오징어는 선거제도에 대한 설명을 들을 생각도 않고 대가리를 저었다.

"역시 포유류답게 인간을 따라 하려 하는군요. 저는 결코 수락할 수 없습니다. 오직 용왕님의 분부대로 움직일 거니까요."

"꿈을 증명할 방법이 없어서 안 된다고 몇 번을 말합니까."

"도돌이표를 생성하고 있는 건 흰수염고래님입니다. 대신 제가 통 크게 양보하여 인간계처럼 왕좌의 임기를 정하도록 하겠습니다."

예상대로 흰수염고래가 고민에 빠진 모습을 보이자 대왕오징어는 잽싸게 흑명태를 불러들였다.

"흑명태는 이 모든 대화를 [용왕님 가라사대]에 기록하도록."

흑명태는 불꽃 튀는 기 싸움을 그대로 남기기 위해 난파선 위로 올라갔다. 패드에 잽싸게 써내려 가는 동안 많은 물살이들이 그것을 지켜보았다. 흰수염고래는 꿈을 인증할 수 없다면 인간계의 투표제를 적용해야 한다는 주장을 끝까지 굽히지 않았다. 그렇게 시간이 흘렀고 밤이 깊었다. 물살이들은 내일을 기약하며 돌아갔다.

물살이들은 오늘따라 파도가 험하다는 것을 저마다 해면의 진동으로 느끼고 있었다. 이런 날이면 깊숙한 곳에 몸을 숨기고 잠이나 청하는 게 상책이었다. 조류 역시 가파르게 흐르고 있어 금방이라도 뭔가가 확 뒤집히며 판세가 달라질 것만 같았다. 묵직한 어둠을 품고 있는 난파선에선 곧 믿을 수 없는 일이 발생할 것 같았다. 아닌 게 아니라 난파선 앞 모래밭에서 별 모양의 생물 하나가 훅, 솟아올랐다. 플라스틱 부스러기처럼 가볍기 그지없는 그것은 어둠을 밝히고 있는 네모난 빛 앞으로 총총 다가갔다. 그곳엔 방금 구워낸 듯한 꿈 이야기가 모락모락 연기를 피워내고 있었다.

대왕문어는 어젯밤 인간계에서 문어숙회가 되었기에 '대왕'이란 칭호를 박탈시키는바, 오징어는 본래 네 이름을 찾아야 하리.

잠시 후 그 아래 짧은 두 음절이 달렸다.

—개꿈

용왕교

> 용왕님의 부르심을 받든 대왕오징어님께서 마침내 용왕교를 창시하시나니, 혼란과 도탄에 빠진 물살이들은 모두 [용왕님 가라사대]로 모이라. 내 너희들을 배곯지 않게 하리라.

[용왕님 가라사대]는 신화 속에서 잠들어 있던 용왕님을 수면 위로 드러내는 데 결정적인 역할을 했다. 이후 커뮤니티 게시판의 회원들은 기하급수적으로 늘어났다. 그에 반비례해 대왕문어를 추모하는 움직임은 갈수록 더뎌졌다. 그 더딤의 이유가 누군가는 '문어숙회설' 때문이라고 했고, 다른 누군가는 '용왕교' 때문이라고 했다.

용왕교 창시 이래 대왕오징어의 첫 공식 연설이 있던 날, 물살이들은 떼를 지어 몰려들었다. 난파선 가장자리에는 ⌇문양의 미역이 원 형태로 빙 둘러졌는데 이는 용왕교를 상징하는 문양이었다. 흑명태는 난파선의 끝과 끝을 오가며 누군가 성스러운 문양을 밟는 우를 범하진 않는지 예의주시하며 살폈다. 이윽고 강력한 물살과 함께 솟아오른 대왕오징어가 모습을 드러냈다. 난파선 아래에선 우레와 같은 지느러미 마찰 소리가 떠나갈 듯이 울려 퍼졌다. 그는 짧은 인사말을 건넨 후 바로 본론으로 들어갔다.

"여러분, 우리에게 가장 중요한 게 뭡니까? 바로 '식(食)'입니다. 세상에 먹는 것만큼 절박한 것도 없습니다. 용왕교는 모두가 배곯지 않는 사회를 만들어 보일 겁니다. 이제부터 매일 아침 자신의 서식처 주변에서 먹이 줍기를 한 뒤 먹이저장고에 바치십시오. 식사 시간이 되면 자신의 몸무게에 맞는 먹이의 정량을 먹이저장고에서 배급하도록 하겠습니다. 과식, 편식 이런 것은 이제 청산해야 합니다. 누군가 과식을 하면 누군가는 굶주릴 수밖에 없으니까요. 또한 편식은 영양의 불균형을 초래하여 건강을 해칩니다. 모두가 적당한 영양분을 골고루 섭취해야 한다, 이 말입니다. 앞으로 할당받은 먹이 외에 군것질이나 간식을 먹는 행위가 적발될 경우 다음 날 그만큼의 먹이를 제할 겁니다. 운 좋게 들키지 않는다 하더라도 용왕님께선 다 굽어살피고 계신다는 점을 명심해야 할 것입니다."

예상치 못한 연설 내용에 물살이들이 하나둘씩 술렁이기 시작했다. 멀찍이서 보고 있던 흰수염고래의 수염 역시 가느다랗게 흔들렸다.

"'식' 다음으로 중요한 게 뭡니까? 바로 '동(動)'입니다. 먹었으면 그만큼 움직여줘야 합니다. 인간계에도 '일하지 않은 자 먹지도 말라'라는 속담이 있습니다. 건강하게 장수하는 것이야말로 우리 모두의 소망 아니겠습니까? 그렇기에 앞으로 이 해역에 산책로를 건설할 겁니다. 식사를 마친 물살이들은 매일 산책로 공사 현장으로 가서 물길을 내도록 하십시오. 그렇게 부지런히 구슬땀을 흘려야 저녁에 배급될 먹이도 맛있게 먹을 수 있습니다. 참고로 저녁은 점심보다 적은 양이 할당될 텐데 어두워지면 소식을 하는 게 순리인 건 모두가 알고 있을 겁니다. 적당한 먹이와 적당한 움직임이 몸에 배어 모두가 정신적, 육체적으로 건강해지는 그날까지—용왕교라는 두터운 공동체 속에서— 함께 나아가도록 합시다. 그럼 이것으로 용왕님의 교리 전달을 마치겠습니다."

연설이 끝나자 대왕오징어의 극성팬들이 앞다투어 몰려왔다.

"제 배 한 번만 문질러주세요."

"저는 대가리요."

여기저기서 '용왕교 만세', '대왕오징어님 만세', '문질력 만세'라는 구호가 튀어나왔다. 먼발치에서 보고 있던 개복치는 슬그머니 돌아섰다. 그러나 대형잠수함을 연상시킬 정도로 압도적인 몸집을 가졌는지라 눈에 띌 수밖에 없었다. 꼬리지느러미가 없는 반 토막 몸통은 방정맞은 느낌을 주기도 했지만, 자라다 만 것 같은 뭉뚝한 게 자그마치 1,000킬로그램이 넘었기 때문에 진중한 느낌을 주기도 했다. 한마디로 상반된 느낌을 동시에 자아내는 개복치였다.

사실 개복치 의원은 자신의 종이 지니는 특성과는 거리가 멀어 돌연변이 쪽에 가까웠다. 예로부터 개복치는 몸을 사리는 경향이 강해 덩칫값을 못 한다는 꼬리표가 따라붙었었다. 그의 동족들 대부분이 아침 햇살의 강렬함에 놀라 죽거나, 점프를 하다 수면에 부딪친 통증으로 인해 즉사하거나, 일광욕을 하다 만난 갈매기 때문에 스트레스받아 심정지가 오거나, 바닷속 공기방울이 눈에 들어오는 바람에 돌연사하거나 했다. 그러나 개복치 의원은 그런 이유로 죽지 않았다. 그가 질병을 고치는 의원이 된 것은 어쩌면 자기 자신을 지키기 위해선지도 몰랐다.

"개복치 의원님, 잠깐만요."

"아아, 인간계를 용케 탈출하신 장수거북님 아니십니까."

그는 예의 정갈한 웃음을 지으며 돌아보았다.

"그저 운이 좋았습니다. 헌데… 의원님은 대왕문어님이 그렇게 되었다는 것에 대해 어찌 생각하시는지요."

장수거북은 개복치 의원이 대왕문어 통치 시절에 갯바위구를 종종 오갔던 것을 기억하고 있었다. 그래서 이참에 그의 속내를 알고 싶었다. 그러나 그의 단정한 웃음 앞에서 머릿속이 하얗게 무장 해제되었다.

개복치 의원은 예전에 '문어숙회'라는 제목이 달린 영상을 본 적이 있었다. 넓적한 접시 위에 잘게 썰린 문어가 꽃장식과 함께 펼쳐져 있었다. 그것들은 인간들의 식도를 타고 순식간에 사라졌다. 그때 함께 본 물살이들은 눈물을 흘리는가 하면 더러는 오줌을 질질 싸기도 했다. 하지만 개복치는 인간이 입가에 흘리는 타액을 끝까지 지켜보았었다.

"역경과 고난을 헤치고서 그분이 우리 곁에 나타나주시길 간절히 바라고 있습니다. 하지만 그렇지 못한다 한들 받아들여야 하지 않겠습니까."

장수거북은 개복치 의원이 자신의 질문을 다소 비켜섰다고 느꼈다. 의중을 못 알아들어서 그런 건지, 의도된 대답인 건지 알 수 없었다.

그로부터 며칠 뒤 [용왕님 가라사대]엔 문서 하나가 올라왔다. 대왕의 임기는 1년으로 정해졌으며 연임은 한 번만 할 수 있단 내용이었다. 그쯤 [용왕님 가라사대]의 메인 화면은 '난파선당'이란 네 음절이 커다랗게 차지했다. 비슷한 시기에 [고래의 꿈]의 메인 화면 역시 '갯바위당'이란 네 음절로 꽉 들어찼다.

흑명태

"나누어준 먹이는 모두 먹도록 합시다. 골고루 먹어야 건강해지니까요."

먹이저장고 앞에 선 흑명태는 톳에 버무린 난바다곤쟁이를 덩어리로 뭉쳐서 물살이들에게 배식했다. 눈짐작으로 물살이들의 몸무게를 추정하여 나누어주었는데 그 누구도 많다거나 적다는 불만을 표출하지 않았다. 저 멀리서 대왕오징어가 흡족한 미소를 지으며 지켜보고 있어서였는데, 정작 대왕 자신은 그 이유 때문임을 인지하지 못했다.

'내가 관장하는 한, 이 해역의 모든 물살이들이 건강하고 행복하게 살 수 있도록 할 것이다!'

사실 '적당한 먹이와 적당한 움직임' 슬로건은 용왕님의 꿈이 아닌 그의 머릿속에서 나온 안이었다. 건강한 육체에 건강한 정신이 깃든단 인간의 속담을 전날 주운 휴대폰에서 본 게 영감이 되어 정책 구상으로 이어지게 된 것이었다. 대왕오징어는 거기 있는 속담을 달달 외웠다. 향후 자신의 통치에 이정표를 제시해 주리라 믿어 의심치 않으며.

대왕오징어는 리본장어가 난바다곤쟁이를 맛깔나게 먹어치우는 모습을 줄곧 따뜻한 시선으로 바라보았다. 그러나 불가살이의 배식 차례가 되자 그 온기가 스르륵 증발했다.

"저는 스스로 먹이를 구해서 먹으면 안 될까요? 딱 봐도 맛없어 보여서요."

흑명태는 배식 담당 중 이런 일은 처음인지라 당황했다. 인간 손바닥보다도 작은 불가살이에게 호통을 쳐야 할지 달래야 할지도 판가름이 서지 않았다. 때마침 대왕오징어가 수관으로 물줄기를 후욱 분출하며 다가왔다.

"일단 배식된 먹이를 며칠 먹어보시지요. 얼마 가지 않아 적정 체중을 유지함은 물론 몸이 몰라보게 건강해질 겁니다."

"알러지가 날 정도로 거부 반응을 일으킨다면요?"

대왕오징어는 쬐그만한 놈의 당돌함에 어이가 없어 자신도 모르게 먹물을 소량 분출했다. 주변의 바닷물이 시커멓게 물들자 식사 중이던 물살이들은 깜짝 놀라 사방으로 달아났다. 대왕오징어는 억지웃음을 띠며 불가살이에게 가까이 다가갔다.

"원.래. 몸.에. 좋.은. 건. 쓴. 법.입.니.다."

대왕오징어의 주둥이에서 한 글자씩 방출될 때마다 거대한 파동이 불가살이를 연이어 덮쳤다. 불가살이는 결국 온몸을 휘청거리며 먹이를 받아 갔다. 식사를 끝낸 물살이들은 산책로 공사 현장으로 가서 힘을 쏟았다. 무거운 돌과 가벼운 돌을 구별해 나른 뒤 길 모양을 내는 것이 주된 일이었는데, 일주일이나 매달려도 겨우 초입구나 만들어졌을 따름이었다. [용왕님 가라사대]에 그려진 설계도대로 하려면 완공까지 얼마나 걸릴지 가늠조차 되지 않았다. 자갈을 나르느라 집게발 일부가 부서진 피피크랩은 돌 틈에 몸뚱이를 욱여넣곤 한숨을 쉬었다. 폼폼크랩도 따라와 몸을 구겨 넣었다.

"왜 이렇게 사는 게 고달프지?"

"대왕오징어 얘기하면 뭐 하겠어. 내 입만 아프지."

"투표해서 이길 자신이 없으니까 번갯불 콩 구워 먹듯 왕좌 차지한 거 누가 모를 줄 알고?"

"에휴, 죽기 전에 산책로 완공한 거 볼 수나 있을지 모르겠다."

"난 최근 들어 먹은 걸 다 게워내고 있어. 억지로 먹어서 그런가?"

"난 불면증. 야참을 못 먹어선지 잠이 안 와."

폼폼크랩은 갑자기 실소가 나왔다. 이 꼴을 보려고 아쿠아리움을 탈출했던가? 그땐 갇힌 삶이긴 했지만 수조 안에서 나름 자유롭지 않았던가. 일부 심술궂은 손님에게 괴롭힘을 당한 적도 있었지만 이렇게까지 사는 게 힘들다고 느껴지진 않았다. 탈출해서 돌아온 드넓은 바다가 갑자기 숨이 막히도록 좁게 느껴졌다. 그는 부질없는 생각을 관두기 위해 힘겹게 게딱지를 일으켰다. 요즘엔 독서모임에 나가서도 졸기 일쑤였다. 마지못해 피피크랩을 따라나서긴 했지만 예전처럼 활자가 머릿속에 들어오지 않았다. 곱씹고 상상할 여유는 사치였다.

대왕오징어는 배식을 할 때나 산책로를 만들 때면 어김없이 나타나 물살이들을 독려했다. 그의 눈에 조금이라도 더 들려는 듯 모두가 열심히 먹고 열심히 일했다. 그러던 어느 날 감독 겸 순찰을 하던 대왕오징어는 모습을 감추었다. [용왕님 가라사대]에도 진한 글씨가 올라오지 않은 지 수일이 지났다. 일부 극성팬들은 문질력을 당하기 위해 난파선 밖에서 하염없이 기다리기도 했다. 한번은 참다못한 리본장어가 난파선에서 순시 중인 흑명태에게 볼멘소리를 냈다.

"흑명태님! 대왕오징어님은 왜 요즘 안 보이시죠?"

"용왕님의 말씀을 더 잘 듣기 위하여 수면 주간에 들어가셨습니다. 용건이 있으면 [용왕님 가라사대]에 쓰고 가십시오."

흑명태는 난파선 아래에 있는 리본장어가 잘 들리도록 크게 답했다.

"꼭 여쭙고 싶은 말이 있어서 그런데 언제쯤 수면 주간이 끝날까요?"

"그건 말해줄 수 없습니다."

흑명태는 딱 잘라 말했지만 실은 자신도 알 수 없었다. 리본장어는 패드에 무언가를 끼적이더니 깍듯이 인사를 하고 물러갔다. 흑명태는 잠시 뒤 그가 쓴 글을 확인했다.

—흑명태님께서 밤낮없이 난파선을 순시하고 계신다. 이 노고를 우리 물살이들은 알랑가 몰라. 대왕오징어님은 얼마나 고귀한 꿈을 꾸고 계시길래 꼭꼭 숨으신 걸까? 어서 기침하셔서 세모 지느러미 좀 보여주세요!

"수면 주간 같은 소리 하고 있네."

장수거북이 기척도 없이 나타나 한마디 날렸지만 흑명태는 조금도 놀라지 않았다.

"예의는 다시마에 쌈 싸 드셨습니까? 이 무슨 결례요?"

"잠자고 꿈만 꾸면 단 줄 아나? 대왕의 자리는 그렇게 한가한 자리가 아니란 말입니다. 물살이 수명에 맞게끔 1년 임기라 망정이지……"

"갯바위당에 안 있고 왜 여기까지 와서… 행여 계신 동안 미역 문양 밟지 않도록 주의 부탁드리겠습니다."

장수거북은 코웃음을 쳤다.

"흥, 원래 뻔뻔한 줄은 알고 있었지만 이 정도일 줄이야…… 우리에겐 악플을 남기고 사라지더니 [용왕님 가라사대]를 만들어? 도대체 그 낯짝이 얼마나 두꺼운 겁니까?"

"[고래의 꿈] 역시 인간의 커뮤니티 게시판을 모방한 것에 불과하지 않습니까?"

"뭍의 것을 물에 적용한 나와 그걸 고대로 베낀 당신이 같다고 생각해요? 됐고, 거두절미하고 묻겠습니다. 흑명태 당신은 진정 용왕교를 믿습니까?"

"진리를 의심하다니, 큰일 날 물살이로군요. 제가 [고래의 꿈] 철거를 주장한 이유도 바로 그 때문입니다. 용왕교를 제외한 다른 교리는 일체 근절되어야 합니다."

"다르게 묻지요. 당신은 지금 누구 말에 따르고 있습니까?"

"허 참, 대왕오징어님의 말씀이 곧 용왕님 말씀인 거 몰라요?"

흑명태는 버럭 성질을 냈다.

"적당한 먹이, 적당한 움직임도 용왕님 말씀이다?"

"그럼요. 이 해역의 물살이 모두가 등 따시고 배부를 수 있도록……"

"하하하핫."

이어지는 장수거북의 폭소가 흑명태의 말을 끊어버렸다. 그는 등껍질이 뒤집어지도록 한참을 웃어젖혔다.

"그렇다면 용왕님께서 상당히 잘못 짚으셨군요. 모두가 잘 사는 건 모두가 못 사는 것만큼이나 불가능한 일이거든요."

흑명태는 심히 불쾌해졌다.

"그래서 각자의 몸무게만큼 먹이를 분배하여 평등해지잔 것 아닙니까."

"평등은 그리 간단한 문제가 아닙니다. 알다시피 난 인간계를 경험하고 왔어요. 인간이 제아무리 뭍의 세계를 평정하여 지구의 주인인 양 굴어도 불평등 하나만은 해소하지 못하더군요."

장수거북은 아쿠아리움에서 마주한 손님들 모두가 다른 몸짓과 표정을 가지고 있었단 걸 떠올렸다. 여유가 배어 나오는 몸짓이 있는가 하면 쫓기는 것 같은 몸짓이 있었다. 우아한 표정이 있는가 하면 신경질적인 표정이 있었다. 처음엔 인간의 성정이 저마다 달라서 그런가 보다 했지만 그 때문이 아니란 걸 곧 깨달았다. 푸석한 머리칼과 구겨져 있는 옷차림을 한 인간의 얼굴은 십중팔구 찌들어 있었다. 목소리와 표정 역시 그것과 닮아 있었다. 하루 동안 자신을 한 번이라도 돌아볼 여유가 없는 인간의 피로감이 수조 벽을 타고 전해질 때면 장수거북은 저도 모르게 등껍질 안으로 모가지를 쑤셔 넣었다. 왜 누구는 죽도록 힘들고 누구는 태평하리라만치 살 만한가. 시간은 공평할진대 왜 누군 전쟁 같은 삶이고 누군 평화 자적한 삶인가. 아무것도 하지 않아도 의식주를 호화롭게 누릴 수 있다면 그건 무엇 때문인가. 왜 모두가 그럴 순 없는 것인가. 그것이 평등의 불가능 때문이란 걸 알아차리는 데까지는 그리 오랜 시간이 걸리지 않았다. 이렇듯 장수거북은 인간계에서 보고 느낀 바를 열렬히 토해냈지만 흑명태는 등비늘 하나 까딱하지 않았다.

"어류는 인류의 가장 말형 아닙니까? 얻다 대고 수준 낮은 호모사피엔스와 비교합니까? 이 해역에서 진정한 평등을 이룩해 보일 테니 어디 한번 두고 보십시오!"

백합조개

오늘도 산책로 건설에 박차를 가하기 위해 식사를 마친 물살이들이 공사 현장으로 모여들었다. 점점 수가 늘어나는 가운데 어디선가 웅성거리는 소리가 들렸다. 그것은 점차 확장되었다.

"멀리서 봐도 눈부시지 않아? 어쩜 태생이 저렇게 곱냐."

"아무 치장을 하지 않아도 충분히 예쁠 텐데 오늘 패션은 좀 과하네."

모든 물살이들이 백합조개를 보고 한마디씩 거들었다. 노랑과 주황을 영롱하게 섞어놓은 비치호박을 착용한 백합조개가 움직일 때마다 껍데기 안의 진주도 은은한 빛을 뿜어냈다. 그녀는 지나가기만 해도 모든 이들의 이목을 끌었다. 리본장어가 기다란 몸체를 휘저으며 현란함을 자랑한다면 백합조개는 작은 동작만으로도 물살이들의 시선을 잡아끄는 우아함을 갖추고 있었다.

"일하다 말고 어딜 가는 겁니까?"

공사 현장을 순찰 중이던 흑명태는 자리를 이탈한 백합조개를 불러 세웠다.

"오늘 주어진 임무는 다 했어요. 확인해보세요."

백합조개는 도회적인 생김새와 달리 구수한 어투 때문에 '입을 열면 깬다'는 평이 있었다. 석회암이 가득한 해안절벽 부근에 백합조개 군락이 형성되어 있었는데 그곳의 조개들은 이런 사투리를 쓰지 않았다. 그래서 그녀의 출신을 아무도 모른다는 소문이 있었다. 흑명태가 할당량을 꼼꼼하게 확인하고 있는데 물살이 점차 거칠어지기 시작했다. 저 멀리서 수면 주간을 끝낸 대왕오징어가 세찬 추진력으로 오고 있었다. 실로 간만의 등장이었다. 모든 물살이들이 하나같이 경배를 하며 뒤로 물러섰다. 오직 백합조개만이 그러지 않았다.

"안녕하세요, 대왕오징어님. 그렇지 않아도 뵙고 싶었어요."

대왕오징어는 백합조개의 거리낌 없는 태도에 약간의 흥미를 느꼈다.

"왜 대왕을 만나고 싶었습니까."

"저는 인근 해역에다 진주를 파는 백합상회를 운영하고 있어요. 진주를 많이 팔면 난바다곤쟁이도 많이 수입해 올 수 있지요. 즉, 다시 말해 진주 생산으로 먹이를 공급할 테니 산책로 건설에서 저는 빼주시면 안 될까요?"

"그 어떤 물살이도 예외란 없습니다."

"제가 산책로 건설에 동원되는 것보다 인근 해역과 무역하는 게 더 큰 이윤을 남기는 데도요?"

"백합조개님은 나중에 완공될 산책로를 이용하시지 않을 겁니까? 함께 건설하고 함께 이용하는 평등의 가치에 대해 재고해보시지요."

"잠깐만요. 아까 예외는 없다 하셨는데 전기가오리들은 건설 현장에서 한 번도 본 적이 없는걸요."

아닌 게 아니라 이 해역에 늘어나는 휴대폰을 충전하느라 전기가오리들은 그 개체 수가 모자랄 지경이었다.

"전기가오리들이 우리 해역에서 가장 많이 일하는 물살이란 걸 설마 부정하진 않으시겠지요."

"평등의 가치를 논하셔서 하는 말이에요. 그럼 저도 건설 현장에 계속 나갈 테니 전기가오리님도 투입시켜 주세요."

대왕오징어는 짜증이 솟구쳤지만 오랜만에 모습을 드러낸 만큼 먹물을 뿜어내는 불상사를 피하고 싶었다. 또한 보는 눈이 많았기에 대왕의 위엄도 갖춰야 했다.

"우리 해역만을 위해 힘쓰는 전기가오리들과 인근 해역을 오가며 일하는 백합조개님을 동일선상에 두고 비교하시는 건 어불성설인 줄 압니다."

이쯤 되면 대왕오징어는 상대가 완벽히 백기를 들 줄 알았지만 오히려 생각지도 못한 반론을 내보였다.

"대왕오징어님은 먹이 배급에 있어선 공평을, 일하는 데 있어선 평등을 적용하시네요. 몸무게라는 개성에 따라 먹이를 차등지급하고 있으면서 왜 일하는 물살이들에겐 그러지 않으시나요? 일 잘하는 물살이, 일 못하는 물살이, 다른 일을 더 잘하는 물살이, 다른 일에 더 필요한 물살이 이런 식으로 구분하여 개성을 살려주는 '공평'함을 발휘해보시는 게 어떨까요?"

더 이상 참을 수 없어진 대왕오징어는 비장의 카드를 꺼냈다.

"수면 주간 때 용왕님께서 꿈에 나오셔서 물살이들 모두가 아름답게 살 수 있도록 하라고 명하셨는데, 이제야 그 뜻을 알 것 같군요."

"네…?"

"앞으로 백합조개님이 생산하는 진주는 이 해역에서만 존재해야 할 겁니다."

백합조개는 소스라치게 놀라 껍데기 끝을 파르르 떨었다.

"백합상회 문을 닫으라는 건가요? 그럼 저는 뭐 먹고 살라구요?"

"먹고살기 충분한 먹이를 이미 지급하고 있지 않습니까?"

"저는 비치호박 같은 장신구를 수입해서 몸에 둘러야 행복해지는 물살이라구요."

"갖고 있는 진주도 부족해 비치호박까지… 욕심이 과하면 끝이 좋지 않습니다."

"아니요. 저는 진주를 충분히 생산할 수 있기 때문에 이까짓 비치호박 몇 개쯤 소유해도 과하지 않아요."

"진정 용왕님 말씀을 거역하실 겁니까?"

백합조개는 좀 전과 태도를 바꾸어 간곡히 청했다.

"용왕님 말씀도 좋지만 저 같은 물살이의 의견도 수렴하는 포용력을 발휘해주시면 안 될까요?"

"어찌 혼자서만 배불리 먹고 살길 바라는 겁니까? 흑명태는 어딨는가?"

멀찍이서 사태를 주시하고 있던 흑명태가 곧 헤엄쳐 왔다.

"용왕님 가라사대, 백합상회 창고에 있는 진주들을 모든 물살이들에게 하나씩 나누어 주도록 하라."

상황을 지켜보던 물살이들의 주둥이가 하나같이 떠억 벌어졌다.

"우와, 저 비싼 걸 무상 지급한다고?"

"평생 못 만질 줄 알았던 진주를 갖게 되다니!"

"대왕오징어님께서 오랜 수면 주간에 드신 이유가 다 있었어……"

백합조개는 그대로 혼절해버렸지만 물살이들은 안중에도 없단 듯 우르르 흑명태를 따라나섰다. 창고는 여러 겹의 산호 덤불로 뒤덮여 있어 견고한 성 형태를 이루고 있었다. 이성을 잃은 물살이들은 득달같이 달려들어 덤불을 흔들거나 부수었다. 꿈쩍도 하지 않을 것 같던 창고가 조금씩 허물어지더니 이내 황금알을 낳는 거위 뱃속처럼 눈부신 내장을 드러냈다. 영롱한 진주알들이 무더기로 쌓여 있는 모습에 물살이들은 흥분을 감추지 못했다.

"줄을 선 물살이들에게만 진주를 지급하겠습니다. 또한 몰래 가져가는 것이 적발될 시 용왕님께서 좌시하지 않을 것임을 이 흑명태가 단단히 경고하는 바입니다."

그때까지만 해도 경거망동하던 물살이들이 순식간에 질서정연해졌다. 우연인지 필연인지 진주의 개수와 물살이의 수는 일치했다. 분배식이 끝나자 대왕오징어는 기다란 촉완으로 자신의 몫인 진주를 들곤 엄숙하게 말했다.

"좋은 것은 모두가 나눠 가져야 합니다. 그것이 바로 평등입니다. 이 시간부로 진주에 작게 홈을 낸 후 모두 꼬리에 달고 다니도록 하십시오. 이제 여러분은 육체미와 더불어 귀티에 부티까지 흐르는 물살이로 거듭날 것입니다."

하얗고 둥그스름한 진주를 꼬리에 건 물살이들은 '용왕님의 말씀 받드는 대왕오징어님 만세'를 합창하며 환호작약했다. 이후 대왕오징어가 통치하는 해역은 낮에도 별을 따다 넣은 것처럼 눈이 부셨으며 밤에도 은하수가 줄줄 새듯 물결치는 곳마다 반짝임이 쉼 없이 생성됐다.

결탁

"그림의 떡을 가지게 되었는데… 왜 기쁘지가 않지?"

"거저 주어져서 그런가?"

"아니, 모두가 하고 있어서 그래."

"결국 우린 평등을 거부하는 물살이인 건가?"

"쉿."

꼬걸이를 집게발에 꿰어 단 폼폼-피피크랩은 동시에 입을 다물었다. 은빛연어가 힘차게 자맥질하며 지나갔기 때문이었다. 물보라 뒤로 보이는 꼬걸이는 미끈하게 쭉 뻗은 꼬리에 달려서인지 그 어느 물살이의 것보다도 돋보였다.

'꼬리 아파 죽겠는데 꼬걸이 착용이라니… 진짜 민물로 돌아갈 날만 기다린다!'

은빛연어는 강으로 돌아갈 그날을 위해 하루도 체력 훈련을 소홀히 하지 않았다. 오늘도 갯바위구 물풀동 파래 25번지는 〈노인과 바다〉 얘기로 가득했다. 밀물과 썰물이 오갈 때마다 작가 헤밍웨이를 소개하는 흰수염고래의 음성이 커졌다 작아졌다를 반복했다. 저도 모르게 귀를 기울이느라 헤엄 속도가 줄어든 은빛연어는 다시 세차게 꼬리를 파닥거렸다. 이제 곧 시계탑이 목전이었다. 갯바위당과 난파선당의 가운데쯤 위치한 그곳엔 인간의 손목시계가 절반 정도 묻힌 채 수직 상태로 세워져 있었다. 풍화작용으로 저절로 그렇게 된 것인지, 누군가 인위적으로 묻은 것인지 알 수 없었다. 모래밭 위에 떡하니 세워진 동그라미는 째깍째깍 소리를 내며 잘도 굴러갔다. 땅에 묻히지 않은 나머지 시곗줄은 그 위에서 물살에 따라 이리저리 움직였다. 간혹 심하게 휘청거릴 때도 있었지만 뽑혀나가는 불상사가 일어난 적은 없었다.

누가 최초로 이곳을 약속장소로 잡았는지는 알 수 없었다. 다만, 언젠가부터 시계탑은 모든 물살이들이 애용하는 만남의 장소가 되었다. 오늘도 약속이 예정된 물살이들로 북적거렸다. 은빛연어는 시계탑 광장에서 잠시 쉬어가기 위해 속도를 줄였다. 그때 난데없이 요의가 몰려왔다. 어제 수분을 과다 섭취한 게 원인인 듯했다. 게다가 자그마한 물살이들이 단체로 자신 쪽으로 우회하는 바람에 몸을 수축시켜야 했던 터라 오직 붉은 무늬의 생식기만이 팽팽하게 부풀었다. 물살이 떼가 모두 지나가자 긴장이 풀린 은빛연어는 저도 모르게 소변을 몇 방울 흘리고 말았다. 몇 방울은 곧 줄기처럼 방사되었다. 공공장소에서의 노상방뇨는 불법임을 누구보다도 잘 아는 은빛연어였지만 이 순간만큼은 몸과 마음이 따로 놀았다. 으슥하고 후미진 데에서 실례를 하는 게 이 해역의 규칙이었지만 그런 걸 따질 새도 없었다. 오줌 줄기가 시원스레 뿜어져 나오자 모래들이 눈치도 없이 요동을 쳤다. 공기 방울마저 뽀글뽀글 일어나자 은빛연어는 지느러미를 휘휘 저어 부러 물보라를 일으켰다. 그 와중에도 주변에 있는 물살이들을 힐끔 살폈다. 다행히도 자신에게 신경 쓰는 이는 없었다. 무안해진 그는 삐죽 웃음이 튀어나왔다.

은빛연어는 다시 체력 훈련에 나섰다. 아까보다 몸이 훨씬 가벼워진 걸 느끼며 물살을 헤쳐 갔다. 머잖아 저편에서 거대한 난파선이 모습을 드러냈다. 대왕오징어는 그곳에서 로켓처럼 솟구쳐 올랐다 내려가기를 반복하고 있었다. 육중한 무게만큼이나 속도감이 붙는 건지 오르내리는 것이 번개같이 빨랐다. 촉완에 달린 진주가 빛보다 빠른 속도로 위아래로 움직여댔다. 좀 더 가까이에서 보기 위해 앞으로 향하던 은빛연어는 ⌇문양의 미역이 난파선 주위를 둥그렇게 둘러싼 것을 발견하곤 살짝 물러났다. 저도 모르게 밟으면 안 된단 생각이 들었다. 뭔가 신성한 것을 훼손하는 느낌이랄까. 대왕 문어의 통치 시절엔 한 번도 겪어보지 못한 감정이었다. 은빛연어는 찝찝함을 안고 돌아섰다.

'⌇문양이 둘러지고 나서부터 난파선 내부는 금단의 영역처럼 성역화되었어. 암, 이제 나는 함부로 범접할 수 없는 그런 존재가 되었으니. 용왕님과 소통하는 유일한 대왕 아닌가. 내가 갈 순 있

어도 네놈들이 오는 건 안 된단 말이지.'

대왕오징어는 은빛연어가 돌아가는 걸 보고 속으로 웃음 지었다. 그는 물살이들이 활발하게 돌아다니는 낮 시간대가 되면 난파선에서 상하 움직임을 격렬하게 반복했다. 이것이 물살이들의 삶을 나아지게 하는 데 어떤 연관성도 없었으나 그런 움직임을 지속적으로 보여주는 게 좋다고 판단했다. 실제로 몇 물살이들은 '깊은 뜻이 숨어 있겠거니' 하는 표정으로 심오하게 바라보곤 했다. 그는 그 외의 시간대엔 밑으로 내려가 잠을 청했다. 사실 그동안 평소보다 잠을 배로 잤으나 두 번째 꿈 이후로 용왕님이 나온 적은 없었다. 그러나 그렇게 말할 수 없는 노릇이었기에 그럴듯한 꿈 이야길 지어내 [용왕님 가라사대]에 게재하곤 했다. 이전에 자신이 창작한 '문어숙회' 이야기는 그야말로 대박이 났다. 용왕교 창시는 물론 대왕 좌에 오르는 것까지 일사천리로 진행되었던 것이다. 그는 과거에 자신이 선택받은 물살이가 맞는지 자문해보기도 했으나 이제는 그런 것 따윈 중요하지 않았다. 모든 건 자신의 혀에 달려 있었다.

'내가 관장하는 이 해역은 사시사철 어디서건 빛으로 반짝거린다. 또한 대부분의 물살이들은 정상 체중을 유지하고 있어 정신적으로도 육체적으로도 완벽해지고 있지. 재선을 위해 내가 내건 슬로건을 지속적으로 실천해야 해. 그런데 당선을 장담할 수가 없단 말이지……'

자신의 라이벌을 떠올리며 [용왕님 가라사대] 댓글을 읽던 대왕오징어의 시선이 어느 한곳에 고정되었다.

—대왕이 하는 건 운동

우리가 하는 건 노동

그의 표정이 일그러짐과 동시에 여덟 개의 다리가 부르르 떨렸다. 거머리처럼 붙어 있는 수백 개의 빨판 역시 뒤집어질 듯 경련을 일으켰다. 자신을 경배하는 댓글들 중 꼭 이런 불순물이 끼어 있었다. 아마도 한 녀석의 소행으로 짐작되었는데 글마다 요상한 리듬감이 실려 있기 때문이었다. 빛의 속도로 댓글을 삭제하고 있는데 백합조개가 껍질을 위아래로 깔딱거리며 요란하게 다가왔다.

"작은 돌이 몸속에 침투해오면 살이 찢어지는 고통을 감내한다구. 그거 품으면서 진주질 분비해내는 게 얼마나 힘든 일인지 알아? 그런데 그걸 다 퍼주고 자빠졌으니, 원."

그것은 정확히 상대가 누군지 인지하고 하는 소리였다.

"이 해역의 통치 방식에 불만이 많은 물살이군."

"판을 뒤집어엎어도 모자랄 판에 잔챙이 댓글 청소나 하고 있는 꼴이라니. 하긴 지 미래를 모르니까 낙관하고 있겠지."

대왕오징어는 대가리를 숙여 백합조개 앞에 눈알을 고정시켰다. 백합조개는 대왕오징어의 눈알 속으로 들어갈 티끌 정도의 크기에 지나지 않았지만 전혀 움츠러들지 않았다. 실로 작은 조개껍질에서 뿜어져 나오는 기세는 놀라운 것이었다. 대왕오징어는 백합조개가 마냥 무시할 상대만은 아니라고 생각했다.

"짐이 듣자 하니 말 속에 뼈가 들어 있는 것 같은데."

"내가 저승 문턱까지 다녀왔거든. 그래서 대왕 저승길 좀 살펴보고 왔어요. 곧 가겠더라고."

"뭐라? 감히 어느 안전이라고 사기를 치는가?"

"역시 '사짜'는 '사짜'를 알아보는구나. 당신 꿈 이야기 모두 거짓부렁인 거 진작에 알고 있었지. [용왕님 가라사대]도 그따위로 운영하고 있으니 이제 허상이란 게 밝혀지는 건 시간문제고."

"반말을 찍찍 싸대는 것도 모자라 악담까지 퍼붓다니, 상대할 가치도 없는 물살이로다. 내 당장……"

"왜 내 사유재산을 빼앗아가? 이상적인 해역을 위해서? 근데 그게 이상적이지가 않단 걸 댓글 청소로 깨닫고 있지 않나?"

"닥치지 못할까. 분배야말로 이 해역의 공정한……"

"아하하하."

백합조개는 대왕오징어의 말을 커다란 웃음으로 끊어버렸다.

"만약 그 많은 진주알이 당신 서식처에 쌓일 수 있었어도 그랬을까?"

대왕오징어는 말문이 막히지 않을 수 없었다.

"기부하겠단 건가?"

"기부 같은 소리 하고 있네. 기브 앤 테이크 몰라?"

"아니, 근데 이미 창고는 비었지 않나?"

"CEO가 비밀자금 조성 안 해놓는 게 말이 돼요?"

대왕오징어는 CEO가 뭔지 몰랐으나 관심도 없었다. 그보다도 그의 눈동자에 들어찬 악의가 빠른 속도로 사라지고 있었다.

"나에게 진주들을 바치겠단 말인가?"

"흥정의 기본도 몰라? 자기 패를 언제 깔 거예요?"

"흠. 나의 패라… 권력 분배는 가당치도 않고. 대체 원하는 게 뭔가? 설마 혼인하잘 리는 없을 테고."

"가문의 영광인 줄 알라구."

"뭐? 우리가 혼인을 한다는 게 말이 되는가? 다른 종끼리 교배하면 불임이 된다는 사실을 모르고 하는 소린 아니지?"

"번식이 뭐가 중해? 숨구멍 붙어 있는 동안 나만 잘 먹고 잘 살면 되죠."

대왕오징어에겐 발상의 전환 같은 말이었다.

"인간들은 자기 이익을 위해 근친도 한다는데 이건 뭐 애교지."

"근친을 하면 다양한 유전자가 섞이지 못해 생존에 치명적일 텐데. 인간들의 탐욕이란 참으로 상상 불가군."

"이익을 위해 뭔들 못하겠어?"

대왕오징어는 머릿속이 복잡해졌다.

'진주는 곧 쩐이다. 쩐은 많을수록 좋은 법. 향후 권력 형성에도 도움이 될 것이다. 그러나 내 아무리 진주가 탐난다 한들 백합조개와 부부의 연을 맺을 만큼 가치가 있는 걸까?'

"뭐 하나 물어보지. 고향이 어딘가?"

"그건… 왜 물어?"

백합조개는 처음으로 말끝을 흐렸다.

"혼인할 사인데 그런 것도 못 묻나?"

"언제까지 연고주의에 끌려다닐 거야? 내가 어디서 태어났건 뭐가 중해? CEO인 현재 내 모습이 중하지!"

백합조개는 다시 기세등등하게 굴었다. 대왕오징어는 씨익 웃음을 지었다.

"갑자기 확 끌리는군. 이 해역의 물살이 중 그 누구도 자네의 과거를 모른다던데, 얼마나 세탁을 깨끗이 하고 얼룩을 완벽히 제거했으면 그렇겠나? 앞으로 많이 좀 가르쳐주게. 비밀자금 조성하는 방법 같은 것도 그렇고."

"칭찬이야, 욕이야?"

"에헤이, 설마 천생연분을 앞에 두고 돌려 까겠는가. 우린 참으로 잘 만난 것 같으이. 서로에게 부족할 걸 채워주는 것만큼 아름다운 사랑도 없지."

"갑자기?"

대왕오징어는 세상에서 가장 큰 눈꺼풀을 찡긋해 보였다. 백합조개는 토가 쏠렸으나 껍질에 힘을 주며 인위적인 미소를 지어 보였다.

"그럼 본론으로 들어가 보죠. 대왕오징어님은 자신이 이 해역을 잘 다스리고 있다고 생각해?"

"그거야 두말하면 입 아프지. 적당한 먹이로 인해 얼마나 살기 좋아졌는가."

"사실 이 해역을 잘 다스리는지의 여부는 중요하지 않아요. 중요한 건 잘 다스린다고 물살이들이 믿어야 한단 거지. 그래야 연임에 성공하거든."

대왕오징어는 자신의 적수를 떠올리자 다시 표정이 어그러졌다. 갯바위당 방향으론 오줌도 안 싸는 그였다.

"듣자 하니 인간계의 규칙에 따라 선거비용을 해역에서 부담하기로 했다며. 하지만 선거기간 동안 물살이들의 환심을 제대로 사려면 플러스알파가 있어야 하지 않겠어? 지출 상한액을 넘겨도 상관없어. 아니, 넘어도 돼. 들키지만 않음 되니까."

"그렇긴 하지만 밑천을 구할 방도가……"

"백합상회를 합법적으로 부활시켜 줘. 그럼 인근 해역과 거래해서 한밑천 당겨올 수 있어."

"흠, 하지만 이미 공표한 사실이라 번복할 수……"

"치외 법권 몰라? 권력은 이럴 때 쓰는 거야. 많이 배우고 싶다며."

"오호."

큰 깨달음을 얻은 듯 대왕오징어의 주둥이가 둥글게 벌어졌다. 이때를 틈타 백합조개는 대왕오징어의 다리 위로 기어 올라가 대가리를 지나 지느러미가 있는 세모난 몸통 꼭대기까지 올라갔다. 마치 대왕오징어가 조개 장신구를 착용한 것 같은 모습이 연출되었다. 찰싹 달라붙은 백합조개는 자신의 필살기인 진주질을 분비해서 슬슬 흘려보냈다. 진주알을 만드는 데 꼭 필요한 특수한 물질이 대왕오징어의 몸통에 끈적거리며 달라붙었다. 그는 순간 황

홀해져 할 말을 잃었다. 백합조개는 진주 하나를 내밀었다.

"대왕님의 연임을 위하여."

"진주알처럼 영롱한 우리의 사랑을 위하여."

새로운 진주에 그가 신경이 쏠린 틈을 타 백합조개는 [용왕님 가라사대]로 자리를 옮겨 빠르게 글을 훑었다.

"비늘이 닳아서 없어질 정도의 찬양 일색. 이거 누가 쓴 거죠?"

"아마 리본장어일걸."

"당장 내일 난파선에 오라고 해요."

백합조개는 대왕오징어의 중간 대가리까지 다시 기어 올라가 이러쿵저러쿵 작게 떠들어댔다. 대왕오징어의 표정이 한 방에 밝아졌다.

"오, 우리가 부부가 되지 않았더라면 정말이지 상상만 해도 끔찍하군."

"앞으로 굿이나 보고 떡이나 잡수세요."

두 물살이의 대가리 위로 팡파레가 울려 퍼지려던 그때 흑명태가 헐레벌떡 헤엄쳐 오는 모습이 대왕오징어의 커다란 망막에 포착됐다. 백합조개는 곧바로 모래밭 안으로 몸을 숨겼다.

"큰일 났습니다."

흑명태는 가쁜 숨을 몰아쉬며 산책로 건설 현장에 지금 가보셔야겠다고 했다.

"대체 무슨 일이냐."

"직접 가보시지요. 차마 말로… 할 수가 없습니다."

건설 현장은 물살이들이 일을 마치고 돌아간 뒤였기에 부자재들이 아무 데나 나뒹굴고 있어 을씨년스럽기 짝이 없었다. 드디어 문제의 지점에 도착했다. 산책로 초입의 크고 작은 돌 틈 사이로 붉은 글씨가 휘갈겨져 있었다.

—육체는 강제평등 죽어가고

정신은 개성말살 소멸직전

"산책로를 마지막으로 점검하던 중 이런 글귀가……"

패드에서 보았던 운율감이 다시금 전해지자 대왕오징어는 대량의 먹물을 쏟아냈다. 그는 여덟 개의 다리와 두 개의 촉완으로 형체도 알아볼 수 없을 만큼 붉은 글씨를 짓이겨 버렸다. 그때 작은 막대기 같은 물체 하나가 또르르 굴러오더니 빨판 근처에서 멈추었다. 대왕오징어는 긴 촉완으로 그것을 주워 올렸다. 흑명태보다 길이가 짧고 뚜껑이 있는 그 물체엔 '물에도 지워지지 않는 립스틱'이라고 쓰여 있었다.

"인간의 물건 아닙니까!"

"우리 중 인간과 내통하는 자가 있단 증거이다."

흑명태는 생각지도 못한 말에 어떻게 반응해야 할지 알 수 없었다. 그와 달리 대왕오징어는 이때만큼 대가리가 빠르게 돌아간 적이 없었다. 자신의 천적을 옭아맬 수 있는 절호의 기회가 왔음을 직감한 그는 평소 찾지도 않는 용왕님께 속으로 감사 인사를 외쳤다.

"누가 이걸 썼다고 생각하나?"

"잘 모르겠습니다. 허나 인간쓰레기가 떠밀려왔을 확률도 배제할 수 없습니다."

"아니, 어젯밤 꿈을 꾸었느니라. 용왕님께서 갯바위당을 가리키며 '내부의 적'이 있다고 말씀하셨느니."

"아니, 그 이야기를 왜 이제야……"

"때론 공표하지 않아야 하는 꿈도 있어야 하는 법."

대왕오징어는 극비란 듯 음성을 낮추었다. 흑명태는 믿을 수 없단 표정을 지우기 위해 안간힘을 썼다. 어째서인지 결과부터 정해놓고 과정을 만들어나간단 느낌을 지울 수 없었다.

"흰수염고래님은 일하는 시간을 제외하면 갯바위당에서 독서만 냅다 파는 걸로 소문나 있습니다만……"

"그러니까 진실을 샅샅이 파헤쳐봐야 할 것 아닌가?"

흑명태가 의구심을 가지고 있단 것을 알아차린 대왕오징어는 부러 목소리에 힘을 주었다.

"흰수염고래는 용왕님에 대한 믿음이 1도 없는 대표적 물살이다. 놈이 그 이전 대왕문어 시절부터 해온 언행을 모두 기억하고 있지. 용왕님의 뜻을 거스르는 놈들은 이 해역에 존재할 이유가 없느니라."

'용왕님의 뜻'에 정신이 번쩍 든 흑명태는 대가리를 숙였다.

"지느러미 깊이 새기도록 하겠습니다."

"지금 당장 [고래의 꿈] 패드를 압수해서 가지고 오도록 하라."

흑명태가 떠난 후 대왕오징어는 짓이겨진 붉은 글씨 위에 먹물을 내리갈겼다. 검불그스름해진 돌무덤에선 더 이상 글씨의 흔적을 발견할 수 없었다.

불온도서

"이건 음해입니다."

장수거북은 갯바위당에 다짜고짜 들어온 흑명태를 제지하고 나섰다. 그러나 흑명태는 눈알 하나 깜박하지 않았다.

"이러면 합리적 의심만 키울 뿐이니 어서 패드에서 비켜서십시오."

"애먼 물살이 잡지 마세요."

"흑명태님은 이 사건 이후 가장 큰 이익을 보는 자가 누구라고 생각하십니까?"

지켜보고 있던 흰수염고래가 처음으로 입을 뗐다. 흑명태는 바위틈에 끼워져 있는 [고래의 꿈]을 당기다 말고 흰수염고래를 쳐다보았다.

"전 그런 건 모릅니다. 다만 절차를 따르고 있을 뿐입니다."

"저는 이왕이면 흑명태님이 가장 큰 이익을 보았음 합니다. 자신의 몸보다 큰 패드를 이고 지고 가야 할 텐데 얼마나 힘이 드시겠습니까."

흰수염고래는 여유가 있는 음성으로 계속 말을 걸었다.

“〈삼국지〉란 책 아십니까?”

“이천 년 전에 인간들끼리 치고 박고 싸운 이야기를 담은 책 말입니까?”

“혹시 읽어보셨습니까?”

“아니요.”

“패드에 있으니 꼭 읽어보십시오. 흥미진진한 나머지 제가 인간이 된 것 같은 기분마저 들더이다.”

“저는 포유류가 아니라서 그런 기분은 안 들 것 같군요.”

“고지식한 유형이 꼭 읽어봐야 하는 도서지요.”

흑명태는 힘들게 패드를 뽑고 있는 자신에게 말을 거는 흰수염고래가 성가셨다. 그러거나 말거나 패드는 여전히 요지부동이었다.

“유비는 도원의 결의 때 천하를 얻은 것 같았지만 관우와 장비가 죽자 그대로 무너졌습니다. 관우와 장비 역시 마찬가지지요. 자신이 가장 가치 있다고 여겼던 것으로 인해 행복해했지만, 나중엔 그것이 독이 되어 목숨줄을 잡아당겼습니다.”

“지금 무슨 말을 해도 안 들린단 점만 알아두십시오.”

“자신에게 기쁨을 안겨준 것은 반드시 고통을 선사한단 얘깁니다.”

갑자기 패드가 좌우로 들썩이나 싶더니 쑤욱 뽑혀 나왔다. 흑명태는 더 이상 설교를 듣지 않아도 된단 생각에 안도했다. 그때 건너편에 있는 갯바위 하나가 움직이는가 싶더니 몸을 숨기고 있던 홍가오리가 슬며시 나왔다. 등은 플러스 극, 배는 마이너스 극을 띤 전기가오리가 등장하자 흑명태는 경계하듯 뒤로 물러섰다. 황토색의 납작한 몸에 흰 점이 눈처럼 소복하게 쌓인 홍가오리는 늘 [고래의 꿈]의 충전을 도맡아 왔었다. 패드 뒤에서 몸을 가린 채 묵묵히 맡은 바를 수행했기에 갯바위당에 온 물살이들 중 일부는 홍가오리의 존재를 모르기도 했다. 그도 그럴 것이 전류가 흐르는 강인한 몸체와 무관하게 무척이나 수줍음을 타는 성격인지라 있는 듯 없는 듯했던 것이다.

"[고래의 꿈]을 충전하는 동안 일의 즐거움과 보람을 느꼈는데… 흰수염고래님, 이제 전 어떡하죠?"

"이참에 휴식기를 가지렴."

"홍가오리님은 조만간 난파선에 들르십시오."

흑명태가 대화에 껴들자 흰수염고래가 언성을 높였다.

"충전만 했을 뿐인 물살이를 왜 부르는 거요?"

"참고 조사를 위한 소환입니다."

"그럴 순 없습니다. 홍가오리는 기기 충전만 했으므로 이 소환은 불응토록 하겠습니다."

"불응하면 불시에 서식처 수색당할 수도 있단 점 미리 알려드리지요."

흰수염고래와 흑명태의 대화가 점점 거칠어지자 홍가오리는 슬쩍 지느러미를 들었다.

"이제 한가해질 텐데 한번 다녀오죠, 뭐……"

"나 때문에… 미안하구나."

흑명태가 패드를 이고 나가자 두 물살이는 제대로 작별인사를 나누었다. 홍가오리는 가끔 안부를 전하러 오겠다고 말했다. 흰수염고래는 갯바위구 물풀동 파래 25번지를 빠져나가는 그녀의 뒷모습을 우두커니 지켜보았다. 이번 일이 아니었더라면 홍가오리는 그곳에서 뼈를 묻었을 정도로 실로 오랫동안 [고래의 꿈]을 밝혀왔었다.

대왕오징어에게 보고를 올리기 위해 물살을 가르던 흑명태는 돌연 헛웃음이 튀어나왔다.

'이제 알겠다. 그건 질투의 발현이었음을.'

과거에 공공재 [고래의 꿈]을 철거하라고 썼던 게 떠올랐던 것이다. 흑명태는 잠시 헤엄을 멈추곤 메모장을 열어보았다. 자신이 썼던 글은 찾을 수 없었다. 오래되어 보이지 않는 것인지, 지워진 것인지 알 수 없었다. 다만 활성화된 어플답게 익명의 글들이 상당수 게재되어 있었는데 유독 시선을 끄는 글이 있었다.

—다 같이 적당히 먹고 적당히 운동하자? '인식'으로는 최고의 명언이지. 하지만 '행위'로 옮겨지는 순간 온갖 불만과 질타가 속출함. 이 해역의 물살이 방식대로 조금씩 고쳐나가야 하는데 저렇게 불도저처럼 밀어붙이니 심히 후유증이 염려됨. 재선이 다가오고 있어서 천만다행.

흑명태는 재선에서 대왕오징어가 떨어지면 자신은 어떻게 될지 잠시 생각해보았다. 경쟁 후보인 흰수염고래가 자신을 어떻게 여기고 있을지 상상의 나래를 뻗지 않으려 애썼다. 돌연 〈삼국지〉가 떠올랐다. 분량이 길다는 것을 확인한 그는 패드를 다시 등지느러미에 이고서 길을 나섰다. 난파선에는 대왕오징어가 없었다. 흑명태는 왕좌에 패드를 고이 두고 밖으로 나왔다. 먹이저장고 순찰을 돌고 난 뒤 다시 오면 만날 수 있을 성싶었다.

톳더미를 쌓아올려 만든 먹이저장고에 도착하자 안에서 이상한 소리가 간헐적으로 들려왔다. 마치 급박하게 넘어가는 숨소리 같기도 하고 삼켜내는 것 같기도 한 기괴한 소리였다. 그는 먹이저장고 바닥 틈 사이로 몸을 숨겨 조심스레 헤집어 들어갔다. 가장 먼저 보인 것은 여덟 개의 다리와 기다란 두 개의 촉완이었다. 둥그런 빨판이 다닥다닥 붙은 그것들은 닥치는 대로 난바다곤쟁이를 움켜쥐어 몸통 밑에 달린 주둥이에다 쑤셔 넣고 있었다. 주변엔 톳들이 먼지처럼 부유했다. 흑명태가 상황 판단을 할 겨를도 없이 촉완 하나가 스윽 뻗쳐왔다.

"좀 들게."

그것에 감겨진 난바다곤쟁이는 먹물로 인해 시꺼메져 있었다.

"저는 속이 좋지 않아……"

지구에서 가장 큰 눈알과 마주한 흑명태는 면구한 표정을 지어 보였다.

"하던 시간에나 순찰할 것이지, 쯧."

"죄송합니다. 압수한 [고래의 꿈]을 대왕오징어님께 보여드리고 싶어 한달음에 달려오는 바람에 시간이 좀 남았습니다……"

"난파선에 그게 있단 말이지? 일처리 한번 빠르군. 내 곧 따라가지."

흑명태는 쫓기듯 빠져나왔다. 먹이를 거부한 자신에 대한 후회가 뒤늦게 물결쳐왔다. 자신이 본 대왕오징어의 행위가 용왕님의 지시나 계시일 리 없단 이유 때문에 거부한 것이었지만, 본 적 없는 용왕님보다는 눈앞에 있는 생물의 말을 들어야 하지 않았나 싶었다.

대왕오징어는 먹물 자국을 깨끗이 지운 채로 난파선에 들어섰다. 먹이저장고에서와는 달리 위엄까지 갖춘 상태로 [고래의 꿈]을 받아들었다. 두 물살이는 대가리를 모아 패드 속 내용물을 이 잡듯 뒤졌으나 흰수염고래가 인간과 작당 모의한 정황은 발견되지 않았다. 또한 하루 노동 할당량을 채운 뒤 바로 독서모임을 열었다는 것이 남겨진 리뷰의 시간으로 증명되고 있었다. 하지만 정작 대왕오징어의 눈길을 사로잡는 건 따로 있었으니 메모장에 오물처럼 투척된 익명의 기록들이었다.

—내 몸뚱이를 왜 왕징어가 관리하고 난리? 고도비만 지 몸뚱이나 관리하지.

—당연한 게 금기시되니 미치고 팔짝 뛸 노릇임. 야참 먹던 일상을 그리워하게 될 줄이야.

—가끔은 자유롭게 먹고 노는 날을 정해주면 안 되나.

—그런 유연함이 있었으면 맨날 처 주무시러 갔을까?

—이렇게 사느니 하루를 살더라도 먹고 싶은 거 다 먹다가 죽

고 싶음.

—소식? 장수? 다 필요 없음. 배 때지 터져 죽는 게 내 꿈임.

—헤엄칠 때 꼬걸이 심하게 걸리적거림. 애초부터 진주에 관심 없었던 물살이1.

—희소한 것을 하루아침에 쓰레기로 만드는 왕징어의 재주. 만지는 족족 마이너스로 전환.

—그는 대왕문어의 엑스 맨인가? 과거 왕을 그리워하게 될 줄이야.

—사실 대왕문어 시절에도 먹이 문제로 사건사고가 많았음. 그래서 과거 왕과 사이가 나쁜 대왕오징어는 뭔가 다를 줄 알았음. 대왕문어가 못 해낸 걸 대왕오징어는 잘 해낼 거라고 믿었으나 천만의 말씀. 이쪽 놈이 못하는 걸 저쪽 놈은 잘할 거라 착각한 게 내 생애 최고의 불찰임. 이제는 먹이가 눈앞에 있어도 먹을 수가 없음.

—차라리 못돼 처먹어도 되니 유능한 대왕이었으면.

—저기요, 무능한 게 못돼 처먹은 거거든요.

—처음부터 평등은 말이 안 되는 소리였음. 각각의 고유성을 존중하지 않는 게 평등임. 키 큰 놈에겐 낮은 의자 주고 키 작은 놈에겐 높은 의자 줘야 하는데 이건 뭐 묻지도 않고 우릴 죄다 같은 취급해버림. 건설현장에서 힘 잘 쓰는 놈은 어찌저찌 버티겠지만 우리 같은 잔챙이에겐 목숨이 달린 일임.

—멀리 갈 것도 없음. 지시하는 놈 지시당하는 놈 따로 있는데

무슨 얼어 죽을 평등.

—꿈꾸는 놈도 정해져 있음. 이제는 꿈꾸는지도 의심스러울 지경.

읽는 내내 대왕오징어의 주머니에선 먹물이 수차례 분출되었다. 마치 그의 주변에 검은 기운이 호시탐탐 도사리고 있는 것 같았다. [용왕님 가라사대]에도 이따금 불만 섞인 글들이 달리긴 했지만 깊은 충성심을 전제로 하고 있었기에 이 정도는 아니었다. 상상 이상의 충격을 받은 그는 여덟 개의 다리로 비난 댓글을 사사삭 삭제했다.

"인간계 속담에도 사공이 많으면 배가 산으로 간다고 하였다. 대왕의 추진력으로 인해 처음엔 불만이 있을지언정 모두가 종래엔 빠르게 항구에 다다를 수 있을 것이다."

흑명태는 어떤 말이라도 해보려 했으나 자기 검열을 하느라 타이밍을 놓쳤다. 갑자기 대왕오징어가 흑명태의 등지느러미를 쓰다듬었다.

"자넨 능력이 참으로 출중해. 미역 문양을 넘나들 자격이 충분한 물살이지."

"제가 패드를 한 번 더 꼼꼼히 살펴보도록 하겠습니다."

대왕오징어는 세모 지느러미를 세차게 흔들었다.

"이때까지 고생 많았어. 내가 부를 때까지 좀 쉬게."

뜻밖의 말에 흑명태가 할 말을 잃은 그때, 뒤에서 호들갑스러운 음성이 덮쳐왔다.

"그간 안녕하셨어요? 저를 찾는단 이야길 백합조개님에게 전해 듣고는 감복한 나머지, 어젯밤 잠을 설쳤지 뭐예요."

"아이고, 내 얼마나 기다렸는지 아는가."

리본장어가 흑명태 옆자리를 훅 치고 들어왔다. 순간 흑명태와 리본장어 사이에 묘한 기류가 형성됐다. 흑명태는 두 물살이가 반갑게 담소를 나누는 걸 보며 틈을 노렸다. 잠시 쉬는 게 언제까지인지 명확하게 해놓지 않고선 난파선을 나갈 수 없을 것 같았다. 하지만 시간이 흐를수록 자신은 투명생물 취급을 당하고 있음을 깨달았다. 더 이상 질문도 의미가 없어 보였다.

"이만 가보겠습니다."

그는 대왕오징어가 가장 듣고 싶어 하는 말을 내뱉고 터덜터덜 빠져나갔다.

리본장어

"조만간 [용왕님 가라사대]의 대대적인 개편이 있을 예정인데 자네가 적임자란 생각이 들어서 말이야."

"우왓, 성은이 망극해요."

대왕오징어는 그게 무슨 말인지 몰랐으나 어감이 나쁘지 않다고 여겼다.

"누가 자넬 추천한 줄 아는가?"

곧이어 하얗고 눈부신 백합조개가 대왕오징어의 뒤에서 모습을 드러냈다. 대왕오징어는 백합조개를 촉완으로 가뿐히 들어 자신의 세모 지느러미 꼭대기에 올렸다.

"곧 혼인할 예정이네."

"감축드립니다. 정말 잘 어울리는 한 쌍이셔요. 그리고 저를 추천해주셔서 몸뚱이 둘 바를 모르겠어요."

리본장어는 자신을 위에서 내려다보는 백합조개를 향해 꾸벅 대가리를 조아렸다.

"교제 기사는 한참 뒤에 흘려."

"아니, 이렇게 큰 경사를 빨리 알리지 않구선요."

"내가 운영하는 백합상회가 합법적이라는 공표 기사부터 내야 해. 어차피 네가 써야 하니까 귀담아놔. 그렇게 백합상회를 은연중에 홍보한 다음에 한참 간격을 둔 뒤 사귄단 기사를 내란 말이야. 연달아 내면 CEO 특혜니 뭐니 의혹만 증폭될 거 아냐?"

리본장어는 실실 웃으며 노랑 지느러미를 모아 비볐다.

"제가 그것까진 미처 생각하지 못했네요. 그럼 시간 차를 두어 조금씩 흘리기 전술을 펼쳐 보일게요. 그런데 CEO가 뭐죠?"

"뜻은 알 거 없고 앞으로 날 CEO라 불러."

"넵, CEO님."

"참, 먹이저장고도 앞으로 함께 맡아줘."

리본장어는 흑명태가 하던 모든 업무가 자신에게 인수인계되고 있음을 알아챘다.

"덩치가 실한 난바다곤쟁이는 따로 빼서 저장고 안쪽에 있는 구멍에 넣어놔. 명색이 CEO인데 땅 파서 장사할 순 없잖아."

리본장어가 대왕오징어의 눈치를 살피자 그는 촉완으로 백합조개 껍질을 매만졌다.

"우린 일심동체라네. CEO의 말이 곧 내 말이라고 생각하게. 자네는 이제 리 주필이라 부를 거네."

"넵. 그럼 리 주필의 작업과 더불어 먹이저장고 관리까지 책임지고 해보겠습니다."

"그래, 리 주필도 고생이 많은데 보상은 섭섭지 않게 해줘야겠지. 작업 도중 몸에 묻은 난바다곤쟁이는 가져가."

백합조개가 선심 쓰듯 말하자 리본장어는 비늘을 빳빳하게 들어 올리며 기쁨을 표했다.

"리 주필이 된 기념으로 테스트 하나 할게. 현재 대왕오징어님의 최고 근심이 뭐라고 생각해?"

"음… 연임인가요?"

"역시 리 주필은 대가리가 잘 돌아가도다."

대왕오징어는 너털웃음을 터뜨리더니 리본장어 앞으로 불쑥 다가갔다.

"만약 진실이 아닌 것을 진실이라고 권위 있는 자가 계속 말한다면 어떻게 될 것 같나?"

"결국엔 진실이 될 것입니다."

"어리석은 물살이들은 보이는 대로 믿지 않아. 믿는 대로 보지."

"깊은 가르침 감사해요. 중요 직책을 주셨으니 성심껏 해내 보일게요!"

"말은 청산유수지, 그래서 뭘 어떻게 해내 보일 건데?"

백합조개가 툭 쏘자 리본장어는 눈알을 굴리며 답변을 잽싸게 찾았다.

"대왕오징어님의 선행은 작은 거여도 커다랗게 부풀려서 보도하고 커다란 잘못은 축소시켜 보도할게요."

"좋구나."

"둘 다 멍청하긴. 일절 언급하지 말아야 할 거 아냐? 마치 없었던 일처럼 말이야."

두 덩치는 머쓱해져 주둥이가 동시에 들어갔다.

"대왕의 경쟁 후보에 대해선 반대 논조로 가야 하는 거 알지?"

"물론이지요. 그런데 이런 식으로 계속 가면 편파 보도라고 욕먹지 않을까요?"

"때론 중립을 표방해야지. 이놈과 저놈의 죄질이 달라도 동일선상에 두고 공정한 느낌으로 보도하는 기술을 종종 써먹도록."

리본장어는 백합조개에게 경탄의 눈빛을 보냈다.

"대왕오징어님이 한 방에 빠져든 이유를 알 것 같아요."

백합조개는 껍질을 깔딱거리며 너스레를 떨었다.

"백합상회가 대왕 덕에 고지를 점했다고 생각하면 오산이야. 내가 그간 인근 해역과 무역하는 동안 얼마나 많은 시행착오를 겪었겠어? 구멍가게 시절부터 별의별 일을 다 겪었다고. 무언가를 이루려고 할 때 가장 필요한 게 뭔 줄 알아?"

"쩐과 권력이요?"

"그건 기본이고 따라와야 하는 옵션이 바로 여론이야. 그럴듯한 분위기를 형성해줘야 한단 말이지. 예를 들어볼게. 난 거래가 원활하게 되지 않으면 인근 해역에다 헛소문을 퍼뜨렸어. 물살이들은 불안한 걸 제일 싫어하거든. 말도 안 되는 헛소문을 믿어버리지. 헛소문이 현실이 되지 않기 위해서 진주를 살 수밖에 없는 환경을 조성했어. 대왕 역시 마찬가지야. 이 해역을 다스리기 위해선 그 흐름을 우리가 형성해야 해. 해역의 흐름을 따라갈 게 아니라 먼저 주도권을 가지고 물꼬를 터줘야 한단 말이야. 물살이들은 우리 매체의 큰 그림을 홀린 듯이 따라가는 거지. 앞으로 이 해역의 키잡이 역할 잘할 수 있겠어?"

리본장어의 표정이 살짝 굳었다. 자신의 자리가 막중함을 체감한 탓이었다.

"마지막으로 덧붙이자면 [용왕님 가라사대]란 이름도 갈아치워야 해."

"아니, 왜?"

대왕오징어가 농구공 같은 눈동자를 끔벅이며 의문을 표했다.

"용왕을 버리란 게 아냐. 결집수단으로 계속 쓰되, '용왕이란 명분 덕에 대왕 좌에 오른' 당신에 대한 기억을 물살이 머릿속에서 차차 지우란 거지."

"흐흠, 일리가 있군. 대왕 나고 용왕 나지, 용왕이 우선일 순 없으니까. 그렇다면 뭐라고 개명하는 게 좋을까? 오징일보……?”

“맙소사, 수준하곤. 이 해역 전체를 아우르는 단어여야 해. 오늘 리 주필이 서식처 돌아가서 대가리 한번 빡세게 굴려봐. 작명 실력 기대해도 되지?”

백합조개는 말을 많이 한 탓에 피로하다며 대왕오징어의 몸체를 콩콩 밟고 내려갔다. 쏜살같이 모래밭 안으로 꽁무니를 감추자 덩치 둘만 남았다.

“자네를 믿어도 되겠나?”

“헤헤, 이제부터 제 충성심을 한번 믿어보시와요.”

“대왕이 어떤 기사를 봤을 때 흐뭇해할 것인가? 항상 그것을 염두에 두고 쓰게. 그러면 리 주필의 먹이통은 언제까지나 차고 넘칠 거네. 대왕의 보살핌 아래 있는데 어떻게 망할 수 있겠는가. 리 주필의 후손들도 대대손손 창간 정신을 이어받아 부귀영화를 누려야 하지 않겠나?”

대왕오징어는 리본장어의 등지느러미를 쓰다듬으며 배웅했다. 리본장어는 그에 화답이라도 하듯 굵고 시커먼 몸통을 고삐 풀린 망아지처럼 펄떡거렸다.

며칠 뒤 난파선 앞에 널찍한 나무 팻말 하나가 세워졌다. ‘난파선당’이란 글자가 먹물로 또렷하게 새겨져 있었는데 패드 역시 이전과 달리 새롭게 단장한 모습이었다. 띄워진 화면엔 공지사항이 큼지막하게 쓰여 있었다.

[용왕님 가라사대]를 전면 개편하여 오늘부터 [오션일보]로 새롭게 출발하나니, 이 해역의 물살이들에게 보다 신속하고 정확한 기사를 제공할 수 있도록 노력할 것이라. 또한 이 해역 전역에 오션 망을 깔아 각자의 서식처에서도 [오션일보]를 볼 수 있게 할 것이니, 이는 대왕오징어님이 밤낮없이 주무신 노고에 대한 피땀 어린 결과물일지라.

만약 [오션일보]의 패드로 기사를 확인하고 싶은 물살이들은 자정만은 피하도록 할지니, 급속충전을 위해 난파선 안으로 패드를 들여야 하기 때문인지라. 오늘도 대왕오징어님의 치하에서 영광 누리라.

— 리 주필

패드 앞에 선 폼폼-피피크랩은 눈살을 찌푸렸다.

"리 주필 글씨 옆에 작은 사각형 모양으로 첨부돼 있는 저거, 리본장어 면상 맞지?"

"글보다 사진이 어째 더 거슬려. 저놈이 언젠가 한 자리 차지할 줄 내 알았지."

"그런데 급속충전을 왜 난파선 안에서 하는 거야?"

"급속충전하는 전기가오리들이 안에 있나 보지."

"그러니까 평소처럼 밖에서 해도 되잖아."

"용왕님이 그러라고 하셨나?"

"폼폼, 그걸 말이라고 해?"

"하하. 농담이야, 농담."

피피크랩이 필요 이상으로 정색을 하자 폼폼크랩은 웃음으로 상황을 무마시켰다.

"얼른 [고래의 꿈]을 돌려받아야 해. 네가 마음의 양식을 채우지 못해서 미신 같은 이야기에 현혹되는 거야."

실제로 폼폼크랩은 독서를 할 수 없게 된 이후로 더 이상 깊은 생각을 하지 않게 되었다. 무언가를 보더라도 심드렁하게 넘겼으며 그 이면 혹은 너머에 있는 것을 상상하거나 추론하지 않게 되었다.

보름달이 서너 번 뜨고 지는 동안 해역의 분위기는 사뭇 달라졌다. 물살이들은 삼삼오오 모이기만 하면 오션 망을 통해 본 기사 이야기로 대화의 꽃을 피웠다. 한 주간 물살이들이 가장 많이 클릭한 기사 제목은 '오늘의 백합상회 입하 상품'이었다. 상품의 광고 영상이 함께 실리기라도 하면 바로 품절 사태가 벌어졌다. 최근에 광고한 치실 상품은 그야말로 대박을 터뜨렸다. '치통 앓던 백상아리, 가느다란 줄 하나에 기적을 경험하다! 쓱싹 한 번에 치통 끝 행복 시작'이라는 자막 아래로 백상아리가 찌꺼기 하나 끼지 않은 건치를 자랑하며 헤벌쭉 웃는 영상은 높은 조회수를 기록했다. 난파선당에서 그리 멀지 않은 곳에 세워진 백합상회엔 하루에도 몇 번이나 긴 줄을 서는 진풍경이 연출되었다.

"좀 이상하지 않아?"

"뭐가?"

오늘도 폼폼-피피크랩은 건설 현장에서 동고동락하며 대화를 이어나갔다.

"내가 쓴 댓글이 안 보여. 다들 꿍쳐놓은 난바다곤쟁이가 얼마나 많았으면 그렇게 사재기 하는 게 가능하냐고 홍보 기사 밑에 남겼었거든."

"내 껀 그대로 있던데. 백합상회에서 구입한 돋보기 잘 쓰고 있다는……"

"뭐? 나 몰래 갔었어?"

폼폼크랩은 아차 싶었지만 돌이킬 수 없었다.

"요즘 살 빠졌다 싶더니 먹이 모아서 돋보기 산 거야?"

"그러지 말고 너도 한번 가봐. 눈이 휘둥그레질걸."

"됐어."

"시력 좋은 넌 내 심정 모를 거야. '눈이 침침해지셨나요? 글씨가 확대돼서 보이는 마법의 거울!' 광고에서 이렇게 외치는데 어찌 안 사고 배기냐구."

"살 수 있어. 갈 수 있어. 그런데 굳이 배고픔을 참고 사야 해? 없어도 이때까지 잘 살아왔잖아."

"하지만 그런 물건이 있다는 것을 알게 된 이상, 그리고 주변에서 잘 쓰고 있다는 이야기가 들려오는 이상 어쩔 수 없었어."

피피크랩은 한 소리 더 얹으려다 꾹 참았다. 그때 사이렌 소리가 산책로 건설 현장을 자욱하게 뒤덮었다. 물살이들은 하던 일을 멈추고 하나둘 자리를 떴다. 크랩들도 즉시 옆으로 기어 이동했다. 적당한 운동이 끝났으니 적당한 먹이를 받으러 가야 하는 오후 배식 신호만큼 반가운 건 없었다.

"오늘부터 몸무게의 1.2배만큼 난바다곤쟁이를 배식합니다. 국영상점으로 승격한 백합상회를 활발하게 이용하라고 대왕오징어님께서 특별히 베푼 은혜이니 다들 감사히 먹도록 하세요."

크랩들은 잠자코 배식을 받았지만 리본장어를 지나친 후에는 수 마디를 얹었다.

"리본장어 등지느러미 색이 점점 연해지고 있는 것 같지 않아?"

"너무 비벼서 노란색이 빠졌단 말이 있어."

"볼수록 가관이야. 배식 담당이라고 뻐기는 꼴 좀 봐. 비늘에 뽕이 몇 개나 들어간 거야."

"그런데 요즘 흑명태는 왜 안 보이는 거지?"

"병가 냈다고 하던데."

"병가가 왜 이리 길어? 이쯤 되면 병가를 당한 거 아냐?"

주거니 받거니 하던 그때 처음 보는 물살이 하나가 스윽 지나갔다.

"납작한 흙색 몸뚱이에 흰 점? 전기가오리인가?"

"전기가오리도 이제 배식을 받나 봐."

"혼자 먹는 모습이 보기 좀 그런데?"

"저기요, 같이 먹을래요?"

홍가오리는 자신에 대해 이러쿵저러쿵 떠드는 걸 듣고 있었던 지라 자연스레 방향을 틀었다.

"안녕하세요. 홍가오리라고 해요."

크랩들은 새로운 친구의 자리를 만들어주었다. 홍가오리는 자신의 지느러미 하나면 다 덮일 만큼 작은 크기의 크랩들에게 고맙단 말을 되풀이했다. 그녀는 [고래의 꿈]이 압수된 이후 이곳에서 일하게 되었다고 말해주었다.

"배식은 입맛에 맞아요?"

"충전하고 받았던 먹이도 이런 식이었나요?"

두 크랩이 속사포로 질문을 던졌다. 그렇지 않아도 그 말을 하고 싶었던 홍가오리는 주저 없이 답했다.

"생각보다 배식이 형편없어서 놀랐어요."

"끄응, 처음부터 이렇진 않았어요."

톳에 난바다곤쟁이를 무쳐서 덩이로 나왔던 배식은 언제부턴가 나노플라스틱이 대량 함유된 딱딱한 형태로 뭉쳐져 나왔다.

"흑명태가 배식할 적엔 난바다곤쟁이가 덩이 속에 최소 두 개씩은 들어 있었거든요."

"[오션일보]에선 매일같이 신선한 난바다곤쟁이를 공급하고 있다고 보도하는데 우리 배식에만 문제 있는 거야?"

피피크랩은 식사 중인 물살이들을 휘 둘러보았다. 모두가 고개를 처박고 얌전히 먹고 있었기에 아무도 불만이 없어 보였다. 그러나 그 누구의 배식도 1.2배처럼 보이지 않았다.

“이거 먹고 나면 나중에 배 안 고파요?”

“그래서 요즘 부업해요.”

피피크랩은 바위틈에 꼬불쳐 두었던 비닐수레를 펼쳐서 꼬리에 매달아 보였다.

“찢어지지도 않고 많이 담겨요. 인간계에서 왜 남용하는지 알 것 같다니까.”

폼폼크랩 역시 숨겨두었던 자신의 검정 비닐수레를 꺼내 보였다.

“인간쓰레기 담는 데 이만한 게 없거든요.”

“인간…쓰레기요?”

“여기에 주워서 다음 날 새벽 장뜨락에 나가 팔아요. 해역이 밝아지기 전에 끝내야 해서 일찍 일어나야 해요.”

홍가오리는 좀처럼 입이 다물어지지 않았다.

“너무 그런 눈으로 보지 마요. 이래 봬도 인간쓰레기가 인기 짱이라니까.”

“[오션일보]엔 전혀 나오지 않는 이야기라 몰랐어요.”

“국영상점 바깥에서 이루어지는 매매행위는 불법이니까 기사에 안 신는 거죠.”

“그 말은 즉, 대왕이 알면서도 묵인하고 있단 건가요?”

“음지에서 일어나는 일을 대왕이 모르진 않을 걸요.”

“허가만 내주지 않을 뿐, 눈감아주고 있다고 봐요.”

“그렇지 않으면 이 해역의 경제가 안 돌아가는 걸 아는 거지.”

"그런데 폼폼 애는 속도 없이 백합상회 물건을 마구잡이로 산다니까요."

피피크랩이 갑자기 단짝 흉을 보았다.

"왜 우리 고혈을 짜내서 국영상점을 불려주냐고? 물건 가격은 좀 비싸?"

"백합상회를 한 번도 이용하지 않은 물살이는 있어도 한 번만 이용한 물살이는 없는 거 몰라? 너도 곧 빠지게 될걸."

피피크랩은 코웃음을 쳤다.

"대왕오징어와 한통속인 백합상회를 내가 이용할 일은 결단코 없을 거야. [오션일보]도 야합덩어린 거 알지? 거기 베스트 댓글이 얼마나 같잖은지 알아? 하나같이 대왕오징어를 사랑하고 존경한대. 아주 보고 있으면 지느러미 오그라들다 못해 빠질 것 같아. 공사 현장에서 뼈 으스러지게 일한 물살이들이 정말 저렇게 썼을까? 나는 여기에 함정이 있다고 봐."

홍가오리는 티격태격하는 크랩들로부터 살며시 물러났다. 더 늦기 전에 난파선당에 가봐야겠다는 생각이 불현듯 들었던 것이다. 생각해보면 아직까지 소환되지 않은 게 다행이었다.

추진력을 십분 이용하여 상하운동을 하던 대왕오징어는 흰 눈을 된서리처럼 맞은 것 같은 홍가오리 하나가 헤엄쳐 오는 걸 보곤 동작을 멈추었다. 예전 같으면 눈도 안 마주쳤겠지만 조금 있으면 치러질 재선을 위해 이미지 쇄신을 할 필요가 있었다.

"우리 해역에서 가장 큰 이바지를 하고 있는 전기가오리군요."

그는 평소와 달리 인자한 웃음을 지어 보였다.

"[고래의 꿈]을 충전했던 홍가오리예요. 예전에 흑명태님이 참고 조사 차 한번 오라고 했는데 너무 늦은 건 아니겠지요?"

대왕오징어는 흑명태가 언급되자 마음이 걸쩍지근해졌다.

'고놈이 보고도 제대로 안 하고 병가를 냈군. 아직도 서식처 구석에서 내 부름을 기다리고 있으려나? 그나저나 이 전기가오리는 조신한 폼이 제법 눈길을 끄는걸? 말투도 나긋한 게 억센 누구와는 차원이 다르누.'

그는 음성을 한껏 가다듬었다.

"조사하는 시간이 좀 걸릴 것 같아서 하는 말인데 머무르는 동안 [고래의 꿈] 충전을 해줄 수 있겠습니까? 이곳에 있는 동안 최상의 먹이를 지급하겠다고 대왕의 명예를 걸고 약속하지요."

"정말요? 감사합니다."

기대 이상으로 기뻐하는 홍가오리를 보며 대왕오징어의 입꼬리도 덩달아 올라갔다.

"저기, 참고 조사가 끝나면 패드와 함께 갯바위당으로 돌려보내 주시는 거지요?"

"당연한 걸 묻고 있군그래."

대왕오징어의 입꼬리가 바로 낙하했다.

"그럼 열심히 충전하겠습니다."

때마침 돌아오던 리본장어가 난파선 입구에서 둘의 대화 장면을 엿보았다. 그는 대왕의 축구공만 한 눈동자가 저렇게 정열적으로 달아오른 적이 있었나 싶어 비늘이 쭈뼛 섰다.

회유

[고래의 꿈]이 사라진 이후 그곳엔 기다란 장화 한 짝이 놓였다. 돌멩이가 잔뜩 들어 있어 뿌리박은 것처럼 흔들림 없는 겉면엔 갯바위당이란 글씨가 새겨져 있었다. 아마도 갈고리로 여러 번 긁은 듯했다. 그곳에선 오늘도 폭포수 같은 분노가 쏟아졌다.

"오늘 자 기사 보셨어요? '립스틱으로 쓰인 글씨, 흰수염고래 필체와 흡사해' 이런 근거도 없는 추측성 보도를 사실인 양 써대고 있어요."

"패드를 가져갔지만 털어서 나올 게 없으니 저러는 게지. 내가 떳떳하면 될 일이다."

장수거북은 팔을 휘휘 저었다.

"속 좋은 소리 좀 하지 마셔요. 별 생각 없는 물살이들은 저런 보도를 믿는다니까요. 립스틱 글씨도 지가 지워서 증거 인멸한 주제에 누굴 몰아붙이는 거야?"

흰수염고래는 덧붙일 말이 있는 듯했으나 침묵을 택했다. 그럴수록 장수거북의 씩씩거림은 더욱 커졌다.

"며칠 전 [오션일보] 게시판에 글을 썼어요. 국영상점의 조건이 뭐냐, 밀무역이 하루아침에 합법화된 경위에 대해 설명하라. 그런데 오늘 보니까 질문 자체가 사라져버린 거예요. 바로 리 주필한테 따지니까 뭐라는 줄 알아요? 일시적 오류랍디다. 무슨 패드가 게시 글 성격 따져가면서 오류 나냐고?"

그럼에도 흰수염고래가 이렇다 할 맞장구를 치지 않자 장수거북은 결국 속엣말을 털어놓았다.

"반격할 거예요. 까짓것 나도 만들죠, [장수일보]."

"아니, 벌써 이름까지 정해놓았구나. 이렇게 주도면밀한 줄 몰랐는걸."

흰수염고래는 처음으로 환하게 웃었다. 장수거북은 무안해져 생각난 대로 붙인 거라고 얼버무렸다.

"이름 그대로 오래오래 존립하길 바라네."

"[오션일보]를 보고 있노라면 마치 다른 해역 소식이 실려 있는 것 같아요. 맨날 모든 물살이들이 행복한 비명을 지르고 있대요. 꼬리에 비닐수레 매달고 인간쓰레기 줍는 게 이 해역의 현주손데. 제가 물살이들의 힘겨운 일상을 가감 없는 필체로 담아낼 겁니다. 더 이상 지느러미 놓고 당할 수만은 없어요."

"허지만 멀쩡한 패드를 구하기 힘들 텐데."

"이날을 대비해 부지런히 인간쓰레기를 주워다 날랐지요."

"참으로 기특하구나. 그리고 든든하다, 장 주필."

장수거북은 마지막 단어 하나에 그간 서운했던 감정이 확 달아났다.

"네가 이렇게 구체적인 계획을 털어놓으니 나도 말하지 않을 수 없구나. 최후의 일격을 가하기 위해 나 역시 준비 중이었단다."

"혹시……?"

두 물살이의 눈빛이 그대로 교차했다.

"내 모든 걸 걸고 출마할 것이다."

"우와, 역시 흰수염고래님은 몸집에 걸맞게 큰 그림을 그리고 계셨군요."

"모두가 먹고살기 힘든 만큼 당의 교체를 바라고 있을 게다. 적당한 운동, 아니 적당한 노동에 적당한 먹이는 실패한 정책이야. 그와는 전혀 다른 나만의 청사진을 제시할 것이다. 때마침 네가 [장수일보]를 만들겠다 하니 시기도 적절하구나."

"암요. 용왕님을 수단 삼아 권력 잡은 대왕오징어를 이대로 두고 볼 수만은 없어요. 더 이상 해역을 망가뜨리지 않기 위해서라도, 언제 돌아오실지 모를 대왕문어님의 뜻을 이어받기 위해서라도 꼭 선거에서 승리하자구요."

"문제는 비용이야. 선거 운동 기간 우리 당을 응원해줄 물살이들에게 간식 정도는 지급해야 하지 않겠니. 하지만 주어지는 선거비용으론 턱없이 보자랄 테니……"

장수거북은 그때서야 흰 수염고래님이 출마의 뜻을 선뜻 밝히지 않은 이유를 알 것 같았다. 결국엔 쩐을 얼마나 갖고 있느냐가 문제였다. 인간계에서도 아쿠아리움 회원의 충성도를 자본으로 매기지 않았던가. 얼마나 전기세를 내줄 수 있느냐에 따라 연간 회원의 등급이 나눠졌지, 얼마나 물살이를 사랑하느냐는 척도가 아니었다.

"상한금액을 넘지 않을 정도로만 누군가가 도와주면 좋으련만. 이럴 때 독지가라도 턱하고 나타나면 얼마나 좋겠니. 휴, 처지가 궁하니 허황된 이야기만 늘어놓는구나."

돌아가는 길, 장수거북은 평소보다 느릿한 속도로 헤엄쳤다. 고민의 무게가 등껍질에 달라붙어 좀처럼 진도가 나가지 않았다. 시계탑을 마악 지나쳤을 때쯤 그의 머리 위로 알전구 하나가 퍼뜩 켜졌다. 공공의 일에 환원할 것 같은 물살이 하나가 선명하게 떠올랐던 것이다.

○○○

병가를 낸 흑명태는 그간 줄곧 바깥출입을 삼가왔다. 난파선당 일을 하며 지급받은 먹이가 꽤 되었기에 노동을 하지 않아도 별 문제가 없었다. 그러나 이제는 곳간이 바닥을 보이고 있었다. 실로 오랜만에 서식처 밖으로 나간 흑명태는 해역이 다소 변했다고 느꼈다. 그러니까 물살이들이 전처럼 활기차거나 역동적으로 보이지 않았다. 분명 헤엄은 치고 있되 얼빠진 모양새로 미적미적 움직였다. 그는 시계탑 주위를 서성거리며 좀 더 동태를 관찰했다. 꼬걸이 자리에 비닐봉지를 달고 다니는 물살이들이 부쩍 늘어나 있었다. 그것은 음산하고도 기묘한 분위기를 자아냈다. 예전에는 삶이 상향평준화된 것 같은 착각을 불러일으켰다면 지금은 본래의 자리를 찾은 것처럼 보였다.

"몸은 괜찮아졌어요?"

넙데데한 몸집의 은빛연어가 비늘을 반짝이며 다가왔다.

"휴식만 한 보약이 없지요."

흑명태는 자신보다 몇 배나 큰 물살이 앞에서도 위축되지 않았다.

"난파선당을 탈당했다고 들었어요."

"소문 한번 빠르군요. 한번 쉬니까 계속 쉬고 싶어져 탈당했습니다."

"제 앞에선 마음에 없는 소리 안 하셔도 됩니다."

"본심을 말해도 믿지 않으니 어쩔 수 없군요."

흑명태는 말을 더 얹었다간 속내가 보일 것 같아 입을 다물었다.

"오늘 [오션일보] 1면을 장식한 '환상의 커플' 파파라치 사진 보셨나요? 최고의 조회수를 자랑하던데요."

"환장의 커플이겠지요. 하나는 권력, 하나는 쩐이 필요해서 종신 계약한 건데 뭘 그리 난리인지. 그리고 그게 무슨 파파라칩니까? 카메라를 의식한 시선 처리, 작위적인 몸짓. 아주 그냥 대놓고 찍혔더군요."

"그렇다면 일부러 이 시점에 방출했단 것도 감지하고 있겠군요. 이미 많은 물살이들이 국영상점에 의존하고 있어 백합조개를 욕하기도 뭣한 시점에 말이지요."

"당신… 뭡니까?"

흑명태는 경계하듯 뒤로 물러섰다.

"기분 나빴다면 사과드리지요. [고래의 꿈]을 압수당해 독서를 할 수 없게 되니 이상한 기사나 보게 되어 저도 덩달아 이상해졌나 봅니다."

"흥, 불온도서로 작당모의 하는 모임은 애초에 사라졌어야 했습니다."

"그럼 용왕님의 교리에 대해 이야기하는 모임은 어떤가요?"

"지금 언다 비교를 하시는 겁니까?"

흑명태는 불쾌하단 듯 음성에 핏대를 세웠다.

"그럼 이건 어떻습니까. 완전무결한 용왕님을 믿는 이들로 독서모임 멤버를 구성하는 건."

"대체 무슨 말을 하고 싶은 겁니까?"

성질을 내는 흑명태와 달리 은빛연어의 입가엔 여유 있는 미소가 피어났다.

"아쿠아리움에선 물을 주기적으로 갈아준다는 사실을 아시나요?"

"뭐… 그렇겠지요."

"물이 고이면 썩기 마련입니다. 바다는 염분이 있어서 정화가 된다지만 현재 이 해역은 구역질 나는 지경에 이르렀어요. 물갈이할 때가 온 거지요."

흑명태는 이렇다 할 반응을 보이지 않았다.

"새 술은 새 부대에 담는다는 인간계 속담을 아시나요? 정도전이란 인간을 두고 만든 속담이라 할 정도로 그의 인생사와 들어맞지요."

흑명태는 대체 무슨 말을 늘어놓으려고 밑밥을 까는가 싶었지만 일단 잠자코 들어보기로 했다.

"옛날 옛적 인간계엔 고려라는 나라가 있었는데 정도전과 정몽주란 자가 살았습니다. 둘도 없는 친구 사이였지만 새 술은 새 부대에 담아야 할지, 그대로 두어야 할지에 대한 의견은 달랐지요. 새 부대에 담기 거부한 정몽주는 결국 정도전과 갈라섭니다. 그로부터 얼마 뒤 이방원이라는 미래의 왕에 의해 죽게 되구요."

"정도전은 이방원과 한배에 타나요?"

"네. 하지만 정도전도 그 후 이방원에 의해 죽게 됩니다."

"헛……"

흑명태는 자신의 예상이 빗나가는 결말을 듣곤 탄식을 흘렸다.

"그 둘은 조선이라는 새 나라를 세우는 것까진 뜻이 맞았어요. 하지만 이방원은 왕권 위주의 나라를, 정도전은 신권 위주의 나라를 원했지요."

"제게 왜 이런 이야길 하는 겁니까?"

"전 용왕님을 믿지 않지만 흑명태란 물살이를 믿는단 말입니다. 만약 정몽주와 정도전이 자신들의 미래를 알았더라면 경쟁이 아닌 협력을 하지 않았겠습니까? 뜻에 차이가 있다 하여 결코 갈라서진 않았을 겁니다."

"대체 들을수록 무슨 소린지……"

"갯바위당으로 입당하십시오."

"네?"

쩌억 벌어진 흑명태의 입은 박제된 양 다물어질 줄을 몰랐다.

"전 절대 포유류와 한배를 탈 수 없습니다."

"해역의 물을 흐리는 거대 악보다 포유류가 더 나쁘단 겁니까?"

"물살이에 반하는 포유류야말로 거대 악이라고 용왕님께선 생각하시니까요."

"보다 나은 해역을 만들기 위해 뜻을 모으잔 건데 왜 용왕님을 걸고넘어지십니까? 용왕님도 편 가르기 하는 걸 원치 않으실 겁니다."

"여하튼 제가 갯바위당에 몸담는 일은 결단코 없을 겁니다."

"이렇게 편협한 사고를 가진 물살이일 줄 몰랐습니다. 참으로 실망이군요."

"이야기는 흥미롭게 들려주셨습니다만 번지수를 잘못 짚으신 것 같군요. 그럼 이만."

"믿음의 여부가 달라도 바라보는 방향이 같으면 같은 배에 탈 수 있는 것 아닙니까? 맹목적인 믿음에서 벗어나십시오!"

은빛연어는 멀어지는 흑명태를 향해 소리쳤다. 흑명태는 서식처에 도착한 이후 환청처럼 따라붙은 마지막 문장을 떠올렸다. 대왕오징어가 먹이저장고를 털다 자신과 마주쳤던 날이 뇌리를 스치고 지나갔다. 이때까지 어느 누구에게도 입 뻥긋하지 않았지만 어쩌면 이미 많은 물살이들이 심증적으로 대왕의 부패를 알아차렸을지도 모르겠단 생각이 들었다.

비합법적인 방법으로 목적을 달성하기 위해선 명분만큼 중요한 게 없지 않은가. 그래서 대왕오징어는 용왕이란 명분을 내세워 왕좌를 차지했다. 문제는 처음부터 용왕님에 대한 믿음이 전혀 없던 자란 사실이었다. 그는 물살이 보는 눈 없는 자신을 뒤늦게 탓했지만 소용없었다.

'나는 현재 길을 잃었다. 동력을 상실했어. 하지만 그렇다고 포유류와 지느러미 잡을 순 없는 일… 용왕님, 이럴 땐 어떡해야 합니까? 부디 저를 올바른 길을 인도해주십시오……'

한참을 중얼거리던 흑명태는 슬며시 눈을 떴다. 서식처의 풍경은 달라진 게 없었다. 그러나 망막으로 보이는 풍경은 완전히 새로워져 있었다. 그의 시야가 바뀐 것이다. 그것은 깨달음을 얻은 물살이만이 알 수 있는 차이였다.

"그래, 결심했어! 내부 고발자가 되는 거야."

용왕님을 진정으로 받들지 않는 대왕오징어를 타도해야겠단 각오가 꼬리 저변에서부터 맹렬히 타올랐다. 혹여 일을 그르칠 수 있으니 조력자가 필요했다. 그는 여느 때보다도 당차게 몸통을 흔들며 시계탑 광장으로 헤엄쳐 나갔다. 아직 은빛연어가 그대로 머물러 있기를 바라며.

장뜨락

언제부턴가 해변가엔 거대한 띠가 밀물과 썰물에 의해 이리 갔다 저리 가는 진풍경이 연출되었다. 파도에 의해 수차례 쪼개져 더 이상 쪼개질 수 없을 정도로 작아진 플라스틱이 잔류해 생기는 현상이었다. 노란색을 거의 찾아볼 수 없을 만큼 시컴쭉쭉해진 리본장어 하나가 거기서 나노플라스틱을 열심히 퍼 담고 있었다. 비닐수레를 채우는 데 열중한 나머지 낚싯대를 든 인간 둘이 걸어오는 것도 눈치채지 못했다.

—옆 나라에서 다음 주에 5차 오염수를 방류할 예정이라며? 이렇게 낚시해도 되나 몰라.

—이미 술로 찌든 몸인데 뭔 상관이야. 소독되겠지.

—흐흐, 그런가. 다음 주면 바다 색깔 볼만하겠는데? 그날도 올 거지?

—물어 뭐 해. 세상에 낚시처럼 재밌는 게 어딨다구.

그때 사내 하나가 발을 헛디디며 넘어졌다. 그 바람에 손에 들려 있던 초록 유리병이 데구르르 구르며 밀물에 실려 갔다.

—내 참이슬!

그때서야 리본장어는 화들짝 놀라며 깊숙이 입수했다. 뒤로 사내 하나가 바짓단을 적시며 따라붙었다. 기다란 낚싯대를 본 리본장어는 자신을 잡으려는 줄 알고 기겁했다.

—그깟 소주 얼마 한다고. 그냥 장어놈 줘. 재도 술맛을 알아야지.

—에이 씨, 물고기 지금 잡아버려? 미끼 감아?

—황금 스팟 두고 왜 이래? 얼른 나와!

리본장어는 자신의 앞에 둥실 떠 있는 초록 병이 뒤늦게 시야에 들어왔다. 그것은 자신과 함께 밀물과 썰물에 의해 이리저리 쓸리고 있었다.

"물고기라니. 하여간 썩을 놈들, 조상님 무서운 줄도 모르고."

안전한 곳까지 들어온 리본장어는 꼬리에 감은 초록 병을 그때서야 제대로 살펴보았다. 얼결에 인간의 물건이 생겼으니 순시도 하러 갈 겸 장뜨락에나 가볼까 싶었다. 장뜨락에 그가 나타나자 물살이들은 아연 긴장한 눈치였다.

"단속하러 온 거 아니에요. 저도 뭘 좀 팔려고 왔으니 하던 거래들 계속 하세요."

리본장어는 재선이 얼마 남지 않은 만큼 물살이들의 심기를 거스르는 행위를 삼가야겠다고 생각했다. 물살이들은 리본장어의 꼬리에 인간쓰레기가 들려 있는 걸 발견하곤 하나둘 모여들었다.

"어머, 리 주필. 이거 뭐예요?"

"실물이 더 멋있다! 우리 사진 찍어요."

"전 비늘에다 싸인 좀."

장뜨락은 삽시간에 리 주필이란 함성으로 가득 찼다. 리본장어는 그런 자신의 인기를 즐기며 유유자적 장뜨락을 돌았다. 불법으로 운영되는 장뜨락을 우습게 여겼던 리본장어는 자신이 큰 착각을 했단 걸 깨달았다. 물고기 사료나 갈고리째 걸려 있는 갯지렁이를 여기선 백합상회의 절반 가격에 구입할 수 있었다. 특히 눈에 띄는 건 민물에 가야 겨우 볼 수 있는 우렁이와 짚신벌레였다. 갯벌에서 볼 법한 망둥이나 소라게도 심심찮게 보였다. 백합상회는 멋들어진 외관을 갖추고 있었지만 이렇게 다채로운 먹이가 있진 않았다.

'요즘 들어 백합상회가 왜 휑했는지 알 것 같군.'

결정적인 차이가 있다면, 이곳을 드나드는 물살이들 중 누구도 꼬걸이를 달고 있지 않다는 거였다. 격식 대신 실용을 추구하는 것인지 꼬걸이 자리엔 하나같이 비닐수레를 달고 있었다. 커다란 수레, 질긴 수레, 주황색 수레, 보라색 수레 등 종류도 다양했다. 그때 날카로운 건치를 드러낸 백상아리가 다가왔다.

"엇, 이 물건은! 삼국지에서 제일 힘세다는 장비가 이걸 그렇게 좋아했다던데."

"오호, 백상아리님을 여기서 뵙게 되다니. 광고는 잘 보고 있습니다."

"저도 리본장어님을 이곳에서 뵐 줄 몰랐네요. 어쩐지 오늘 장뜨락에 오고 싶더라니 이걸 사려고 그랬나 봐요. 소량 복용하면 행복해지지만 대량 복용하면 죽음에 이르는 신비의 음료, 얼마예요?"

초록 병에 관해 전혀 아는 바가 없는 리본장어는 주둥이가 좀처럼 떼어지지 않았다.

"난바다곤쟁이랑 비닐수레. 현재 제가 갖고 있는 쩐은 그 두 개예요. 물론 넉넉히 있어요."

"이번에 광고한 치실 상품이 대박 났다 들었습니다. 설마 깎아달라고 안 하실 거죠?"

"제 값에 쳐드릴게요."

"난바다곤쟁이 열다섯 개랑 비닐수레 스무 개만 주세요."

"우와, 리본장어님 양심 없다. 내가 부유한 물살이라고 값을 뻥튀기하면 안 되죠. 시장의 가격이란 게 있는데."

"흐음… 맞는 말이라 반격을 못 하겠네요. 그런데 갑자기 궁금해지네요. 장뜨락에서 거래되는 이 모든 물건의 값은 누가 정하는 거죠?"

"수요와 공급에 따라 절로 물가 변동이 일어나요. 그러니까 가격 가지고 장난 치면 큰일 나요."

"끄응, 그럼 난바다곤쟁이 두 개 뺄게요."

"그래도 비싼데… 참, 그 소문 들었어요? 갯바위당 쪽에 서식하는 물살이들은 요즘 토실토실 살이 올랐대요."

"처음 듣는 얘깁니다만?"

"배달 나서, 혹은 알러지 때문에 먹이를 거르는 물살이들이 배식을 남기면 그걸 흰수염고래님이 한곳에 모아둔대요. 배고픈 물살이나 병든 물살이들에게 꺼내 준다더라구요."

"아니, 그런 불법 행위를 알고서도 신고를 안 했단 말이에요?"

"먹이를 더 구한 것도 아니고, 주어진 먹이로 재배분한 건데 그게 왜 불법이에요? 저도 흰수염고래님이 포유류라서 좋아하진 않지만 배식 문제에 있어선 현명한 것 같아요. 해역 살림을 맡으면 잘하실 것 같기도 하고. 사실 말이야 바른 말이지, 해역 꼬라지 좀 보라구요. 나야 광고 모델이 된 덕에 짭짤한 수익을 올리고 있다지만 다수의 물살이들은 힘들게 일하는데도 그에 맞는 보상을 못 받고 있어요. 누가 몰래 빼돌려서 해쳐먹는 게 아닌 이상 이런 지옥도가 펼쳐질 리 없어요."

리본장어는 순간 뜨끔했다. 리 주필이 된 이후 몰래 묻어놓은 비상먹이가 떠올랐던 것이다.

'이번 재선에서 반드시 대왕오징어님이 돼야 해. 흰수염고래 놈이 나온다는 소문이 돌던데 당선이라도 되면 나의 밥그릇이 들통나는 건 물론, 물거품처럼 공중 분해되고 말 거야.'

리본장어는 갑자기 초록 유리병을 주섬주섬 챙겼다.

"생각해보니 지금 초록 병을 팔 때가 아닌 것 같아요. 순시 겸 온 거라 제가 이만 가봐야 해서. 그럼 다음에 봬요."

"아니, 이봐요. 원래 부른 값으로 쳐줄게요. 가지 마요."

리본장어는 몸을 좌우로 저으며 백상아리 곁을 빠르게 벗어났다.

같은 시간, 장뜨락의 한 귀퉁이에선 장수거북이 여러 대의 패드를 앞에 두고 심사숙고 중이었다. 하나는 금이 쭉쭉 가서 보는 것만으로도 눈알이 베일 것 같았고, 또 하나는 상태가 좋아 보이나 실행 속도가 영 느렸다. 다른 하나는 모든 게 괜찮았으나 크기가 아쉬웠다. 물론 최상의 패드도 판매 중이었으나 장수거북이 모은 쩐으론 어림도 없었다. 아무래도 거미줄처럼 여러 개의 선이 그어져 있는 패드가 최선인 듯했다. 만족스럽지 않은 구매 후 발길을 돌리던 장수거북의 표정이 돌연 밝아졌다. 가는 날이 장날이라고, 자신이 그리던 물살이를 발견한 것이었다.

"안녕하십니까, 개복치 의원님."

장수거북이 친근하게 말을 붙이자 개복치는 깜짝 놀라며 들고 있던 볼펜을 내려놓았다.

"놀라게 할 의도는 없었는데 죄송합니다. 무얼 좀 사셨나요? 저는 오늘 요거 하나 장만했습니다."

그는 금이 간 패드를 보여주었다.

"조금 놀랐을 뿐, 괜찮습니다. 잘 지내셨는지요, 장수거북님."

개복치 의원은 이내 호흡을 가다듬으며 정갈한 웃음을 건넸다.

"볼펜 구매하려구요?"

"마음에 들긴 하지만 안 드는 부분도 있어서 말입니다."

장수거북은 뭐가 마음에 안 드는지 묻고 싶었으나 개복치의 웃음 앞에서 그 질문은 수증기처럼 증발해버렸다.

"요즘도 진료소 일로 바쁘시지요?"

"아픈 물살이들이 대거 늘어났어요. 그런데 희한하게도 몸을 들여다보면 다들 정상이란 말입니다. 미스터리해요."

"마음의 병이겠지요."

장수거북은 자신의 속내를 넌지시 드러냈다. 그리고 이어지는 다음 말, 진정으로 어심을 생각한다면 갯바위당에 오셔서 힘을 보태달라, 아니 쩐을 보태달라. 아니 마음으로라도 후원해달라는 말을 늘어놓고 싶었지만 관두었다. 부끄러워서도 아니고 거절당할까 봐도 아니었다. 어째서인지 그 말을 꺼내기 주저하게 만드는 분위기란 게 있었다.

“똑똑한 분인 만큼 언젠가 대의를 위해 나서주시리라 믿습니다. 시간 나면 갯바위당에 한번 들러주시지요.”

개복치 의원은 여전히 물살이 좋은 미소만 띨 뿐 가타부타 말이 없었다. 생각해보겠다는 말이라도 들을 것으로 기대했던 장수거북은 결국 끝인사만 받고 헤어졌다.

‘내 성미가 급한 건가. 하긴, 신중하게 생각할 문제지.’

장수거북마저도 그곳을 뜨자 볼펜을 늘어놓은 장뜨락 주변이 조용해졌다. 어디선가 별 모양의 물살이 하나가 모래밭 위로 훅 튀어 오르더니 볼펜 무더기로 다가갔다. 잠시 뒤, 볼펜 하나가 사라진 자리엔 소량의 난바다곤쟁이가 놓여 있었다.

짝짓기 파티

“흑명태님 계신가요?”

서식처 밖엔 리본장어가 흐느적거리고 있었다.

“자네가 왜 여길……”

“리 주필이라고 하셔야죠?”

모가지에 빳빳하게 힘주는 꼴을 보니 흑명태는 부아가 났으나 평정심을 놓치지 않았다.

"대왕오징어님이 [고래의 꿈]에 대해 긴히 할 말이 있다며 즉각 오라고 하셨습니다."

[고래의 꿈]이라… 마치 전생에 썼던 단어처럼 아득하게 느껴졌지만 한편으론 흑명태의 마음 한구석이 흔들렸다. 바로 나설 채비를 하자 리본장어가 돌아서며 덧붙였다.

"갯바위당 가기 전에 웅덩이 깊은 곳 알죠? 거기서 뵙자고 하셨어요."

'왜 하필 거길… 흰수염고래님을 불러 삼자대면이라도 하려는 건가?'

흑명태는 내부 고발자가 되기로 결심한 이후 몇 번이나 시계탑에 갔었다. 그러나 조력자로 점찍어 놓은 은빛연어는 코빼기도 보이지 않았다. 번번이 허탕을 친 그는 그 사이에 마음이 꽁해졌다. 그리고 오늘 리본장어의 방문으로 인해 다시금 마음자리가 어지러워졌다. 하지만 이러나저러나 대왕의 부름에 응해야 했다.

그는 갯바위구 초입에 들어섰을 때 깜짝 놀란 나머지 수 초간 정지 상태로 있었다. 그곳엔 자신과 같은 종인 명태류 수백 마리가 집합해 있었다. 대왕오징어는 흑명태를 보곤 촉완을 힘차게 흔들었다.

"무소식이 희소식이라던데 잘 지냈는가."

"그간 몸을 돌보느라 찾아뵙지 못해 송구스럽습니다. 그런데 여긴 어인 일로……"

“요즘 공사다망하여 짝짓기를 통 못 하질 않았나? 최근 불미스러운 일 때문에 스트레스도 많았을 텐데 기분 좋게 산란하라고 짝짓기 파티를 열어보았네.”

뜬금없이 웬 짝짓기 파티인가 싶었지만 흑명태의 마음 저편에선 이미 원망스러운 감정이 일부분 사라져 있었다. 자신을 잊지 않고 있었단 생각에 눈가가 뜨거워지기까지 했다.

“저희 종의 번식에 신경 써주셔서 감사합니다. 하지만 수온이 매년 오르고 있어 현재 암컷들이 산란하기에 적합하지 않은 것으로 압니다.”

“지난밤 용왕님 가라사대, 오늘 날짜를 짚어주시며 짝짓기가 가능한 수온으로 하강할 거라고 하셨네. 그러면서 자네 이름을 언급하시더군. 모든 물살이 중 자네의 신실함을 으뜸으로 여기고 계셨던 게지. 오늘만큼은 짝짓기 가능한 수온으로 만들어놓겠다고 단언하셨으니 명태 종들과 마음껏 체외수정을 하게.”

‘용왕님을 믿지 않는 저자의 말을 믿어야 하나?’

결국 그는 믿고 싶은 쪽으로 마음이 기울었다. 자신더러 용왕님의 선택을 받았다는데 믿지 않을 이유가 없었다. 부디 천만 마리 넘는 후세를 남기길 바란다는 덕담과 함께 대왕오징어는 물러갔다. 이윽고 수백 마리의 명태들이 빙글빙글 돌며 커다란 무리를 이루기 시작했다. 짝짓기를 할 때 물살이들이 집단을 형성하는 이유는 포식자로부터 몸을 보호하기 위해서였다. 그보다 더 중요한 건 체외수정의 확률을 높일 수 있다는 거였다. 특히 중앙으로 들어가기 위한 경쟁이 치열했는데 가장자리에 위치하는 것보다 확실한 안전과 수정을 보장했다.

시간이 흐를수록 알 수 없는 서늘한 기운이 그의 비늘에 한 땀 한 땀 스며드는 것이 느껴졌다. 아가미를 스치고 지나가는 수온이 점점 하강하고 있단 것을 온몸으로 체감할 수 있었다. 기분 탓인지는 몰라도 알싸한 휘발성 냄새마저 풍겼다. 흑명태는 오랜만에 집단산란을 해서인지 육체가 한껏 고무되면서도 정신은 바닥끝까지 몽롱해졌다. 바닷물이 평소와 다르게 탁해 보이기도 했다. 이 모든 게 기분 탓인가? 주변의 명태들을 살펴보니 신명 나게 몸통을 흔들며 짝짓기 전에 행하는 집단 군무를 추는 데 여념이 없었다. 점점 산란에 적당한 온도가 만들어지는 듯했다. 그럼에도 흑명태의 등지느러미는 좀처럼 유연해지질 않았다.

암컷들이 서서히 몸을 비틀면서 산란을 하기 시작했다. 그러나 이들은 평소와 달리 몸을 부드럽게 가누지 못하고 흐느적거리며 알을 낳았다. 한 마리당 백만 개에 가까운 알을 방출하자 수컷들은 그 틈을 놓치지 않고 몸체를 빙빙 회전하며 산란관에서 정자를 방출했다. 대부분의 정액들은 주위를 배회하다 알 위에 달라붙었다. 착상이 되지 않은 정액들은 바닥으로 주르륵 가라앉았다. 바다는 곧 수만 개의 알들과 정자로 인해 우윳빛으로 뿌옇게 물들었다. 이 와중에도 유독 웅덩이 특유의 탁한 빛은 사그라지지 않았다.

저마다 산란과 방정을 위해 정신없이 에너지를 분출하고 있던 그때 날줄과 실줄로 엮어진 튼튼한 그물망이 수면 아래로 서서히 내려왔다. 시커먼 그림자와 함께 드리워진 그것은 눈 깜짝할 사이에 흑명태 떼를 건져갔다. 정액이 달라붙은 알들은 물론 가라앉은 수백만개의 알들도 순식간에 포획해 갔다.

—이야! 시장에 팔면 이게 다 얼마야?

—오염수에서 잡은 건데 괜찮겠어?

—중국산도 국산으로 둔갑하는 마당에 뭐가 문제야?

종족 보존에 에너지를 쏟고 있던 명태들은 튀김과 무침과 알탕이 되어 인간의 식탁에 오르는 운명을 맞이하고 말았다. 목숨줄이 끊어지기 직전 흑명태가 누구를 떠올렸는지 아무도 알 수 없었다. 다만 그는 도마 위에서 토막 나기 전 이렇게 중얼거렸다. 이제는 용왕님 곁에서 안식을 찾을 수 있겠군요.

낚시

흑명태님을 비롯한 모든 명태들을 추모하기 위해 일주일 동안 꼬걸이 착용을 금지합니다. 노래와 춤 또한 삼갈 것이며 하루에 삼세번, 자신이 있는 자리에서 추모식을 가지도록 합시다. 또한 이번 사건의 배후를 밝혀내는 동안 내부의 적이 암약하는 것을 방지하고자 댓글 기능을 제한합니다.

— 리 주필

"아아. 당신은 가셨지만 당신은 가시지 아니하였습니다……"

"님의 육신은 용궁으로 갔지만 혼은 우리 곁에 살아 숨 쉬고 있습니다……"

하루 삼세번, 물살이들은 꼬박꼬박 죽은 명태들을 추모했다. 이들은 각자의 자리에서 자신의 감정을 쏟아냈지만 댓글이 막힌 탓에 그것은 하나의 주제로 묶이지 않았다. 크랩들의 서식처에선 여러 말이 나돌았다.

"내부의 적이라니, 우리 중에 누군가 명태들을 죽음으로 몰아넣었단 말인가?"

"방귀 낀 놈이 성낸다고, 하루아침에 댓글란을 막은 게 누군데? 아무리 막아도 구린내는 새어 나오기 마련인 거 몰라?"

"인간의 그물망이 그날 그 시간에 드리워질 거란 걸 알고 있었던 놈이 있을 거야."

"[오션일보]에선 흰수염고래님을 유력한 용의자로 보던데."

"아니, 대체 왜?"

"생각해보라구. 흰수염고래님은 숨을 쉬러 한 번 수면 밖으로 나가면 머무는 시간이 꽤 길잖아. 인간의 정보를 알 확률이 가장 높은 포유류란 말이지."

"흰수염고래님이 흑명태를 죽일 이유 없어. 그리고 흑명태님이 죽기 직전에 리본장어를 만났다는 얘기가 있어. 흑명태님 서식처에서 리 주필과 대화하는 걸 본 물살이가 올린 글, 못 봤어?"

"봤지. 그런 게 바로 가짜 뉴스야."

“가짜라니. 탈당한 흑명태를 아니꼽게 본 대왕이 리 주필을 시켜서 죽이라고 했을 수도 있잖아.”

“제발 음모론 좀 그만 제기해. 저리도 추모식을 성대하게 치러주는 대왕오징어님을 어떻게 의심할 수가 있어?”

“죽은 놈 무덤은 얼마든지 호화롭게 만들어줄 수 있어. 죽어서 말 없는 놈 영혼 잔치는 얼마든지 해줄 수 있다고.”

“짝짓기 파티를 열어준 대왕님의 순수한 마음을 더럽히는 발언은 그만 삼가길 바라.”

“하지만 만약 대왕이 파놓은 함정에 명태들이 떼죽음당한 거라면?”

“그날 갯바위당 부근의 수온이 하강했던 거, 너도 알잖아. 짝짓기 파티를 준비한 대왕님의 정성을 그런 식으로 폄훼해야겠어?”

“그게 이상하단 거야. 왜 그 부근만 수온이 하강하냐고?”

“용왕님 가라사대 몰라?”

“아직도 그걸 믿어? 그날따라 갯바위당 부근만 물 색깔이 유난히 탁했어. 타액이 섞였던 게 분명해. 이는 명태들의 죽음과 관련이 있을 거야.”

“그건 짝짓기한다고 정자들이 방출돼서 탁해 보이는 거잖아.”

“그 이전부터 그런 징조가 보였어. 그뿐만이 아니야. 이상한 냄새까지 났다구.”

“넌 이제 현상조차 왜곡해?”

크랩들이 옹기종기 모여 갑론을박을 벌이던 중 주변에 있던 패드가 깜박거리는가 싶더니 따끈따끈한 속보가 올라왔다.

> 립스틱 사건과 명태 떼죽음의 연관성 드러나, 피의자로 지목된 흰수염고래 내일 다시마 라인 출두.

"다시마 라인은 뭐야?"

"불미스러운 일로 사진 찍히는 존이래. 거기서 향후 판결도 내려진다던데?"

"누가 판결을 내려?"

"용왕님."

그 시간, 갯바위구 물풀동 파래 25번지로 한 물살이가 차분하게 들어섰다. 한 번도 그곳을 방문한 적 없는 개복치 의원은 장화에 새겨진 '갯바위당'을 유심히 보았다. 장수거북은 그의 방문을 누구보다도 반겼다.

"어서 오십시오. 정말 잘 오셨습니다."

"흑명태님의 죽음을 보고 결심했습니다. 어지러운 해역의 질서를 바로잡기 위해 갯바위당에 입당하기로 말입니다."

장수거북 옆에 있던 흰수염고래는 아닌 밤중에 웬 홍두깨냔 표정이었다.

"제가 모시고 싶다고 일전에 귀띔했었거든요."

흰수염고래는 인상을 펴 보이며 앞으로 나섰다.

"전 이번 대왕 선거에 나갈 겁니다. 적극적으로 도와주시면 감사하겠습니다."

"긍정적인 쪽으로 검토해보겠습니다."

"이제 든든한 아군이 생겼으니 대선은 문제없어요!"

장수거북은 벌써부터 승리한 것처럼 등껍질을 으쓱거렸다. 흰수염고래는 자중하란 듯 그를 토닥이곤 개복치를 향해 물었다.

"혹시 황토색 등껍질에 흰 눈이 소복이 쌓인 것 같은 몸체를 지닌 가오리가 진료소를 찾은 적이 있는지요?"

개복치는 고개를 저었다.

"그런 물살이는 제 진료소에 온 적이 없는 것 같군요. 왜 그러십니까."

"[고래의 꿈]을 충전해주던 홍가오리라는 물살이인데 소식을 못 들은 지 꽤 되어서요."

"절 찾아오면 바로 알려드리겠습니다."

개복치는 대답 끝에 정갈한 웃음을 지었다. 장수거북이 이어 질문했다.

"의원님은 이번 명태들의 죽음에 대해 어찌 생각하십니까?"

"수상한 냄새가 나긴 하지만 아직 밝혀진 정황이 없는 관계로 뭐라 단언하기 어렵습니다."

"까마귀 날자 배 떨어진다고, 난파선당과 척지자마자 흑명태에게 이런 일이 생긴 거잖아요. 또 하필 갯바위당 근처에서 그런 일이 일어났어요. 우릴 엮으려는 저쪽의 꿍꿍이수작이 훤히 보이지 않습니까? 제가 곧 창간할 [장수일보]에다 의심스러운 정황을 낱낱이 밝혀낼 겁니다."

장수거북은 금이 여러 갈래로 간 패드를 흔들어 보였다.

"또 다른 스피커가 우리 해역에 생기겠군요. 창간을 미리 축하드립니다."

"오직 물살이의 후원을 통해 꾸려나갈 계획인데 장수 망을 해역에 까는 것부터가 만만치 않네요. 눈치 보지 않고 제대로 된 목소리를 낸다는 게 이리도 어려울 줄이야."

"그 문제라면 제가 도움을 드릴 수 있을 것 같군요. 많진 않지만 의원 일을 하며 모아둔 쩐이 좀 있습니다."

장수거북은 코가 땅에 박히도록 감사 인사를 했다. 흰수염고래는 떠나는 개복치를 따라 갯바위당 앞까지 나왔다.

"쉽지 않은 헤엄 길이었을 텐데 감사합니다."

"이 해역의 물살이 안위만을 생각하여 엄중히 결정한 일입니다."

○○○

추모 기간 동안 난파선 가에는 멸치 새끼 하나 얼씬대지 않았다. 겉으로 보면 적막 그 자체지만 난파선 안은 그 어느 때보다도 분주하게 돌아갔다. [오션일보]의 댓글을 달아놓았으니 자신도 조금 쉴 수 있지 않을까 기대했던 홍가오리의 예상은 보기 좋게 빗나갔다. [오션일보]의 충전을 담당하는 전기가오리들은 전보다 일찍 퇴근했지만 홍가오리는 끝없이 [고래의 꿈]의 충전을 도맡고 있었다. [고래의 꿈]에선 새로운 댓글이 그 누구의 입력도 없이 저절로 등록되는 작업이 이루어지고 있었다. 댓글이 자동으로 생성되는 프로그램을 리본장어가 만든 탓이었다. 홍가오리는 열을 발산하는 패드에 붙어 하루 종일 전력을 공급해야 했다. 그럼에도 먹이는 늘어나지 않았다. 오늘도 다른 가오리들은 일찌감치 퇴근한 건지 한 마리도 보이지 않았다. 금방이라도 실신해버릴 것 같은 홍가오리는 용기를 내어 볼멘소리를 냈다.

"리 주필님… 잠깐이라도 휴식 시간을 주시면 안 될까요."

저 멀리서 [오션일보]를 점검 중인 리본장어는 답이 없었다.

"그게 어렵다면… 먹이를 주세요. 배가 고파서 더 이상 일을 할 수가 없어요……"

난파선 안엔 오직 홍가오리의 목소리만 독백처럼 울렸다.

"제발 쉬게 해주세요. 그리고 먹이를……"

"시끄러워서 집중을 할 수가 없잖아! 그리고 말을 하면 에너지 소모가 더 되는 거 몰라?"

마침내 리본장어가 대꾸했다.

"그리고 왜 이렇게 일머리가 없어? 배가 고프면 짬을 내서 지나가는 난바다곤쟁이라도 감전시켜 잡아먹으면 될 거 아냐? 내가 이런 것까지 알려줘야 돼? 어휴, 속 터져."

"그걸 하지 않기 위해… 이 일을 하는 거잖아요."

평소 같았으면 말대답을 상상할 수도 없는 홍가오리였지만 그날은 자신 안에서 다른 자아가 분출하는 것 같았다.

"말끝마다 먹이, 먹이. 왜 이렇게 식탐이 많아? 그깟 것 몇 끼 굶는다고 안 죽거든."

그때 털썩, 소리와 함께 홍가오리가 쓰러졌다. 동시에 [고래의 꿈]의 충전도 끊겼다.

"야! 얼른 일어나. 옮기는 중에 전력 끊기면 끝장이라고."

리본장어는 단박에 헤엄쳐 와 홍가오리를 일으켰다. 그러나 홍가오리는 패드에 접촉하는 것을 거부했다.

"도대체… 무슨 짓을 꾸미고 있는 거예요?"

"입 다물고 에너지 아끼라 했지!"

"왜… 조사가 아닌 조작을 하는 거지요?"

순간 리본장어는 무슨 말을 하려다 말고 멈칫했다. 그러더니 난파선을 훌훌 나가버렸다. 잠시 후 리본장어가 아닌 대왕오징어가 들어왔다. 그의 등장에 휑하던 난파선이 가득 찼다. 홍가오리는 온 힘을 다해 몸을 일으켰다.

"충전하는 데 힘이 든다고?"

대왕오징어가 바짝 다가오자 홍가오리의 비늘이 공포심으로 일어났다. 대왕오징어의 기다란 촉완이 홍가오리의 가슴지느러미에 닿았다.

"가슴 아래에 전기를 발생시킬 수 있는 기관이 있다지? 이상이 있나 한번 봐야겠구나."

홍가오리는 자신의 숨이 그냥 이대로 끊어졌으면 했다. 하지만 그것은 의지대로 되지 않았다.

“흐음… 여긴 벌집 모양으로 생겼군.”

홍가오리는 눈을 감았다. 아무런 저항도 할 수 없는 시간이 느리게 흘러갔다. 끔찍한 정적이 두 물살이를 헤집고 간 뒤에도 홍가오리의 정신은 오랫동안 정지되어 있었다.

선거 운동

“인간계엔 러시아라는 나라가 있습니다. 톨스토이라는 작가가 태어난 나란데 현재는 대문호가 나올 수 없을 정도로 망가졌지요. 작가는 〈사람에게는 얼마나 많은 땅이 필요한가〉라는 소설을 썼습니다. 원하는 만큼 땅을 줄 테니 하루 동안 걸어보라고, 대신 해가 지기 전에 돌아와야 한다는 조건을 어느 마을의 촌장으로부터 수락한 주인공은 새벽부터 길을 나섭니다. 허기가 지고 발에 물집이 잡히지만 걷고 또 걷습니다. 이제 돌아가야 할 것 같지만 꺾지 않고 좀 더 직진합니다. 땅거미는 빠르게 져오는데 돌아가는 속도는 좀처럼 나아가지 못합니다. 출발지에 가까스로 돌아온 주인공은 피를 토하며 죽습니다. 그가 발을 뻗고 누운 관짝은 하루 종일 걸었던 땅의 크기에 비하면 너무도 초라했습니다. 이 소설은 우리 물살이에게 많은 교훈을 줍니다. 얼마나 많은 쩐을 원하느냐고 물어보면 다들 똑 부러지는 대답을 하지 못합니다. 그저 '더 많이'를 원합니다. 하지만 '더 많이'를 가지게 된 뒤에도 '더 많이'를 원합니다. 끝없는 '더 많이'를 모두가 추구하게 되면 어떻게 되겠습니까? '더 많이' 가지기 위해 온갖 비합법적인 방법이 동원될 겁니다. '최고 많이' 가지게 된 물살이는 나 같은 물살이가 많아지게 해주겠다고, 자신에게 권력을 위임해달라고 할 겁니다. 그럼 모두가 '더 많이' 가지는 세상이 올까요? 재화는 한정적이니 불가능한 일이란 걸 차치하고서라도 '더 가진' 물살이와 '못 가진' 물살이의 양극화 현상이 외려 팽배해지지 않겠습니까. 결국 '최고 많이' 가진 소수의 물살이들만 살 만한 세상이 될 겁니다. 사실 '더 많이' 가지고 싶어 하는 우리의 욕망은 잘못이 없습니다. 적당한 먹이에 불만을 가지는 건 생물이라면 당연한 본능입니다. 저는 '적당한 먹이'를 다른 방식으로 접근해야 한다고 생각합니다. 모두에게 무게만큼의 먹이를 지급할 게 아니라 먹이를 많이 가진 자들이 먹이를 적게 가진 자들에게 분배하는 방식으로요. 제가 이렇게 말하면 '분배하고 싶지 않은 나의 자유를 빼앗지 말라'고 항의하는 물살이들이 있을 겁니다. 하지만 먹을 게 넘쳐나서 즙만 빨고 버리는 물살이 옆에 굶어 아사하는 물살이가 있다면 그것은 각자의 자유를 존중하는 해역일까요? 결국 그곳의 결말은 폭동, 혁명, 내전으로 점철될 겁니다. 제일 무서운 게 잃을 게 없는 물살이들이거든요. 제가 만약 당선되면……"

"아오, 시끄러워."

폼폼크랩은 비닐수레를 매단 꼬리를 휘휘 흔들며 혼잣말을 구시렁거렸다. 그를 발견한 흰수염고래는 반가운 나머지 연설도 끊고 아는 척을 했다.

“아니, 이 얼마 만입니까. 독서모임이 중단된 후 통 보질 못했는데… 새벽부터 장뜨락에 나가나 봅니다. 참 고생이 많아요.”

“아, 예… 오랜만이네요. 그런데 전 물살을 헤치며 나가는 새벽길이 상쾌하고 좋은데요.”

폼폼크랩은 졸음이 달라붙은 눈꺼풀을 치켜뜨며 대꾸했다. 흰수염고래가 어리둥절한 기색을 내비치자 폼폼크랩은 옆으로 기던 동작을 멈추었다.

“죄송하지만 전 대왕오징어님이랑 동향이라서요. 절 회유하려 해도 소용없어요.”

“죄송할 것까진 없지만 후보의 발언을 들어보고 투표를 했으면 합니다.”

“여튼 우린 함께할 수 없어요.”

흰수염고래는 하품을 하며 멀어지는 폼폼크랩을 멍하게 쳐다보았다. 김이 빠진 상태로 연설을 끝낸 흰수염고래는 갯바위당에 돌아와서도 기운이 나지 않았다. 오늘따라 장수거북의 낯빛도 좋지 못했다.

“불안해요.”

“뭐가 말인가?”

“도와주는 흉내만 내는 것 같지 않아요? 개복치 의원 말이에요.”

최근 그는 시간이 없다는 핑계를 대며 모습을 드러내지 않았다. 선거 운동이 한창인 시기인지라 도와달라고 해도 급한 환자가 생겼다며 번번이 퇴짜를 놓았다.

'들러리가 되어 날 도와야 하는 개복치 의원의 심정을 이해 못할 바는 아니야. 하지만 이럴 거면 처음부터 왜 입당을 했단 말인가?'

의문은 곧 풀렸다. 그날 오후 [오션일보]에 짙은 글씨의 속보가 떴다.

[갯바위당] 탈당한 개복치 의원, 신당 [의원당] 창당키로, 대선 주자 몸 풀기?!

기사 중앙엔 개복치 의원의 옆모습이 찍혀 있었다. 저 멀리 높은 곳을 바라보는 듯한 그윽한 눈길이 담겨 있었다. 그날 저녁 크랩들의 서식처에선 다시금 한바탕 토론이 벌어졌다.

"흰수염고래님 연설문 봤어? 진정성이 느껴지더라."

"다시마 라인에서 사진 찍힌 거 못 봤어? 인간과 내통한 간첩이 대선 후보라니 이 해역이 어찌 되려고 그러나 몰라."

"간첩인지 아닌지 아직 모르는 거잖아. 색안경 끼지 마."

"난 개복치 의원이 그렇게 좋더라. 근심을 녹이는 선한 미소에 눈을 뗄 수가 없어."

"흥, 개복치 의원이야말로 기회주의자의 전형이지."

"자신의 뜻을 펼치기 위해 탈당한 게 뭐가 어때서?"

"그럼, 포유류 밑에 있으실 분이 아니지."

"난 연임할 수 있게 대왕오징어님을 밀어줄 생각이야."

"대체 왜? 왕징어 집권 이후 우리 삶이 더 힘들어졌잖아."

"우리 가족은 조상 대대로 난파선 가에서 나고 자랐거든."

"그래서? 사촌지간 정도면 모를까. 자그마한 갑각류랑 덩치 큰 두족류랑 무슨 접점이 있다고."

"원래 지느러미는 안으로 굽는 거거든."

"그나저나 현장 일이 부쩍 늘어난 것 같지 않아? 이러다 완공 전에 내가 먼저 죽겠어."

"정권 말미에 치적 하나라도 더 쌓으려는 게지."

"왕징어는 맛탱이 간 지 오래됐어. 자고로 고인 물은 뽑는 거 아니다."

"고인 물이라니, 내 앞에서 대왕님 욕하지 마."

"알았어. 그럼 양쪽 매체 다 본 다음에 투표하겠다고 약속해."

"용왕님을 섬기는 물살이는 간첩 지지하는 매체 따위 보지 않아."

"대체 포유류가 뭘 그렇게 잘못했는데?"

"인간은 우리의 주적인 거 몰라? 그러니 포유류를 배척 안 하면 누굴 배척하겠어?"

그 시간 난파선 부근에선 대왕오징어의 인터뷰가 진행되고 있었다. 카메라 플래시 세례를 연신 받는 대왕오징어의 모습은 이미 연임이 확실시된 것처럼 늠름하고 당당하기 이를 데 없었다.

"대왕오징어님의 집권 이후 장뜨락이 형성되었는데요. 먹고살기가 힘들어 만들어졌단 지적이 있습니다. 이에 대해 한말씀 해주신다면요."

"저는 집권 이래 백합상회라는 국영상점을 만들어 생필품을 공급하기 위해 노력해왔습니다. 그런데 '적당한 운동에 적당한 먹이'에 적응한 물살이들의 생활 수준이 날로 향상되어 욕구가 점차 다양해졌습니다. 그리하여 만들어진 장뜨락을 나쁘게 보지 않습니다. 모두가 본업 외에도 자유롭게 부업을 하며 자신이 원하는 바를 성취해나가고 있지 않습니까? 자유란 다른 물살이를 방해하지 않는 범위 내에서 마음대로 사는 것입니다. 우리 해역은 현재 그 어느 때보다도 자유롭다고 자부합니다."

"자유시장 경제를 찬성한다는 말인가요?"

"물살이들의 자유로운 경제활동을 적극 지지합니다. 하지만 현재 간첩짓을 일삼는 포유류 때문에 자유가 위협받고 있습니다. 이번 흑명태 몰살 사건만 봐도 그렇습니다. 인간과 결탁하여 해역의 생태계를 망가뜨리는 간첩이 대선 후보로 나오다니 말이나 됩니까? 제가 연임하게 되면 간첩을 모조리 때려잡아 완전한 평화청정구역으로 만들어 보이겠습니다."

"다음 질문입니다. 최근 산책로 건설이 보여주기식 행정이란 비판이 많습니다. 한말씀 해주신다면요."

"누구 좋으라고 짓는 산책롭니까? 다 물살이 여러분의 건강을 위해섭니다. 이제 마무리 단계까지 왔어요. 이름도 태평성대 산책로라고 지어놨습니다. 앞으로 '태평성대'는 여유롭게 운동하는 물살이들로 문전성시를 이룰 겁니다."

"이어 다음 질문 나갑니다. 최근 백합조개님과 평생 가약을 맺으셨는데요. 헌데 직전에 국영상점의 CEO로 승격했는지라 특혜 의혹이 제기되고 있습니다."

"국영상점을 얼마나 잘 운영해나갈 것인가에만 초점을 두어 뽑았고, 이후 사랑이 싹터 혼인했을 뿐입니다."

"집권 초기엔 둘의 사이가 나빴던 걸로 알고 있습니다만."

"그러니까 오직 능력 위주의 채용이란 얘기 아닙니까. 특혜라니, 터무니없습니다."

"그럼 만약 국영상점이 비정상적으로 운영된다면 어떤 조치를 취하실 겁니까?"

"제아무리 사랑꾼이라지만 그때는 가차 없이 CEO 자리에서 내칠 겁니다. 전 물살이에게 충성하지 않습니다."

"남은 선거 기간 동안 각오 한마디 부탁드립니다."

"제 과거 별명이 청렴결백이었습니다. 앞으로도 별명처럼 살아갈 것이며 용왕님의 뜻을 보다 명확히 전달하기 위해 깊고 오랜 수면에 자주 들 것임을 약속드립니다."

인터뷰를 끝낸 대왕오징어 뒤로 그를 지지하는 물살이들이 물보라를 일으키며 좇아왔다. 지느러미를 모은 박수갈채와 환호성이 따라오자 그는 돌아서서 강단 있게 촉완을 들어 보였다. 아까

보다 더 큰 함성이 난파선 가를 가득 메웠다. 대왕오징어는 흐뭇한 미소를 날리며 ⌇미역 문양을 밟았다. 난파선 안은 대선을 앞두고서 장만한 여러 휴대 기기들로 지느러미 디딜 틈 없이 빼곡했다. 그것들은 조금 전 충전을 완료한 상태인지라 전기가오리들 없이도 빛을 뿜으며 돌아갔다. 한 기기 앞에서 작업 중이던 리본장어가 곁눈질로 목례를 했다.

“대왕님 오셨어요. 잠시만요. 기사는 속도전이라……”

대왕오징어는 리본장어의 곁으로 다가가 한 대목을 읊었다.

“과거 대왕오징어 별명은 청렴결백, 파도 파도 끝없는 미담 제조기… 참으로 좋구먼.”

리본장어는 [용왕님 가라사대] 창간 초창기 날짜로 기사를 등록한 뒤 곧이어 댓글 프로그램을 가동시켰다. 여러 휴대 기기에서 미담 증언 댓글들이 과거 날짜로 눈 깜짝할 새에 만들어지더니 ‘좋아요’까지 일사불란하게 갖추었다.

“리 주필 임명 후로 나를 혈압 오르게 하는 댓글들이 싹 사라졌어. 특히 그 리듬 댓글을 안 보니 살 것 같단 말이지. 참으로 수고가 많아.”

그러나 대왕오징어의 목소리엔 생기가 없었다. 아닌 게 아니라 그는 조금 전 자신만만한 모습이 온데간데없고 고뇌에 가득 찬 흐릿한 눈빛이었다. 리본장어는 뒤늦게 이상함을 감지했다.

“대왕님 용안이 반쪽이 되셨네요. 선거 운동하랴, 용왕님 꿈꾸랴… 하긴 몸이 열 개여도 모자라죠. 이렇게 수척하고 핏기 없는 모습은 처음이어요. 건강관리 좀 하셔야겠는걸요."

"그러게다. 요즘 좀 피곤하구나. 리 주필도 오늘은 그만 가보게."

리본장어는 대왕오징어의 기분이 환기될 수 있도록 댓글 창을 일일이 열어놓고 나갔다. 홀로 남아 그것을 읽어 내려가는 대왕은 울적함이 다소 옅어지는 듯도 했지만 다시 눈을 떼면 전처럼 축 늘어졌다. 아직도 귓전에선 자신에 대한 뜨거운 함성이 들리는 듯했다. 환청처럼 따라오는 그것은 끝없는 고독을 자아냈다. 언제 내려가야 할지 모를 이 무대에 계속 남아야 한다는 압박감은 그의 심신을 지치게 했다. 문득 알 수 없는 환멸감이 일었다. 이 모든 걸 내려놓고 싶다는 욕망과 동시에 그럼에도 언제까지나 쥐고 가야 한다는 욕망이 서로 충동질했다. 하지만 그는 알고 있었다. 이 자리만이 자신의 숨통을 트여줄 것이다. 나의 이런 우수를 누가 이해해줄까. 누가 영웅의 고독을 알아줄 것인가. 외로움과 허무함이 빨판을 뚫고 지느러미까지 치솟던 그때 낭랑한 음성이 울렸다.

"오늘 연설 좋았어. 내 말대로 하니까 만사형통이지?"

언제 왔는지 백합조개가 휴대기기들을 하나하나 살피고 있었다.

"저기 말이야, 내가 건강이 좋지 않아."

백합조개는 시선을 돌리지 않은 채 대꾸했다.

"최근 백합상회에 갯강구들만 꼬이는 이유가 있었어. 다양한 물품을 장뜨락에서 싸게 팔고 있으니 경쟁에 밀릴 수밖에. 껍질 불나게 뛰어다니면 뭐 해. 수지가 안 맞는데. 연임되면 장뜨락부터 철거해버려."

"내 말 들었어? 건강관리 좀 해달라고."

그때서야 백합조개는 대왕오징어를 보았다.

"왜 자신의 건강관리를 남한테 부탁해?"

"농담 아니야. 때론 숨이 안 쉬어져."

"그러게 내가 작작 처먹으랬지?"

그 한마디는 대왕오징어가 늘어놓으려던 모든 말을 봉쇄해버렸다.

"적당한 먹이를 주장해놓고 이렇게 비대해져서 어쩌잔 거야. 적어도 재선을 앞두곤 다이어트를 했어야지. 아주 한심하기 짝이 없어."

"염려 마. 언행불일치는 당선을 좌우하지 않으니까."

"자신있다 이거야?"

"개복치 의원이 표 분산시켜 주고 있잖아. 연임되면 흰수염고래는 절로 청소될 거고."

"문제는 포유류가 아냐. 민물과지."

"그게 무슨 소리야?"

"옛날부터 나는 은빛연어가 그렇게 눈엣가시였어."

"그놈은 덩치만 크지, 하는 것도 없잖아. 일 때문에 79선을 자주 오가서 예민해진 거 아냐?"

79선은 민물과 바다의 경계가 되는 구역의 명칭이었다.

"아, 몰라. 또 멀리 나가봐야 해."

"내 건강관리는 어떡하고?"

백합조개 앞을 막아선 대왕오징어의 눈빛이 처연해졌다.

"용왕님 만날 시간 아냐? 잠도 많이 자면 다이어트가 된다던데 어쩜 이렇게 살이 출렁거려? 그럼 난 껍질 갈라지도록 일하고 올 테니 제발 한 끼라도 굶어봐."

백합조개가 나가고 잠시 후 난파선 안으로 홍가오리가 지느러미를 움츠리며 들어섰다. 그 뒤로 불가살이가 ⌇미역 문양을 통통 밟으며 들어섰다. 불가살이 몸체 아래엔 볼펜 한 자루가 붙어 있었다.

"짐은 외롭고 고독하다."

대왕오징어의 음성이 난파선 바닥 저 멀리까지 진동하자 불가살이는 비로소 자신이 어디에 왔는지 깨달았다. 아무 생각 없이 홍가오리 뒤를 밟다 적의 소굴까지 온 것이었다. 그는 모래 안으로 숨기 직전 대왕오징어를 빠르게 훑었다. 평소처럼 기고만장한 모습은 찾아볼 수 없었다.

"일은 잠시 멈추고 대왕을 위로해달라."

"연임…되실 겁니다."

"좀 더 가까이 와서 크게 말해달라."

앞지느러미질 치는 소리에 이어 뒷지느러미질 치는 소리가 들렸다. 나중엔 소리가 섞여 누가 어떻게 움직이는 것인지 불가살이는 예측이 되지 않았다.

"위로…해 달라."

"연임…되실 겁니다."

"위로…와 달라."

"연… 네?"

파열음에 가까운 몸의 소리가 말의 소리를 덮었다. 누군가의 몸 위로 뜨거운 낙인이 새겨지고 있었다. 낙인이 달궈질수록 모래밭 역시 깊게 침잠했다. 한참의 고요가 지나간 다음에야 불가살이는 기어 나왔다. 난판선 안엔 아무도 없었다. 밖으로 나오자 황토색 비늘 하나가 물결에 넘실거리고 있었다. 물결의 방향을 따라가자 개복치 진료소가 나왔다. 진료소 입구에 있는 홍가오리를 발견한 불가살이는 잽싸게 그녀의 꼬리 밑으로 몸을 숨겼다. 때마침 누군가 급하게 진료소에서 나왔다.

"으앗……"

폼폼크랩은 홍가오리와 부딪치는 바람에 집게발에 들려 있던 해초약재 팩을 떨구었다. 그는 허겁지겁 팩을 주워들더니 아는 체도 않고 휙 사라졌다. 홍가오리 역시 여력이 없어 상대에게 눈길조차 주지 않았다.

개복치 의원은 언젠가 흰수염고래가 말했던, 황토색 등껍질에 흰 눈이 소복이 쌓인 물살이의 등장에 짐짓 놀랐다.

"혹시… 진료소는 처음이십니까?"

"부서…졌어요."

"네?"

"치료가 되지 않을 것 같아요……"

"아픈 부위를 자세히 말씀해주시죠."

"이제… 그 이전으로 돌아갈 수 없을 텐데 치료가 무슨 소용일까요……"

"여기에 오신 이유가 있을 텐데요. 마음 편안히 털어놓으세요."

"제가 여기에 온 걸 비밀로 해주실 수 있나요."

"용궁까지 묻고 가겠다고 맹세하지요."

"그 자리보다 높은 자리가 있나요?"

"그게 무슨 말인지?"

"그래야만 단죄할 수 있어요."

"무슨 말인지 모르겠군요."

"제가 제대로 찾아온 거면… 좋겠어요."

긴 침묵이 공백을 휘감았다.

자연재해

"큰일 났어요!"

리본장어가 물살을 뚫고 허겁지겁 난파선으로 달려왔다. 단잠에 빠져 있던 대왕오징어는 이 소리가 꿈인지 생시인지 분간이 가지 않았다.

"곧 무시무시한 해일이 몰려올 거래요. 우리가 만든 산책로며, 저장고에 있는 먹이며, 백합상회 물건까지 다 휩쓸려 사라질 거래요!"

정신이 번쩍 든 대왕오징어는 난파선 위로 올라가 조류의 흐름을 살폈다. 여느 때와 다름없이 문제없는 속도로 침착하게 흘러가고 있었다.

"대체 누가 그런 헛소문을 퍼뜨리는 것이냐?"

"흰수염고래님이요."

대왕오징어는 코웃음을 쳤다.

"흥, 간첩의 말을 믿고 이리 호들갑을 떠는 게냐? 유언비어를 퍼뜨려 물살이들을 공포에 떨게 하려는 구닥다리 수법이렷다. 하지만 어림도 없지."

대왕오징어는 갯바위구 물풀동 파래 25번지를 향해 용수철처럼 튀어나갔다. 리본장어가 그 뒤를 헐레벌떡 쫓았다. 흰수염고래는 그가 올 것을 알았다는 듯 '갯바위당'이 새겨진 장화 옆에서 대기 중이었다. 대왕오징어가 먼저 입을 열었다.

"다시마 라인에 서는 자신의 처지가 곤궁하다 해도 유언비어를 퍼뜨려서야 되겠습니까?"

"무슨 얘긴지 모르겠군요. 전 그저 먼 곳에 사는 제 동료와 이야기를 주고받다 그 소식을 전해드렸을 따름입니다. 갑자기 동료가 트림을 하듯 끄어억, 하고 낮게 소리를 여러 번 깔더군요. 자연재해가 일어날 거란 경고음을 말이죠."

리본장어는 몸통이 배배 꼬이도록 크게 웃어젖혔다.

"하하, 흰수염고래님! 거짓말도 그럴듯하게 해야죠. 아무리 크게 소리 지른다 하더라손 눈에 안 보이는 동료랑 이야길 나눈다는 게 말이 돼요?"

흰수염고래는 비웃음일지 웃음일지 모를 미소로 응수했다.

"고래의 초음파 파장은 물에서 속도가 빠르게 전파되기 때문에 먼 거리도 전달 가능합니다. 가스 탐사선의 해양소음 때문에 대화가 중단되긴 했지만 계속해서 경고를 보내오더군요. 자, 이러고 있을 때가 아닙니다. 먹이저장고부터 가보시지요."

흰수염고래는 앞장서다 말고 흘긋 뒤를 돌아보았다. 예상대로 대왕오징어가 농구공 같은 눈알을 부라리며 자신을 노려보고 있었다.

"군주의 능력은 위기상황일 때 가장 빛을 발한다고 하더이다."

흰수염고래는 길을 터주며 말에 쐐기를 박았다. 대왕오징어의 먹물 주머니가 꿀렁거리던 그때 물결이 앞뒤로 두서없이 흔들리더니 수면의 폭이 널뛰기하듯 오르내렸다. 비명을 지를 틈도 없이 쾅 하는 거대한 폭음과 함께 바닷물이 한쪽으로 화악 쏠렸다. 모든 물살이들이 속수무책으로 그 방향대로 밀려 떠내려갔다. 잠시 뒤 쓰아아악 하는 소리와 함께 밀려나갔던 양보다 배로 몸집을 불린 파도가 인근의 항구까지 한 방에 덮쳤다. 갑작스러운 지진해일에 대피하지 못한 물살이들은 속수무책으로 물살의 소용돌이에 휩쓸렸다. 완공을 앞두고 있던 산책로는 형체를 알아볼 수 없을 정도로 허물어져 버렸고 백합상회도 흔적 없이 쓸려갔다. 먹이저장고엔 아무것도 남아 있지 않았다. 갯바위구 물풀동 파래 25번지에 심어진 파래와 난파선의 ≀미역 문양도 모조리 뽑혀나갔다. 꼬걸이와 비닐수레가 여기저기 부표처럼 떠다녔다. 이처럼 지진해일이 지나간 바다는 그야말로 무질서와 혼동 그 자체였다. 편평한 암석 밑에 몸을 숨기고 있던 리본장어는 한참 뒤에야 패대기쳐진 [오션일보]를 세우기 위해 헤엄쳐 나왔다. 그때 또 한번 물결이 요동치는가 싶더니 타원형의 기다란 잠수함 하나가 굉음과 함께 난파선 옆으로 추락했다.

"휴, 암컷도 못 돼보고 죽을 뻔했네."

일촉즉발의 위기로부터 벗어난 리본장어는 안도의 한숨을 쉬었다. 그러다 느닷없이 실실 웃음을 흘렸다.

"모든 일엔 일장일단이 있는 법. 대선을 앞둔 이 시점에서 지진해일이 호재로 작용할 것 같은데? 모든 현상은 해석하기 나름!"

리본장어는 곧바로 [오션일보]에 장문의 글을 게재해 나갔다. 칼럼 형식을 띤 그것은 지진해일의 여파보다 더 빠른 속도로 뻗어나갔다.

고래는 참으로 이상합니다. 알이 아닌 '새끼'를 낳는가 하면 인간처럼 '자궁'에서 새끼를 키웁니다. 임신 기간이 '10개월'인 것도, 한 번에 '한두' 마리의 새끼를 낳는 것도, 심지어 새끼에게 '젖'을 먹이는 것도 인간과 같습니다. 아가미가 없어서 바다 위로 올라가 '숨을 쉬는 것'은 가장 기이해 보입니다. 비늘이 돋아야 할 자리에 '털'이 돋아난 고래가 바다 위에서 인간과 어떤 내통을 했을지는 아무도 모르는 일입니다. 이번 지진해일이 일어나기 전, 흰수염고래는 가스 탐사선의 해양 소음을 들었다고 했습니다. 소음을 들었다는 게 무슨 의미일까요? 포유류와 인간 사이에 어떠한 교류가 있었단 뜻 아닐까요? 이 시간부로 물살이들은 포유류에 대한 경계태세를 바짝 취해야 할 것입니다.

'흰 수염고래의 간첩 행위, 이번엔 지진해일?'이라는 제목의 기사를 접한 크랩들은 하나둘 밖으로 기어 나왔다. 무리 지어 갑론을박을 펼치지 않고선 견딜 수 없는 지경에 이른 것이었다. 다른 물살이들도 가세했다.

"흰수염고래님은 지진해일이 일어날 걸 동료의 초음파를 통해 예상했다고 해요. 이게 말이 되는 소립니까?"

"말이 왜 안 돼요?"

"멀리 떨어져 있는 동료의 초음파를 알아듣는 게 가능하냐구요. 또 거기에 동료가 진짜 있었는지 어떻게 증명해요?"

"하긴 우리 같은 물살이는 초음파를 못 들으니 얼마든지 거짓말로 지어낼 수 있겠네요."

"어쩌면 가스 탐사선 소음으로 지진 신호를 판독했을지도 몰라요."

"아주 소설을 쓰세요. 자신이 초음파 못 듣는다고 막말을 해도 유분수지."

"그러니까요. 백번 양보해서 흰 수염고래님이 인간으로부터 임무를 부여받아 지진해일을 쏘고, 잠수함을 떨어뜨렸다 쳐요. 아니, 대체 왜 그런 짓을 하냐구요?"

"대왕오징어님 죽이려는 거지. 보면 모르겠어요? 잠수함 떨어진 위치 좀 보라구요."

"흰수염고래님이 대왕오징어님을 죽이긴 왜 죽여요?"

"자신이 왕좌에 오르려고 그런 거지. 뻔한 걸 왜 물어?"

"그럴 분 아닌 거 몰라요?"

"충분히 그럴 분으로 보이는데?"

"증거 있어요?"

"그야 포유류니까."

"고래의 초음파는 인간의 주파수를 넘어섭니다. 대화가 불가능한데 대체 어떻게 소통을 했단 말이에요?"

"그러니까 간첩인 거죠. 특수훈련을 받은."

"하, 진짜 말이 안 통하네."

"다들 진정하세요. 이럴 때일수록 객관적인 사고를 해야 해요. 매년 이맘때쯤 우리는 자연재해를 겪어왔잖아요. 지진해일은 자연현상이지, 인간과 아무 상관 없습니다."

"아니요, 인산은 워낙 교활한 데다 문명의 이기까지 누리고 있으니 그사이 인공 지진해일을 만들어냈을지도 몰라요. 뒤에서 흰수염고래와 이런 딜을 했을지도 모르죠. 지진해일이랑 잠수함 쏴줄 테니 왕권 잡으면 대왕오징어 시체를 우리에게 넘기라는. 우린 고기 받아서 좋고, 너는 대왕 돼서 좋고."

"나 참, 고래는 포유류니까 인간과 내통하는 간첩이다? 그래서 립스틱 사건도, 흑명태 죽음도 고래가 모두 주범이다? 세상 살기 참 편하시겠어요."

"간첩이란 증거는 차고 넘쳐요. 제가 예전에도 언급했지만 흰수염고래님은 숨을 쉬러 수면 밖으로 나가면 머무는 시간이 꽤 길어요. 한번은 고래바다유람선이 지나가자 지느러미 벌려 화답하더라니까요."

"아니, 지느러미 펄럭거린 게 왜 간첩짓이에요? 우리도 한 번쯤은 인간에게 호응한 적 있잖아요."

"옳소. 무엇보다도 흑명태가 죽은 건 대왕오징어님의 짓 같단 생각이 들어요. 원래 같은 편이었다가 등 돌리면 더 무서운 법이잖아요."

"뭐래는 거야. 흰수염고래님이 흑명태를 제 편으로 구워삶으려고 했는데 뜻대로 되지 않으니 제거한 거라니까."

"제발 소설 좀 그만 써요."

"용왕님 말씀을 소설 따위에 비유해요?"

"아니, 용왕님이라고 모든 진실을 알겠어요?"

"어맛, 이건 신성모독 발언인데? 그보다도 오늘 [오션일보] 안 보셨죠? 목격담 쓴 물살이가 허위사실 게재해서 죄송하다고 사과문 올린 거 읽어드려요?"

"네? 흑명태와 리 주필이 만나는 걸 봤다고 쓴 그 물살이 말인가요?"

"제발 [오션일보] 좀 보세요. 가짜 뉴스 그만 보시고."

"아니, 그러면 수많은 명태 떼들이 웅덩이 가에 집합하고 있었던 건 어떻게 설명할 거예요? 권력자의 명령 아니고서야 왜 모였겠어요? 더군다나 대왕이 거기 있었잖아요."

"그분의 일이 해역순찰이잖아요. 대왕님을 의심하다니, 어이가 없네."

크랩들이 옥신각신하던 가운데 장수거북이 팔을 들어 이목을 집중시켰다.

"물살이 여러분, 포유류와 인간을 한통속으로 규정짓는 [오션일보]의 저의가 눈에 빤히 보이지 않습니까? 우리는 대선을 앞둔 이 시점에서 선동 글에 숨어 있는 행간의 의미를 읽을 줄 알아야 합니다. 저들은 연임을 위해서 흰수염고래님을 간첩으로 몰아가고 있는 겁니다."

"맞아요! 저들의 작전에 놀아나선 안 됩니다."

"옳소. 지진해일을 미끼 삼아 우리의 판단력을 흔들려는 수법에 말리지 맙시다."

그때 어느 물살이가 쭈뼛거리며 앞으로 나왔다.

"저는 아직도 누굴 찍을지 결정하지 못했지만 인간을 무작정 혐오하는 건 건강한 방책이 아니란 생각이 들어요. 만약 물과 뭍이 상생해야 한다면 공존할 방법을 모색해야지, 증오가 무엇을 해결해주겠어요?"

"이봐요, 속 좋은 소리 그만해요. 얼마 전 등 푸른 거북 몇 마리가 대가리 껍질이 벗겨진 채 발견된 거 몰라요? 지갑이라는 사치재를 만들기 위해 껍질을 도려내는 것도 모자라 시체마저 그냥 버리는 게 인간이에요."

"이제부터 인간 편 드는 것들은 간첩으로 간주해버립시다."

"네가 뭔데 간주하라 마라야!"

"포유류도 아닌데 왜 이렇게 발끈하세요? 혹시 아가미 없으세요?"

"이 간첩보다 더한 놈아! 우리 해역을 혼란의 도가니로 몰아넣지 마!"

"저는 처음부터 흰수염고래님이 수상쩍었어요. [고래의 꿈]에는 고래와 인간이 한통속임을 의심케 하는 도서들이 많았잖아요. 〈피노키오〉 경우, 고래가 제페토 할아버지와 피노키오를 자기 뱃속에서 만나게 해줘요. 재채기해서 탈출까지 시켜주죠."

"나 참. 어이가 없어서. 〈피노키오〉는 흰수염고래님이 쓴 게 아니에요."

"그렇다 해도 결과는 다르지 않아요. 인간이 '고래 뱃속에 안전하게 들어가는 이야기'를 왜 지어냈을까요? 같은 편인 포유류를 두둔하는 거죠."

"문제의 본질을 흐리지 마세요. 우리는 물속에서 위기를 헤쳐나가야지, 물 밖의 인간을 끌어오지 마라구요."

"내통하는 물살이가 있으니까 이러는 거죠."

"자자, 이번 대선 때 제대로 투표하면 됩니다. 다들 내부의 적

솎아낼 준비는 되셨죠?"

저 멀리서 지켜보고 있던 리본장어가 이때다 싶어 스윽 다가왔다. 리 주필이 시커먼 꼬리를 흔들어대자 많은 물살이들이 동조하듯 그 편으로 헤엄쳐 갔다. 장수거북의 편에 남아 있는 물살이는 은빛연어를 비롯한 몇 마리뿐이었다. 저 멀리서 침묵으로 일관하고 있던 흰수염고래는 자신이 나서야 할 때가 왔음을 깨달았다. 지금이 아니면 제대로 된 해명의 기회가 없을 것 같았다.

"그런데 물개나 북극곰도 포유류인가요? 이들도 내부의 적인가요?"

누군가의 돌발 질문에 흰수염고래는 멈칫했다. 수군거리던 물결도 단박에 가라앉았다. 물개나 북극곰은 이 해역에 살지 않았기에 물음표일 수밖에 없었다.

"물에 사는 개? 북극에 사는 곰? 듣기만 해도 돌연변이 같지 않습니까?"

대왕오징어가 폭포수 같은 물보라를 일으키며 등장했다. 난파선에서 자신의 차례를 재고 있다 그 틈을 파고든 것이었다.

"그들 역시 포유류입니다. 만약 발견된다면 내부의 적으로 간주하십시오. 이 해역을 지켜줄 이는 용왕님의 말씀을 받드는 저, 오직 대왕오징어뿐입니다. 오늘 서식처로 돌아가 용왕님께 이 해역의 안정과 평화를 소망한다고 비십시오. 지느러미 모아 염원한 물살이들의 목소리를 기꺼이 들어주실 겁니다. 그 지느러미의 기운으로 대선 때 저에게 기운을 몰아주겠다고 약속할 수 있습니까?"

우레와 같은 긍정의 화답이 일제히 쏟아졌다. 기회를 잃은 흰수염고래는 조용히 멀어지고 있었다.

마지막까지 선거 운동은 치열했다. 갯바위당은 '쓸데없는 산책로 조성으로 물살이의 피땀을 흘리게 하지 마라'는, 혹은 '나노플라스틱 따위를 배급하는 먹이저장고를 폐쇄하라'는 문구를 들고 연일 시위에 나섰다. 하지만 반응은 예상보다 미지근했다.

그에 반해 '포유류를 경계하고 내부의 적을 처단하자'는 난파선당의 안보 확립 열기는 갈수록 뜨거워졌다. 분노라는 감정은 물살이들이 단합하는 계기가 됨과 동시에 대왕오징어 아래로 결집하는 원동력이 되어주었다. 자신에게 처한 혼란과 불안이 특정 대상을 향한 증오로 바뀌는 순간 이들에겐 안도감이 찾아왔다. 지진해일이 인간과 포유류의 합작품이란 여론은 시간이 갈수록 탄력을 받아갔다.

개복치의 진료소 앞 역시 상당수의 물살이들로 북적였다. 개복치 의원은 저렴한 가격으로 진료를 봐주었고 진단이 어찌 나오든 정갈한 웃음으로 안심시켜 주었다. 해초약재 팩 꾸러미를 가지고 서식처로 돌아가는 물살이들의 표정은 확실히 안온해 보였다.

선거 당일, 시계탑 아래로 [오션일보]와 [장수일보] 패드가 나란히 놓였다. 그 앞으로 물살이들이 대오를 맞추어 길게 한 줄로 섰다. 세 후보 중 뽑고 싶은 물살이를 클릭하면 표가 반영되는 시스템을 두 일보가 동시에 적용키로 했다. 폼폼-피피크랩 역시 투표장으로 뽈뽈 기어갔다. 피피크랩은 투표를 하기에 앞서 입을 열었다.

"폼폼, 넌 인간이 고래의 초음파를 들을 수 있다고 생각해?"

"당연한 걸 왜 물어?"

"인간이 수중 국가 건설해서 살고 있다고 해도 믿을 거지?"

폼폼크랩은 그 말에 양쪽에 쥔 폼폼을 신나게 흔들었다.

"우왓, [오션일보]에서 그래?"

"폼폼, 믿고 안 믿고는 네 자유야. 하지만 사실인지 알아보란 말이야. 인간이 고래와 소통했다는 증거를 난파선당은 내밀지 못했잖아."

"하지만 흰수염고래가 간첩인 건 분명해."

"왜?"

"난 난파선 가에서 태어났으니까. 갯바위당과는 연고가 하나도 없다구."

대선

개복치 의원은 딱히 뚜렷한 청사진을 제시하지 않았을뿐더러 매체를 활용하지 않았음에도 어느 정도의 표를 획득했다. 평소의 정갈한 이미지와 오랜 진료소 운영 덕을 봤단 관측이 지배적이었다. 한편 흰수염고래는 고전을 면치 못했는데 지진해일 때문이란 분석이 돌았다. 개표 결과, 흰수염고래:개복치 의원:대왕오징어는 3:1:4의 비율로 대왕오징어의 연임이 확정되었다. 그의 연임 연설이 있던 날 '인간과 포유류로부터 이 해역을 지켜주시는 대왕오징어님 만세'라는 구호가 폭죽처럼 터져 나왔다.

"앞으로 우리는 포유류의 횡포를 좌시하지 않을 겁니다. 다시 적당한 먹이와 적당한 움직임으로 똘똘 뭉쳐야 할 것이며……"

"그럼 꼬걸이도 다시 분배해주시나요?"

꼬걸이를 분실한 한 물살이가 꼬리를 팔랑거리며 앞으로 나왔다. 대왕오징어는 당황한 듯 촉완으로 자신의 지느러미 꼭대기를 더듬었다. 하지만 거기 백합조개가 있을 리 없었다.

"염증이 생긴 물살이들 때문에 잠정 보류 중입니다…… 자, 그게 중요한 게 아니지 않습니까? 지금 당장 무엇을 해야겠습니까? 산책로 건설 현장으로 달려가 지진해일로 무너진 현장을 복구해야 합니다. 그래야 하루빨리 '태평성대'를 거닐 수 있습니다. 오늘도 열심히 구슬땀을 흘려야 저녁에 배급되는 먹이를 맛있게 먹을 수 있지 않겠습니까? 지금이야말로 적당한 움직임을 하기에 최고의 적기이니 바로 출발하십시오."

잠시 정적이 흘러넘쳤다. 몇 물살이가 꼼지락거리다 건설 현장으로 떠났다. 이어 다른 물살이도 물방울을 뽀글거리며 자리를 떴다. 이내 다수의 물살이가 꽁무니를 따랐다. 극소수만이 어정쩡하게 제자리 헤엄을 치다 느릿느릿 행렬을 이었다. 대왕오징어마저 난파선 아래로 종적을 감추자 이제 아무도 남아 있지 않았다.

오직 각 잡힌 미역 문양이 난파선 주위를 비호하며 칼 같은 군무를 출 따름이었다.

한편 갯바위당에선 고압선 전류 같은 기운이 빳빳하게 흘렀다. 아닌 게 아니라 어젯밤 흰수염고래가 감쪽같이 사라진 것이었다.

"하늘로 솟은 것인지, 땅으로 꺼진 것인지 모든 해역을 수소문해보았지만 행방이 묘연합니다. 이를 어쩌면 좋습니까."

장수거북은 은빛연어에게 울먹임에 가까운 하소연을 늘어놓았다. 소식을 전해 들은 은빛연어가 조금 전 황급히 갯바위당을 찾아온 터였다.

"마음을 차분히 하고선 기다려봅시다. 울적하셔서 잠시 자리를 비운 것일 수도 있지 않겠습니까."

은빛연어는 그보다도 할 말이 있다며 음성을 낮추었다.

"장수거북님은 저를 믿습니까?"

장수거북은 뜻밖의 말에 어떻게 반응해야 할지 알 수 없었다.

"지느러미 모아 대왕오징어님 만세를 외치는 소리가 요 며칠 계속 울려 퍼지고 있어요. 정말이지 참을 수 없어 갯바위당에 입당해야겠단 각오를 늦게나마 굳혔습니다. 흰수염고래님도 이 자리에 있었더라면 좋았을 텐데요."

장수거북은 은빛연어가 실종이란 단어를 의식적으로 피하고 있음을 알아차렸다.

"장수거북님의 표정이 복잡하군요. 무슨 우려를 하실지 알고 있습니다. 하지만 제 정체성 절반이 염분 없는 민물에 있다 해도 저의 진심을 곡해하지 않았으면 합니다."

장수거북은 은빛연어의 지느러미를 꼬옥 잡았다.

"아니요, 이렇게 지느러미 내밀어주셔서 감사합니다. 제겐 당원 하나하나가 정말 소중하거든요."

은빛연어를 배웅하고 갯바위당으로 돌아온 장수거북은 [장수일보] 앞에 섰다. 흰수염고래님의 빈자리에 대한 기사를 언제 내야 할지 감이 잡히지 않았다. 오늘따라 갯바위당은 풍비풍파를 겪은 모양새답게 한층 더 거센 물살을 자아내고 있었다. 스물다섯 개의 파래를 자근자근 밟던 장수거북은 갈고리에 매달린 냉동 크릴새우가 아래로 스윽 내려오는 걸 보곤 멈칫했다.

'뭍으로 나가면 흰수염고래님에 대한 소식을 들을 수 있을지도 몰라.'

그는 커다란 갯바위를 타고서 엉금엉금 올라갔다. 계속해서 전진하자 해변가에서 두 사내가 낚시하는 모습이 보였다. 웬 여성의 목소리가 주변에 있는 휴대폰에서 흘러나왔다.

—과거의 장생포는 지나가는 개도 지폐를 물고 갈 만큼 고래잡이로 호황을 누렸는데요. 하지만 고래잡이가 금지된 현재는 문화특구로 지정되어 관광객들의 발길을 끌고 있습니다. 그런데 어젯밤 이 장생포 앞바다에 200톤이 넘는 흰수염고래가 숨이 겨우 붙어 있는 상태로 발견되었는데요. 주민의 신고를 받고 동물보호협회에서 출동했을 땐 이미 숨진 상태였다고 합니다. 부검 결과 고래의 뇌와 귀 뼈에 출혈이 있었다고 하는데, 어군 탐지기의 초

음파 소리가 고래들의 교신하는 소리와 겹쳐 잠함병을 유발한 게 아닌가 추정하고 있습니다. 실제로 고래들은 매일을 소음 속에서……

뚝, 소리가 끊겼다.

"저녁에 고래 고기 식당 예약해놨는데 입맛 떨어지게……"

사내는 폰을 주머니에 넣곤 태우던 담배를 바다에 던졌다. 장수거북은 그것을 피해 서둘러 입수했다.

'맙소사… 흰수염고래님이 인간 때문에 죽었단 말인가? 그런데 설마 제 지느러미로……?'

바다 깊숙이 들어온 장수거북은 온몸을 축 늘어뜨렸다.

"1억 5천만 년 전부터 이곳을 누볐다는 장수거북이로군."

뒤에서 들린 낯익은 음성에 장수거북은 화들짝 놀랐다. 육중한 덩치의 대왕오징어가 빨판 달린 여덟 개의 다리를 흐물거리고 있었다.

"그 거북이 멸종 위기에 처하다니, 여하튼 인간들이란. 주변 온도가 31도를 넘어가면 부화 시 죄다 암컷으로 태어난다던데 정말 그러한가?"

"그렇습니다……"

"그럼 자네는 참으로 고귀한 수컷이로구먼. 온도가 내려가야 암수 짝이 맞아 번식도 활발해질' 텐데 매년 갱신하듯 온도가 상승하고 있으니… 인간이 문제로다. 지금도 저렇게 낚싯대를 드리우고 있지 않나? 조금 전 뭍으로 나갔었지? 뭘 보았나?"

장수거북은 물결에 떠다니는 담배꽁초를 흘끔 보았다.

"운동할 겸 잠시 올라갔지만 담배를 던지는 통에 바로 내려왔습니다. 사내 둘이 낚시 중이었습니다."

"들은 대화는 있고?"

"빨리 내려오는 바람에 아무것도 듣지 못했습니다."

"흐음… 내 듣자 하니 아직도 인간이 갈겨놓은 소설을 본다던데."

"전혀 사실무근입니다."

"그렇다면 혹시 〈노인과 바다〉를 누가 쓴지 아나?"

"저는… 모릅니다."

"진짜 몰라?"

"기필코 저는 쓰지 않았습니다."

대왕오징어의 입가에 미소가 만연히 퍼졌다.

"이번 대선을 통해 느낀 게 있나?"

"……"

"난 커다란 깨달음을 얻었네. 정의가 이기는 게 아니라 이기는 게 정의라는 것을 말일세."

장수거북은 말문이 턱 막혔다. 이어 나오는 대왕오징어의 말은 참으로 뜻밖이었다.

"자넨 인간계를 탈출한 물살이답게 탐구정신과 모험심이 투철해. 사실 내 예전부터 눈여겨봤었지. 정의의 편에 서서 이 해역을 이끌어 나가볼 생각 없나?"

대왕오징어는 장수거북의 심중을 꿰뚫기라도 하듯 가까이 다가와 속삭였다.

"이 해역의 장관으로 적임자가 아닐 수 없어. 거북 장관을 줄여서 거장으로 불릴 미역빛 미래를 그려보란 말이네. 자네 뜻대로 이 해역을 꾸려나갈 수 있도록 지원을 팍팍 해주지. 거장의 짝짓기와 번식 역시 책임지고……"

"저기… 말씀은 감사하지만 저는 그 자리에 어울리는 물살이가 못 됩니다. 인간계의 탈출은 그저 운이 좋았을 뿐입니다."

갑자기 대왕오징어는 폭소를 터뜨리더니 이내 표정이 살벌하게 바뀌었다.

"79선을 왔다 갔다 하는 민물분자 말이야. 가까이 지내지 않는 게 좋을 거야. 지금은 자네에게 지느러미 내밀지 몰라도 나중엔 어떻게 거꾸러뜨릴지 몰라. 비늘을 봤으니 알 것 아닌가. 번들거리는 빛깔만 봐도 얼마나 겉과 속이 다른지 알 수 있지."

장수거북은 은빛연어의 입당을 눈치챘나 싶어 등딱지가 오싹해졌다.

"겸양의 미덕까지 갖춘 거장이여, 이른 시일 내에 긍정적인 회신 기대하겠네."

은빛연어

[장수일보]의 기사를 확인한 대왕오징어는 난파선 바닥 아래에서 회심의 미소를 지었다. '흰수염고래 실종'이란 제목은 '인간에 의한 죽음'이라고 읽어야 할 것이었다. 물살이들이 실종되면 십중팔구 인간 소행이었다. 그는 돌연 자신이 용왕님의 선택을 받았단 확신이 들었다. 순간 용왕에 대한 믿음이 바닥에서부터 굳건히 차올랐다. 곧 꺼지고 말 짧은 믿음이었지만 그렇게 강렬할 수가 없었다.

한편 [장수일보]에는 실시간 채팅처럼 댓글이 달렸다.

—립스틱 사건과 명태 떼 몰살 사건과 지진해일 사건에 대한 조사는 이제 중단되는 거임?

—망자에 대한 예의는 지켜야지.

—그런데 좀 미심쩍지 않음? 스스로 죽었다고 생각하는 물살이는 나뿐임?

—나도 동의함. 죄를 많이 지었으니 자폭한 듯.

—대체 뭔 소리임? 오해만 잔뜩 받은 상황에서 우연찮게 실종된 거임.

—아직도 포유류가 간첩인 걸 안 믿는 물살이가 있음?

—용왕님께서 단죄하셨으니 더 이상 왈가왈부하지 않는 걸로.

—단죄라니?

—[오션일보] 기사 안 봄? 용왕님이 단죄하사 '청소'되었다고

보도됨.

—다른 얘긴데 [오션일보] 기사엔 '좋아요'가 왜 이렇게 많음? 우리 해역 물살이 수가 그렇게 많음?

—누르고 또 누르는 거지. 그만큼 애독자가 많은 거임.

—그보다도 '물살이들은 왜 그렇게 [오션일보]를 선호할까?'로 질문을 바꿔야 하는 거 아님?

—선호한다기보다 오션 망을 가장 먼저 깐 혜택을 보는 거임.

—대왕오징어가 여론을 조작한단 생각은 해본 적 없음?

—대왕이 그런 짓을 왜 함? 제발 주둥이 좀 닥치길.

—염병떠네. 연임되고 나서 가장 먼저 한 게 장뜨락 부순 거임. 대놓고 공약과 반대로 이행함.

—솔직히 나는 대왕 지지하지만 그건 심했다고 생각함.

—장뜨락은 처음부터 불법이었는데 왜들 이럼? 나는 국영상점 이용에 불만 없음. 간첩으로부터 이 해역을 청정하게 보호해주시는 대왕을 응원하진 못할망정 이 무슨 험담임?

—여전히 먹고살기가 힘드니까 나오는 소리 아님? 흰수염고래님이 당선되었더라면 해역이 이 지경까진 안 갔을 거라고 봄.

—대선에서 지니까 비겁하게 뒈진 놈 얘긴 왜 함?

—아가리 조심하길. 죽었는지 살았는지 판단하긴 아직 이르니까.

—옳소. 흰수염고래님의 실종은 그렇게 간단한 문제가 아니라고 봄.

—놀고 있네. 간첩 지지하는 물살이들 한군데 모아놓고 확 그

냥 쓸어버리고 싶음.

온라인에서의 다툼은 오프라인으로까지 확장되었다. 폼폼-피피크랩 역시 연일 격렬한 고성을 주고받았다.

"자기가 내건 공약을 실천하지 않으면 대왕이어도 벌점을 매겨야 한다고 생각해."

"피피, 그냥 조용히 대왕님의 행보를 지켜봐줄 순 없어? 이제 겨우 중임 초반이잖아."

"초반인데 저 지경이니까 더 가만있을 수 없어."

"제발 적당히 좀 해. 그러니까 너한테 환자라고 물살이들이 수군대는 거야."

"뭐? 폼폼 너 말 다 했어?"

"하도 나대니까 아픈 거 아니냐는 말까지 나오는 거잖아."

"아니, 가만히 있으면 오히려 진짜 환자가 되는 거야. 바로 너처럼."

"가만히 있었다니. 난 투표했어."

"투표했다고 끝이 아닙니다. 우리는 권력을 위임했으니 감시하고 비판할 의무가 있지요."

은빛연어가 두 크랩 사이를 쑤욱 파고들었다. 수백 개의 비늘이 찰랑이며 다가오자 두 크랩은 눈이 부셔서 움찔했다.

"목소리를 내거나 글을 써서 올리거나 동의를 누르거나 광장에 나가거나. 표현 방식은 다양합니다."

피피크랩이 슬그머니 집게발을 들어 물었다.

"만약 그 모든 게 다 힘들면요?"

은빛연어는 웃으며 갯바위당을 가리켜 보였다.

"가장 큰 연대는 후원입니다. 장수 망 유지가 누군가의 탈당으로 인해 힘든 상황이에요. 작은 지느러미 길이라도 보태주시면 큰 힘이 됩니다."

두 크랩은 멀어지는 은빛연어를 보며 데칼코마니처럼 고개를 갸웃거렸다.

"민물로 돌아갈 날이 머지않은 걸로 아는데."

"앞으로의 행보가 궁금해지는걸."

다음 날 은빛연어는 자신의 입당을 [장수일보]에 당당히 밝혔다.

담수든 염수든 물이 있는 곳이라면 물살이 위해 힘쓸 것, 물의 성분 나누는 이분법적 시각 지양해야

또한 '태평성대'에 대해 날카롭게 문제를 제기했다.

'태평성대' 건설 즉시 중단해야, 복구 과정에서 낙석의 위험 감지돼

당일 [오션일보]에는 전혀 다른 종류의 기사들이 게재되었다.

[의원당]과 [난파선당] 합당 선언, [난파 의원당] 창당으로 더 큰 힘 모아 물살이 섬길 것

경제 침체 원인이었던 장뜨락 철거, 향후 물밀 상거래 적발 시 처벌 면치 못해

상대의 기사까지 확인한 은빛연어는 갯바위당을 빠져나왔다. 뒤에서 장수거북이 그를 붙잡았다.

"설마 난파선당에 가려는 거 아니죠?"

"진료소에 갈 겁니다."

흰수염고래의 빈자리를 채워가겠단 은빛연어의 각오를 얼마 전 들은 장수거북은 그간 있었던—대왕이 장관직을 제안하며 은빛연어님과 자신을 이간질시켰다든지, 낚시꾼에게 들었던 흰수염고래의 최후라든지— 모든 이야길 털어놓았다. 쓰러져 가는 갯바위당에 심폐소생술을 해준 은빛연어를 이후 점점 의지하게 되었다. 다만 그의 불같은 성정이 못내 마음에 걸렸다.

은빛연어는 진료소 앞에서 지느러미 질을 멈추었다. 예전에도 몇 번이나 개복치 의원을 독대하려고 별렀지만 불발되었다. 그러나 이제는 어떻게 해서라도 대면해야 했다. 때마침 들어가니 대기 환자가 하나도 없었다.

"철갑을 두르신 연어님께서 여긴 어인 일이십니까."

"저는 상어과가 아닙니다."

"은빛이 철갑처럼 탄탄해 보여서 좋은 의미로 건넨 말입니다."

개복치 의원의 예의 바른 미소가 은빛연어는 전부터 마음에 들지 않았다. 하지만 미소를 꼬투리 잡을 순 없는지라 가만있었다.

은빛연어는 티 나지 않게 진료소를 둘러보았다. 편평하고 넓적한 돌로 만든 침상을 제외한 나머지 공간은 해초약재 팩으로 층층이 쌓여 있었다.

"산책로 완공을 앞두고서 부상당하는 물살이들이 속출하고 있다 들었습니다."

"지느러미가 찢기고 비늘이 갈라지는 정도입니다. 그런 부상은 병가지상사라고 봐야지요."

"진료소도 북적이게 해주고 말입니다."

개복치 의원은 헛기침을 했다.

"이리 오셔서 증상을 말씀해주시지요."

은빛연어는 자신에게 턱없이 좁은 돌 침상 위에 살며시 걸터앉았다.

"대선 이후 소화가 잘 안 됩니다."

"그럴 땐 지느러미를 따야 합니다. 약간 따끔할……"

은빛연어는 바로 몸을 곧추세웠다.

"갑자기 다 나은 것 같군요."

"꾀병이었군요."

"실제로 속이 더부룩할 때가 많습니다. 오늘은 약재만 받아 가지요."

"꾀병 환자에겐 처방을 해주지 않습니다."

은빛연어는 진료소를 나서기 전 방문한 진짜 목적을 밝혔다.

"미꾸라지 한 마리가 물을 흐린다는 말 들어보셨습니까?"

“미꾸라지과는 바다에서 살 수 없지 않습니까. 참으로 뜬금없는 발언이군요.”

“입당과 탈당을 반복하는 게 미꾸라지 같은 행위가 아니면 뭐겠습니까?”

“대의를 펼치기 위한 과정이 그만큼 험난하다는 증거 아니겠습니까.”

“대의를 위함인지 자신의 이익을 위함인지는 두고 봐야겠지요.”

“제가 불법이라도 저지른 것처럼 몰고 가시는군요. 하지만 입당과 탈당, 그리고 신당 창당은 엄연한 합법적 행위입니다.”

“하지만 개복치라는 물살이의 진정성을 의심하는 계기가 될 수 있겠지요. 이는 저만의 생각이 아닐 겁니다.”

“민물로 돌아가야 할 은빛연어님의 요즘 행보야말로 심히 의심스럽군요. 이 역시 저만의 생각은 아닐 겁니다.”

“대왕에게 전하세요. 내부 분열은 함부로 일어나지 않는다고. 저마다 자신의 이익을 탐하는 집단이 그 속에서 곪을 대로 곪아 더 이상 견딜 수 없게 되면 터지는 게 고름이라는 내부 분열이라고. 갯바위당을 흔들고 싶겠지만 어림도 없다구요. 그리고 합당이 누구 대가리에서 나온 아이디언지 모르겠지만 몰락을 위한 자충수라는 평가도 잊지 말고 전하세요.”

개복치 의원

"너 혹시 다른 데 가서 나불거렸어?"

홍가오리는 백합조개의 반응에 머릿속이 새하얘졌다. 자신이 당한 일을 털어놓으면 감싸줄 줄 알았건만 외려 추궁하고 있었다.

"이실직고하는 게 좋을 거야."

"처음… 털어놓는 거예요."

홍가오리는 개복치 의원이 떠올랐지만 애써 지워버렸다. 어렵사리 모든 걸 털어놓았지만 아무것도 변한 건 없지 않았나. 그리하여 다시금 어려운 지느러미 길을 한 것이었는데 백합조개의 표정을 보고 있자니 안 하니만 못한 일이 된 것만 같았다. 홍가오리는 온몸이 조여오듯 수축되었다.

"네가 뭘 착각하나 본데 패드 충전만큼이나 중요한 게 대왕님의 육체 충전이야. 대왕님의 원기 충전은 네 노동 중 일부라고. 네가 대왕님을 어떻게 충전해드리느냐에 따라 그날의 기운이 달라지고, 그 달라진 기운들이 모여서 향후 [난파 의원당]의 성공 여부가 결정될 수도 있다고. 알아듣겠어? 앞으로 대왕님께서 또 충전을 원하시면 온몸을 불태워서 화끈후끈 고속으로 해드리도록 해."

백합조개는 개복치 의원이 난파선으로 들어오는 걸 보곤 서둘러 대화를 종결시켰다.

"어디 가서 입 뻥긋하기만 해라. 넌 꼬리 친 가오리로 찍혀서 바로 매장당할 거야. 물살이 하나 쥐도 새도 모르게 없애는 거 일도 아냐."

백합조개는 나지막하게 뇌까리며 눈짓으로 나가란 신호를 보냈다. 개복치 의원은 홍가오리가 주눅이 든 채로 스쳐 지나가는 걸 흘끗 보고는 바로 고개를 돌렸다.

"안녕하십니까, 백합조개님."

"CEO라 불러주세요. 이제 우린 한 식구나 다름없죠."

"그렇습니다, CEO님."

"그러니 흉금 없이 다 털어놔요."

"예?"

"털어서 나올 이끼나 찌꺼기 있으면 지금 까시라구요. 다 알고 가야 합을 맞추기 쉽죠."

"그런 것 일절 없습니다."

개복치 의원은 주특기인 미소를 한번 쏘고 주위를 둘러보았다.

"대왕님 찾아요?"

"합당된 기념으로 인사드리러 왔는데 어디 가셨습니까."

"저한테 말해요. 전달해드릴게."

"중대한 사안인지라 직접 뵙고 말씀드려야 합니다."

그는 백합조개가 반말을 찍찍 섞어대며 설쳐대는 게 굉장히 거북했다.

'이 무슨 어이없는 삼자구도인가. [난파 의원당]엔 대왕과 나만 있으면 될 게 아닌가. 다음번 왕좌를 보장해주겠단 약속을 받곤

합당한 건데 생각지도 못한 복병이 그림을 방해하고 있누.'

"대왕님은 추락한 잠수함 안에서 며칠째 두문불출이에요. 기어코 거길 들어갔다니까."

"혹시 위험한 상태 아닐까요?"

"인간은 한 마리도 없다던데."

"그럼 전 거기로 가보겠습니다."

"에이, 그냥 나한테 말하라니까."

"다음에 뵙도록 하죠, CEO님."

아늑한 지하 동굴 같은 잠수함은 대왕오징어의 마음을 한 방에 사로잡았다. 뚜껑을 여는 데 애를 먹긴 했지만 이런 풍경을 마주한다면야 몇 번이고 괴력을 발휘할 용의가 있었다. 벽면은 알 수 없는 기기들과 모니터로 도배되어 있었다. 전기가 나간 그것은 아무런 기능을 하지 못했다. 그래서 더 좋았다. 마치 비밀스러운 아지트가 주어진 것 같았다. 그는 상부 중앙에 놓인 가장 큰 의자에 몸을 맡겼다. 의자는 좌우로 회전이 가능했다. 다리로 바닥을 밀며 몇 바퀴 돌리고 있자니 해역 저 너머 육지의 세계로 여행을 떠나는 것만 같았다.

'단 몇 초 만에 시공간을 뛰어넘는 기분이 들다니, 참으로 마법의 의자가 아닐 수 없군.'

그는 자신의 감정에 더없이 취해버렸다. 이 자리에 언제까지고 이렇게 기대고 싶었다. 대왕은 기기들의 모든 버튼을 하나하나

눌러보는 것도 모자라 의자에 몇 번이고 몸을 회전시킨 다음에야 잠수함을 빠져나왔다.

"바쁘신 분이라 그런지 참으로 뵙기 어렵습니다."

대왕오징어가 잠수함 뚜껑을 봉쇄하고 있는데 개복치 의원이 다가와 인사를 건넸다.

"무슨… 볼일이라도 있나?"

대왕오징어는 마뜩잖은 표정이었다.

"볼일이라기보다도 자주 뵈면 좋지 않겠습니까. 참, 잠수함 내부는 어떻습니까?"

"이것은 이제부터 '난파궁'이라 불릴 거네. 또한 대왕이 아닌 그 누구의 출입도 금할 걸세."

개복치 의원은 자신을 경계하는 듯한 기색을 보이는 대왕에게 자못 당황했으나 정갈한 웃음으로 넘어갔다.

"난파궁이라, 멋진 이름이군요. 대왕오징어님과 참으로 어울립니다. 그럼 만나 뵈었으니 한말씀 올리지요. 이제부터 다음 대선을 위한 밑그림을 슬슬 그려봐야 하지 않겠습니까."

"엊그제 연임된 나에게 다음을 논하다니, 자네 그렇게 안 봤는데 속 보이는구먼."

"물살이의 1년이 얼마나 빠른지 알지 않습니까. 이는 대왕님을 위해서이기도 합니다. 미리 도면을 그려놔야 구체적으로 실행할 확률이 높아지고, 그래야 대왕오징어님과 백합조개님의 말년도 평안해질 것 아닙니까."

'얄밉게 말하는 재주가 있군.'

대왕오징어는 방금 다녀온 난파궁을 떠올렸다. 이제야 막 따끈함을 맛보았는데 다른 누군가에게 물려준다는 건 있을 수 없는 일이었다.

"그 일은 다음에 논하도록 하지. 당분간 난파궁 때문에 바쁠 것 같으니 찾아오지 말게."

대왕오징어는 난파선 안에 들어오자마자 백합조개부터 찾았다.

"개복치 고놈이 벌써부터 단독 후보라도 된 것처럼 나대고 있어. 이제 연임 자리 좀 누려볼까 하는데 말이야."

"솔직히 말해서 물려주고 싶지 않죠?"

대왕오징어는 흠칫 놀라며 촉완을 흐느적거렸다.

"내 마음을 어떻게 읽었지?"

"부부는 이심전심이니까. 이제 총통제를 할 때도 됐죠, 뭐."

"그건 또 뭐야?"

"뭍에 있는 어느 나라에선 한 사람이 반평생을 집권했대요. 그럼 총통이라 부르더라고."

"오, 마음에 드는걸."

"그런데 혈색이 좋아 보입디다? 잠수함이 자기랑 맞나 봐."

"아주 만족해. 앞으로 거긴 오직 나만 들어갈 수 있는 공간으로 공표할 예정이네."

"갑자기 잠수함에 들어가 보고 싶어지는걸?"

"특별히 자기에겐 허락하지. 단, 들어가기 전 마음의 준비를 하는 게 좋을 거야. 입장하는 순간 진공상태를 경험하게 될 테니까."

다음 날 [오션일보]엔 이러한 말머리를 달고 기사가 게재되었다.

> 난파선 옆에 불시착한 잠수함의 정체는 용왕님께서 하사한 '난파궁'으로 밝혀져, 대왕오징어님께선 그곳에서 용왕님과 밤낮없이 교신 중

운수 좋은 날

"물살이 여러분의 적당한 운동에 힘입어 드디어 산책로가 완공되었습니다. 아치형 다리로 미적 감각을 높였으며 사이사이에 물풀을 심어놓아 운치를 더했습니다. 용왕님께서도 꿈에 나타나시어 덕담을……"

대왕오징어의 축사가 끝나자 리본장어는 완공 기념사진을 찍겠다고 했다. 폼폼크랩은 빠르게 이동해 대왕 옆에 서는 행운을 누렸다. 덩치 차이로 인해 자신의 존재가 미비해 보였음에도 그저 히죽댔다. 포토 타임이 끝나자 대왕오징어는 급히 퇴장했다.

"대왕 옆에 서는 영광을 누리다니, 진짜 운수 대통한 날이지 뭐야. 그나저나 건강 챙기면서 일하셔야 할 텐데. 가까이에서 보니까 폭삭 늙으셨어."

"이만 가자."

피피크랩은 게걸음 방향을 빠르게 돌렸다.

"'태평성대' 앞에서 한 장만 찍고 가자."

"싫어."

"왜?"

"싫은 데에 이유 있어?"

"복구 과정에서 위험이 감지되었단 기사 때문에 그런 거야? 그거 [장수일보]가 질투 나서 가짜 뉴스 쓴 거래도. 별 사고 없이 완공한 거 너도 알잖아."

"여하튼 난 안 찍어."

"그럼 혼자 찍고 올 테니 기다려줘."

많은 물살이들이 볼록하게 튀어나온 중앙 스팟에서 저마다 사진을 찍고 있었다. 피피크랩은 못마땅한 표정으로 셀카 찍는 폼폼크랩에게 다가갔다.

"같이 찍어."

하나, 둘, 셋을 세었을 때였다. 다리 중앙이 물살이들의 하중을 이기지 못해 미세한 균열을 일으키기 시작했다. 위험을 감지한 물살이들이 쏜살같이 사방으로 흩어졌다. 작은 틈새는 금세 아가리를 벌리며 쌓아놓은 돌들을 우르르 낙하시켰다.

"피피!"

폼폼크랩은 옆걸음질 치다 말고 뒤를 돌아보았다. 미처 피하지 못한 피피크랩 위로 커다란 돌이 떨어지고 있었다. 폼폼크랩은 눈을 감았다. 그리고 다시 떴을 때 집게발 하나만이 겨우 솟아 있었다.

"날 잡아!"

폼폼크랩은 어떻게 그런 힘이 자신에게서 나왔는지 알지 못했다. 돌 틈에서 피피크랩을 간신히 꺼낸 그는 등 위에다 얹곤 진료소까지 한달음에 내달렸다. 개복치 의원은 환자의 상태를 보곤 눈을 커다랗게 떴다.

"제발 살려주세요. 제발요."

폼폼크랩은 매사에 침착한 개복치 의원이 오늘따라 야속하게 느껴졌다. 개복치는 피피크랩의 부상이 심상치 않음을 단박에 알아차렸다. 몸통은 산산이 부서져 있었는데 그것은 자력으로 겨우 붙어 있어 형체를 유지하고 있을 따름이었다. 조금만 압력을 가하면, 아니 저절로 두어도 얼마 안 가 가루가 될 것이었다.

"모든 게 저 때문이에요. 제가 사진을 찍자고만 안 했어도……"

폼폼크랩은 숨이 넘어갈 듯 흐느꼈다.

개복치 의원은 피피크랩의 몸통에 해초찜질 팩을 붙여주었다.

"정신을 잃은 탓에 움직임은 없지만 숨은 붙어 있는 상탭니다. 경과를 지켜보도록 하지요."

"설마 죽는 건 아니겠죠?"

"그럴 리 있겠습니까. '태평성대' 덕에 영광의 훈장이 새겨졌다 생각하십시오."

개복치 의원은 예전에도 그랬듯 정갈한 웃음을 보이며 배웅했다. 늘 감사 인사를 하는 폼폼크랩이었으나 이번에는 아무 말도 없이 돌아섰다.

"약재 받아 가셔야지요."

"피피 것만 주세요."

그러나 이미 폼폼크랩의 양 집게발엔 하나씩 꽂힌 상태였다. 서식처로 돌아온 그는 곧바로 해초약재 팩을 패대기쳤다. 팩이 터지면서 말린 난바다곤쟁이들이 무방비하게 흩어졌다.

"함께 살면 먹으려고 모아놨던 건데……"

폼폼크랩은 서식처 틈 사이마다 끼워두었던 해초약재 팩을 죄다 꺼내 내동댕이쳤다.

"어서 일어나… 네가 그렇게 먹고 싶어 했던 난바다곤쟁이가 이렇게 많단 말이야……"

폼폼크랩은 기괴한 소리를 내며 오열하기 시작했다. 나중에는 마른 울음이 간헐적으로 튀어나왔다. 그는 넋이 나간 표정으로 중얼거렸다.

"치어였을 때 엄마와 '진료소 놀이'를 자주 했었어… 진료소에만 가면 울음을 터뜨리니까 놀이로 승화시켜 줬던 거지. 의원인 엄마는 환자인 나에게 가짜복어 침을 놓았어. 신기하게도 그 이후론 진료소에 가도 눈물이 나오지 않더라. 그런데… 어느 순간 더 이상 그 놀이를 하지 않게 되었어. 그런 게 시시한 나이가 돼버렸거든. 네가 그렇게 읽으라는 책도 안 읽었어. 책 속의 다른 이가 될 필요를 느끼지 못했거든. 그냥 나는… 너만 있으면 좋았어."

얼마나 시간이 흘렀을까. 해역이 어둠으로 잠기는가 싶더니 설핏 밝아졌다. 그날 새벽 피피크랩은 돌아올 수 없는 해역을 건넜다. 폼폼크랩은 낡은 비닐수레와 함께 피피크랩을 묻어주었다. 쥐고 다니던 말미잘과 더불어 유일한 유품이었다.

"비닐에 싸여 있으면 왠지 너도 썩지 않을 거란 믿음이 가. 바보 같지? 사실은 말이야… 네 말이 옳은 거 알고 있었어. 면이 안 서서 고집을 부렸던 거야. 네 말을 인정하면 나의 뿌리까지 흔들리게 될까 봐 두려웠어. 평생 나고 자란 난파선이 부정당한다는 걸 받아들일 수 없었어. 그래서 우격다짐을 했던 거야. 그런데 이제… 나는 너 없이 어떻게 사니."

○○○

은빛연어가 이 해역에 민물 성분을 퍼뜨리고 다닌단 제보를 C로부터 긴급입수

[오션일보]에 대문짝만한 속보가 올라왔다. 기이한 것은 얼마 후 'C로부터'만 교묘히 지워졌단 사실이었다. 갯바위당은 그것을 어렵사리 포착해냈다.

"왜 C에 대한 얘기를 지웠을까요?"

"숨기고 싶어서겠죠."

"혹시 C가 누군지 알아요?"

"전혀요. 은빛연어님은요?"

그가 고개를 젓자 비늘이 은은하게 반짝였다. 은빛연어는 노파심에 다시 입을 열었다.

"장수거북님, 설마 저 가짜 뉴스를 믿으시는 거 아니죠?"

"그럼요. 그런데… 정말 사실이 아닌 거죠?"

"절 의심하는군요."

"죄송합니다……"

은빛연어는 맥이 훅 빠졌다.

"참으로 기사의 힘은 대단하군요. 측근까지도 의심하게 만들다니. 다음 대선을 위해 우리 당을 분열시키려는 대왕의 얕은 수작에 빠지지 마십시오."

"다시금 진심으로 사죄의 말씀을 드립니다. 저도 이렇게 판단력이 흐려지는데 다른 물살이들은 눈이 흐려지는 걸 넘어서서 아예 멀어질까 봐 겁나는군요."

"민물 성분이란 게 무엇인지 제가 더 궁금해지는군요. 참, 어제 조문은 잘 다녀오셨나요?"

장수거북은 자신의 경솔함을 덮고 가는 은빛연어에게 내심 고마움을 느꼈다.

"폼폼크랩이 자리를 지키고 있더라구요. 아쿠아리움을 함께 탈출했던 사이기도 해서 나름 저와 각별하거든요. 명랑한 성정이었는데 반쪽을 잃고선 완전히 다른 물살이가 되어 있더군요. 어떤 말로도 위로가 안 되었겠지만 깊이 추념하고 왔습니다."

장수거북은 이번 사고로 죽은 물살이들의 서식처를 두루 다녀

왔는데 대부분 작고 나약한 치어들이더라고 덧붙였다. 은빛연어는 혀를 쯧쯧 찼다.

"리 주필은 최소한 양심이 있으면 다치고 죽은 물살이들에 대한 위로 기사라도 써야 하는 거 아닙니까?"

"뭘 바라겠습니까? 근조의 의미로 '태평성대' 앞에 둔 톳도 치워버렸던데요. 그래서 그에 대한 비판 기사를 올렸습니다."

"흠, 대왕이 우리를 가만히 두고 보려나요? 머잖아 [장수일보] 자금줄까지 조일지도 몰라요. 그에 대한 대책을 미리 강구해야 하지 않겠습니까."

"대책이랄 게 있나요."

"우리도 광고를 받아볼까요?"

"그건 절대 안 됩니다. 광고주의 눈치를 보게 되면 진실을 알리는 기사가 아닌 그들의 입맛에 맞는 기사를 쓰게 됩니다. 그러면 [오션일보] 짝 나는 거예요."

"허나 광고 외엔 달리 방법이 없지 않습니까."

"아직 인간쓰레기가 좀 남아 있습니다. 말 나온 김에 잠시 다녀오지요."

"단속이 엄중하다던데 지금은 몸을 낮추는 게 좋지 않을까요."

"장수 망 유지비가 만만치 않아요. 안 들키게 잘 피해서 팔고 오겠습니다."

장수거북은 자신이 생각보다 빠르다는 말을 능청스레 덧붙이며 비닐수레를 꼬리에 걸었다. 은빛연어는 '돼지고기 앞다리살

500g' 아래 십 년 전 날짜가 찍혀 있는 스티커를 당장이라도 떼어 주고 싶었지만 그저 묵묵히 배웅만 할 뿐이었다.

비톨드 필레츠키

—C가 누구임? 왜 빛의 속도로 삭제됨?

—비밀경찰 같은 게 아닐까 추정해봄.

—왜 경찰을 비밀로 둠?

—나도 모름. 무튼 영어라서 이색적인 느낌을 자아냄.

—그건 그렇고 '태평성대' 거닐다 깨달은 건데, 우린 지느러미로 헤엄쳐 다니니까 산책로를 밟을 일이 없잖음. 도대체 왜 만들었나 모르겠음.

—엇, 나도 그 생각 함. 그렇게 인간 욕하면서 인간 건축물 따라 만드는 대왕이야말로 포유류스러움.

—진짜 간첩은 대왕인가?

—무슨 귀신 굴 까먹는 소리 하고 있음? 대왕오징어님은 이제 신화의 반열에 올라서심. 우리 같은 잔챙이들이 왈가왈부할 대상이 아니란 말씀.

—옳소. '태평성대'의 완공은 태평성대의 시작임.

—태평성대 NO

난세흉물 OK

리본장어는 부정적인 댓글만 골라서 삭제했다. 정화 작업을 조금만 소홀히 해도 이렇듯 취지에 반하는 댓글들이 마구잡이로 출몰했다. 특히나 저 마지막 댓글은 눈엣가시였다. 방심하고 있으면 어김없이 리듬을 실으며 나타났다.

"반대 조의 댓글을 파악하여 절로 삭제하는 프로그램 같은 게 있으면 좋을 텐데. 쏙쏙 골라내서 박멸시키는 방법 없으려나?"

"오, 가능하겠어?"

"헤헤, 오셨어요? CEO님."

공상이 들키자 민망해진 리본장어는 자신의 몸에 비해 한 줌도 되지 않는 백합조개를 향해 대가리를 조아렸다. 백합조개는 네모난 칩을 건넸다.

"내일 오전 기사에 넣어."

"이게 뭔가요?"

"대왕님 연설."

"왜 직접 나와서 하지 않으시구요."

백합조개는 대답 없이 돌아섰다. 리본장어는 '태평성대' 기념 촬영 이후로 대왕을 본 적이 없었다. 수면 주간이 길어지나 보다 짐작할 따름이었다. 아마 다른 물살이들도 그렇게 추측할 터였다.

다음 날 사위가 밝아지자 백합조개가 건넨 영상이 업로드되었다. 난파선 안에서 촬영한 것으로 추정되는 대왕오징어는 근엄하고 박진감이 넘치는 모습이었다.

—물살이 여러분, 요즘 들어 우리 해역은 민물 간첩들로 인해

몸살을 앓고 있습니다. 이럴 때일수록 79선의 방어를 철저히 하여야 합니다. 만일의 사태를 대비하지 않으면 온갖 민물살이들이 섞여 이 해역은 잡동사니가 되고 말 것입니다.

또 하나, 이번에 불법상거래를 하다 적발된 장수거북이 현장에서 도주하였습니다. 이에 공개수배하니 발견 즉시 [난파 의원당]에 제보해주십시오. 현상금으론 난바다곤쟁이 100마리가 지급됩니다. 다시 한번 경고하건대 국영상점 바깥에서 일어나는 매매행위는 불법입니다. 해역의 기강을 문란케 하는 물살이들은 필히 용왕님의 노여움을 사서 불행을 면치 못할 것이니 몸을 낮춰 행동하길 당부 드립니다. 이럴 때일수록 우리 해역은 강력한 통치 아래 대동단결해야 합니다. 다들 지느러미 바짝 조여 생활할 것을 권고하며 둘 이상 모여 소곤거릴 시 민물살이나 포유류로 의심받을 수 있으니 뿔뿔이 흩어져 각자도생할 것을 명합니다. 대왕은 현재 비상시국임을 선언하는 바, 난파궁에서 용왕님과 좀 더 심도 깊은 대화를 나누기 위해 영상으로 대체하는 점 양해 바랍니다.

—내가 하면 합법
네가 하면 불법

불가살이는 영상 아래 첫 댓글을 빠르게 끼적이곤 갯바위당으로 이동했다. 예상대로 아무도 없었다. 모래밭으로 기어들어 간 그는 예전에 파놓은 땅굴을 따라 요리조리 움직였다. 끝 지점에 다다르자 익숙한 목소리가 들려왔다. 갯바위당의 비밀통로에서 장수거북과 은빛연어가 대화를 나누는 소리였다.

"이제 쫓기는 신세가 되었으니 어떡합니까."

"이 정도 각오도 없었으려구요."

"어디로 가실 겁니까. 갈 데는 있습니까."

"갈 데는 없습니다. 하지만 갈 곳은 있습니다."

"?"

"C가 누군지, 도대체 뭐 하는 작잔지 제가 직접 찾아나서 보려 합니다."

"막중한 임무를 띠고 떠나시는군요. 부디 행운을 빕니다."

"혹시 비톨드 필레츠키란 인간을 아십니까."

"전혀요. 이름이 어렵군요."

"그는 자신이 겪은 일을 책으로 펴냈는데 말머리는 이렇게 시작됩니다. 머리털과 온몸의 털을 자르더니 찬물을 뿌렸다. 무거운 막대로 턱을 내리쳤다. 이빨 두 개가 그 자리에서 바로 빠졌다. 나는 그때부터 4859라는 숫자로만 불렸다."

"무시무시하군요."

"폴란드 비밀 저항군이었던 비톨드 필레츠키는 포로로 가장하여 제 발로 아우슈비츠 수용소에 들어갑니다. 그리하여 히틀러의 극악무도함을 외부에 알리지요. 또한 그 반대급부인 스탈린의 잔학행위도 고발합니다."

"대단하군요. 양쪽 다 고발이라니… 그런데 결말이 왠지 해피엔딩이 아닐 것 같군요."

"그건 이 여정이 끝난 뒤에 말씀드려도 될까요."

"비톨드 필레츠키의 최후를 제게 들려주기 위해서라도 꼭 무사히 돌아오셔야 하겠는걸요."

그때 딸깍거리는 소리와 함께 돌 틈 사이로 폼폼을 든 집게발 하나가 삐죽 튀어 나왔다. 표정이 경직되어 있던 두 물살이는 말미잘을 보곤 이내 안도했다.

"[오션일보] 영상을 보고 이렇게 달려왔어요. 조금만 늦었으면 길이 엇갈릴 뻔했네요."

"마지막 인사는 하고 가는군요, 폼폼크랩님."

"저도 데리고 가주세요. 그 말을 하려고 온 거예요."

"이런… 죄송하지만 마음만 함께하겠습니다."

장수거북은 위험한 여정이 될 거라며 거절했다. 하지만 폼폼크랩은 물러서지 않았다.

"제 반쪽을 잃은 후 어떻게 사는 게 잘 사는 것인지 고민했어요. 결론은 장수거북님과 함께하겠다는 거였어요. 만약 피피였다면 그랬을 거란 생각이 들었거든요. 아쿠아리움을 탈출했던 그때처럼 제가 길눈이 되어드릴게요. 위험한 여정일수록 함께해야 하는 거 아닌가요?"

"더 이상 거절의 명분을 찾기 어렵겠는데요."

은빛연어의 말에 장수거북도 결국 고개를 끄덕였다.

"동반자가 되어주겠단 청을 뿌리칠 수가 없군요. 기꺼이 집게발 내밀어주셔서 감사합니다."

장수거북이 팔을 내밀자 폼폼크랩은 자신의 집게발을 그 위에다 올렸다. 은빛연어도 지느러미를 올렸다.

"한 마리만 더 있으면 완전체일 텐데 말이죠."

"엇, 저도 그 생각을 하고 있었습니다."

"그러고 보니 아쿠아리움을 탈출했던 물살이가 한 마리 더 있었죠?"

"그놈이 싹퉁 바가지 없어도 나름의 역할은 했죠."

"반말을 찍찍 해도 어쩐 일인지 밉지 않았구요."

"누가 내 욕을 찍찍 하나."

장수거북이 딛고 있던 모래밭이 흐물거리나 싶더니 땅굴을 뚫고 별 모양의 물살이가 튀어 올랐다. 아무도 예상치 못했던 터라 경악과 반가움이 뒤섞여 나왔다.

"아이코, 심장아."

"암만 봐도 양반은 못 되는구만."

"참으로 신통방통한 불가살이군요."

"다들 멍청하긴. 설마 그 꼴로 떠나려고 했어?"

"꼴이… 왜요?"

"내가 장수거북이요, 하고 동네방네 떠들고 다닐 거냐고? 비톨드 필레츠키처럼 변장을 해야 할 거 아냐!"

"너 어디서부터 우리 얘길 엿듣고 있었던 거야?"

폼폼크랩은 어제 헤어진 사이처럼 자연스레 말을 놓았다.

"좋은 지적입니다. 실은 저도 그 부분이 마음에 걸렸어요."

"나노플라스틱 해변에 가서 등딱지에다 칠갑을 하라구. 플라스틱 쓰레기로 보이면 감시망을 피할 수 있지 않겠어?"

"좋은 아이디어예요! 그런데 나중에 장수거북님 몸에 아예 박혀서 플라스틱이 안 빠지면 어떡해요?"

"전 상관없습니다. 이미 몸 안에도 플라스틱으로 가득 찼는걸요."

"당사자가 좋다는데 다들 혓바닥 집어넣어. 자자, 갈 길이 바쁘니 서두르자구. 내가 나노 해변 지름길을 알아."

불가살이는 인간계를 탈출하던 그날처럼 장수거북의 등껍질에 올랐다. 폼폼크랩도 불가살이 위로 올라탔다.

"모두 건강 챙기며 일하십시오."

은빛연어는 탈출 삼총사가 비밀통로를 빠져나간 뒤에도 좀처럼 자리를 뜨지 못했다.

해변가에 도착한 장수거북은 온몸에 플라스틱이 박힐 수 있도록 좌우로 마구 뒹굴었다. 그래도 플라스틱이 박히지 않으면 물풀에서 나오는 끈적한 진액을 이용했다.

"굉장히 아플 것 같은데 신음도 안 내시네요."

"등껍질은 원래 고통을 못 느낍니다. 팔다리만 좀 아플 뿐."

어느덧 장수거북의 몸은 작은 플라스틱 의자를 연상시킬 정도로 겹겹이 무장되었다. 눈구멍만 제외하면 완벽한 플라스틱 덩어리였다.

"그럼 난 임무 완료했으니 돌아갈게."

"엥? 계속 함께하는 게 아녔어?"

"여기까지 온 것도 감지덕지라 여겨."

"불가살이님은 어디에 계시든 현명하게 헤쳐나가리라 믿습니다. 안전히 돌아가셔서 은빛연어님 좀 도와주십시오."

"내 크기가 석 잔데 누굴 도와."

불가살이는 마지막까지도 툴툴댔다. 그래서 이별이 오히려 슬프지 않았다. 내일이라도 볼 것처럼 그는 인사도 대충 하곤 모래밭으로 숨어버렸다.

"작지만 참으로 옹골찬 물살입니다."

"그러게요. 또 볼 날이 있겠지요."

폼폼크랩은 플라스틱으로 변신한 장수거북을 훑어보다 즉석 제안을 했다.

"등껍질에 장수거북님임을 증명하는 표식을 새겨두면 어떨까요?"

"좋아요. 괜찮은 문구라도 있을까요?"

"'지피지기 백전불태' 어때요?"

"백전백승이 아니라요?"

"백전백승은 틀린 말이래요. 어떻게 백 번 싸워 백 번 이길 수 있겠어요. 이기는 것만이 능사가 아니고 위태롭지 않아야 한대요. 위태롭지 않으면 지금 물러나도 다음을 도모할 수 있단 뜻이에요."

"마음에 드는데요? 강하기만 하면 부러지지만 유연하면 구부러질 뿐이라는 제 철학과도 일맥상통하군요."

"역시 통하는 데가 있네요. 그럼 집게발로 중앙에 새겨드릴게요."

장수거북은 '지피지기 백전불태'가 훈장처럼 새겨지는 동안 주절주절 말을 늘어놓았다.

"알다시피 이 해역에서 가장 오래 사는 물살이가 바로 저예요. 삼십 년 정도 살았으니 앞으론 백여 년 더 살 수 있겠죠. 앞으로 얼마나 못 볼 꼴을 더 볼지는 모르겠지만 위태롭지만 않다면 정의라는 시간은 제 편일 거라 믿습니다."

"그럼요. 과거의 아쿠아리움 때와 비교하면 우리 참 많은 게 달라진 것 같아요. 그보다 더한 지옥은 없을 줄 알았는데, 하하."

"여기에 비하면 거긴 소꿉장난이었지요."

"세상 어디에도 유토피아는 없는 걸까요?"

"본래 유토피아란 존재하지 않는 곳이란 뜻이래요… 하지만 낙숫물이 바위를 뚫는 걸 우린 보았잖아요?"

난파궁

'회춘한 것처럼 십 년은 젊어 보인단 말이지.'

개복치 의원은 틈만 나면 진료소에서 대왕의 영상을 재생시켰다. 자신 몰래 무슨 약재라도 먹었나 싶을 정도로 대왕의 생김새는 눈에 띄게 양호해져 있었다. 실제로 외모를 칭찬하는 댓글이 많았는데 포토샵 효과나 카메라 마사지 덕일 거란 추측도 있었다.

'논조랄까, 혹은 어투랄까. 그런 것도 약간 달라진 것 같고 말이야.'

개복치 의원은 자신처럼 생각하는 물살이가 있나 싶어 댓글을 일일이 살펴보았지만 그런 내용은 없었다. 그는 댓글을 믿을 수 없단 걸 알면서도 혹시나 싶어 또 확인했다. 최근에 올라온 영상 속 대왕의 시계는 혼자서만 거꾸로 가고 있었다.

'대체 난파궁에서 무슨 일이 일어나고 있는 거야?'

다음 대선주자는 자신일 것임을 믿어 의심치 않아 합당했던 그로선 비상시국이란 언급도 영 꺼림칙했다. 현재 이 해역은 전혀 '비상'스럽지 않았다. 민물에 사는 간첩도, 불법 상거래하는 물살이들도 보이지 않았다. 언제나처럼 무탈하게 흘러가고 있었다. 다만 무리를 지어 다니지 못하는 탓에 치어들이 사고를 당하거나 잡아먹히는 일이 종종 발생했다. 그러나 그것은 으레 그러하듯 기사화되지 않았다.

개복치 의원은 시도 때도 없이 난파선을 찾았으나 대왕은 항상 자리를 비운 상태였다. 빈자리엔 늘 백합조개가 있었다. 그녀는 자신도 대왕을 못 본 지 꽤 되었단 말만 앵무새처럼 반복했다. 그러면서도 할 말이 있으면 자신에게 남기란 말을 잊지 않았다.

어느 날 개복치 의원은 기어코 대왕을 보고 말겠다는 결심을 했다. 그는 난파선 옆에 추락한 난파궁 앞에서 꼼짝 않고 기다렸다. 해역이 어두워지자 이렇게 내일을 맞이할 수 없단 생각이 들었다. 순간적으로 이성을 잃은 개복치 의원은 대가리로 난파궁의 뚜껑을 쾅쾅 쳤다. 서너 번 연속하여 힘을 가하자 틈새가 벌어졌다. 박치기의 힘이 세었던 것인지, 생각보다 견고하지 않았던 것인지 알 수 없었다. 난파궁은 난파선보다 작았지만 도사리고 있는 어둠은 가늠할 수 없을 정도로 짙었다. 안으로 들어갈수록 시큼하고 꿉꿉한 냄새가 풍겨왔다. 향기로운 냄새가 아니었음에도 개복치 의원은 그 악취를 깊숙이 들여마셨다. 냄새가 역해질수록 어쩐 일인지 더 끌렸다. 그것은 자신의 태곳적 고향 냄새 같기도 했고 가끔씩 진료소에서 맡아본 냄새 같기도 했다.

난파궁 상부 중앙엔 인간 대장이 앉았을 것으로 추정되는 널찍한 의자가 있었다. 대왕오징어는 바로 거기에 안락한 자세로 몸을 기대고 있었다. 인기척을 느꼈을 텐데 눈길조차 주지 않았다. 마치 자신을 방해하지 말라고 온몸으로 말하는 것 같았다.

"안녕하십니까. 워낙 뵙기 힘들어 이렇게……"

대왕은 여전히 미동조차 없었다. 잠이 들었나 싶어 면상 가까이 다가갔다. 농구공만 한 눈알을 가진 대왕의 눈이 깜박이지 않고 있었다. 순간 훅 끼쳐오는 시취에 개복치 의원은 뒤로 물러섰다. 그리고 다시 다가갔을 때에야 대왕이 큰 눈을 부릅뜬 채 죽어있단 걸 알아차렸다. 그는 커다란 충격에 빠졌다.

'대체 언제 죽은 거지? 내가 끌렸던 냄새가 바로 시체 썩은 내였단 말인가? 난 왜 이 냄새에 끌렸던 거지? 아니, 그보다도 부패

상태로 봐선 죽은 지 꽤 된 것 같은데 어떻게 영상이 계속 올라올 수 있었던 거지? 미리 찍어두었던 건가? 이런 날을 대비해서? 아니야, 그렇게까지 치밀했으려고. 회춘한 것 같은 착각은 또 뭐란 말인가?'

그때 저 멀리서 대왕오징어의 음성이 희미하게 들려왔다. 자신의 귀를 의심한 개복치 의원은 소리가 나는 쪽을 향해 살며시 다가갔다. 이번엔 백합조개의 음성도 어렴풋하게 들려왔다. 이건 또 무슨 조화인가. 난파궁의 하부는 네모난 철문으로 막혀 있었는데 그 안이 소리의 근원지였다. 개복치 의원은 심호흡을 하며 대가리로 철문을 서서히 밀었다. 문은 아까보다 더 쉽게 열렸다. 살짝 열린 사이로 백합조개의 뒷모습이 보였다.

'저게… 가능하단 말인가?'

개복치 의원의 눈앞엔 보고도 믿을 수 없는 일이 일어나고 있었다.

○○○

장수거북과 폼폼크랩은 사흘도 채 되지 않아 거지꼴이 되었다. 원대한 목표를 가지고 떠났지만 안정적으로 몸을 숨길 수 있는 장소와 굶주린 배를 채울 수 있는 먹이가 보장되지 않는 이상 계속 가는 건 무리였다.

"집 떠나면 고생이라더니."

"진실에 가닿기도 전에 굶어 죽게 생겼어요."

장수거북은 플라스틱을 두른 상태였지만 공개수배를 당한 몸인 만큼 해역의 경계선 부근으로만 다녔다. 그곳은 물길이 들쑥날쑥했기 때문에 하루에도 몇 번이나 길을 잃었다. 물살이들이 다니지 않는 곳이다 보니 먹이 역시 구하기 어려웠다. 폼폼크랩 혼자 사냥에 나서보기도 했지만 장수거북의 위장까지 채우기엔 역부족이었다. 무엇보다도 이 망망대해에서 C를 어떻게 찾을 것인가. 무슨 종인지, 어떻게 생겼는지, 크기나 색깔은 또 어떤지 아는 게 하나도 없었다.

"잠시만 저기서 기다려요."

폼폼크랩이 거북의 등딱지에서 미끄러지듯 내려왔다. 맞은편에서 작은 물살이 떼들이 줄지어 오고 있었다. 폼폼크랩은 무심한 척 다가가 물었다.

"안녕하세요. 말씀 좀 묻겠어요. 혹시 C라고 들어보셨나요?"

"그게 뭐예요? 먹는 건가요?"

잠시 후 다른 종의 물살이들이 지나가자 폼폼크랩은 다시 같은 질문을 했다. 그러나 이들은 가타부타 말도 없이 자리를 떴다. 개중엔 수상한 표정으로 건너편에서 쉬고 있는 장수거북을 흘끔거리기도 했다. 이번엔 자신과 비슷한 크기의 크랩들이 옆으로 기어오고 있었다. 폼폼크랩은 용기를 냈다.

"안녕하세요. 혹시 C라고 들어보셨나요?"

"C요? 얼마 전에 들었는데요."

"헛, 어디서요? 자세히 말씀해주실 수 있나요?"

알을 잔뜩 배고 있어 숨 쉬는 것만으로도 힘들어 보이는 어미 크랩 곁으로 폼폼크랩이 바싹 다가갔다.

"지금 있는 이 자리쯤에서 개복치 의원이 C가 어쩌고저쩌고하는 걸 들었어요. 마치 C와 막 헤어지고 돌아오는 길에 중얼거리는 것처럼 보였어요."

"엄마, 그러면 혹시 우리가 본 게 C였을까요? 그날 개복치 의원이 왔던 방향으로 헤엄쳐 가니까 커다랗고 무시무시하게 생긴 놈이 떡하니 버티고 있었잖아요."

여러 새끼 크랩 중 하나가 그날의 기억을 보탰다.

"혹시 외형을 자세히 표현해줄 수 있겠어요?"

"진회색을 띠고 있었어요. 뾰족한 각이 져 있었고… 그런데 저희도 어둠 속에서 스치듯 본 거라……"

"얼핏 보기만 했는데도 차가운 기운이 훅 뿜어져 나왔어요."

"움직임이 매우 굼떴어요."

다른 새끼 크랩들도 한마디씩 덧붙였다.

"귀중한 정보 주셔서 감사해요. 정말 큰 도움이 되었어요."

"저기 그런데… 혹시 폼폼크랩님 아닌가요?"

폼폼크랩은 폼폼을 떨어뜨릴 뻔했다.

"절… 아세요?"

"피피크랩님에게 종종 이야기 듣곤 했어요. 이번 일로 얼마나 상심이 크시겠어요? 저 역시 애도를 표하는 바입니다……"

폼폼크랩의 집게발이 덜덜 떨렸다. 어미 크랩은 집게발을 그러모으곤 묵념을 한 뒤 입을 열었다.

"피피크랩님에게 도움을 받은 적이 있어요. 몇 해 전 기근이 심해서 수컷 크랩들이 무리 지어 사냥을 떠났거든요. 암컷 크랩들끼리 새끼를 돌보고 있었는데 인근 해역의 수컷 크랩들이 서식처를 침입해 왔어요. 그때 피피크랩님이 위험에 처한 우리를 발견하곤 용감하게 나서주셨어요. 그분이 적수를 상대하는 동안 암컷들은 안전하게 대피할 수 있었지요."

폼폼크랩은 맞서 싸웠을 피피의 모습이 눈에 잡힐 듯 그려졌다.

"난소와 정소를 바꾸는 성전환이 대다수를 차지하는 이 해역에서 소수로 살아가는 게 얼마나 힘든 일인지 저로선 상상도 할 수 없어요. 사실 그 이전엔 별 생각 없었어요. 다수가 아니면 이상하거나 잘못된 거라고 생각했지요. 하지만 그 사건 이후 보편적인 게 진리가 아닐 수도 있다는 걸 깨달았어요."

어미 크랩은 알 때문에 몸이 무거워서인지 말하는 중간중간 커다랗게 호흡을 뱉었다.

"번식이 불가능한 동성 크랩이 이날 이때까지 존재하는 이유가 분명히 있을 거라고 저는 생각해요. 그러니 자신과 다르다고 질타하는 크랩들은 무시하세요. 다수라고 해서 정답이란 법은 없으니까."

폼폼크랩은 있는 그대로를 인정해주는 시선을 처음으로 마주하곤 어찌할 줄을 몰라 했다.

"저희가 왔던 길목을 따라 쭉 가면 C를 만날 수 있을 거예요. 가다가 둥근 돌이 보이면 들춰보세요. 난바다곤쟁이가 묻혀 있어요. 모아놓은 양식이 이렇게 가치 있게 쓰일 줄 몰랐어요. 이제라도 빚을 갚을 수 있어 다행이에요."

동요

리본장어는 대왕오징어님을 향한 물살이들의 시선이 예전 같지 않음을 누구보다도 먼저 간파했다. [오션일보]의 줄어든 조회수와 낮아진 열독률이 그 증거였다. 국영상점의 매출 하락 역시 바로미터라고 할 수 있었다. 그는 몇 날 밤을 고민한 끝에 물살이 없이 운영되는 무생매체를 창간하기로 했다. [무생일보1] [무생일보2] [무생일보3] 이런 식으로 문어발 확장을 해나감은 물론 [오션일보]의 기사를 보다 자극적으로 받아쓰기하여 퍼나를 수 있도록 프로그램을 작동시켰다. 그럼에도 성과는 미비했다. 리본장어는 대왕을 향한 어심이 다른 물살이에게로 옮겨갔음을 어렵지 않게 유추했다. 권력의 추가 이미 차기 주자에게로 기울어진 것이다.

"의원님, 영원한 충성을 맹세해요."

진료소에 느닷없이 출몰한 리본장어는 밑도 끝도 없는 고백을 했다. 개복치 의원은 상대의 방문을 예상하고 있었다는 듯 조금도 놀란 눈치가 아니었다.

“리 주필의 뜻을 받들도록 하지. 자네가 맺고 끊는 게 정확하단 건 내 진작 알고 있었어. [오션일보]에도 그 성향이 반영되어 있더군. 신변잡기 하지 않고 정곡을 잘 찌르던데.”

“제 진가를 알아봐주셔서 무한 감사드려요.”

“그럼 대선 차기 주자 몸풀기에 들어가 볼까? 현재 어심이 좋지 않지만 정권을 재창출해야 해. 앞으로 여론을 어떻게 이끌어갈지 혹시 생각해본 게 있나?”

“물론입죠. 현재 제가 준비하고 있는 건 ‘동요’입니다.”

“동요?”

“노래는 구전으로 전해지기에 뒤탈이 없고, 지느러미가 없어도 천 리를 가지요.”

리본장어는 자신이 작사 작곡한 짧은 동요를 불러 보이겠다며 두 지느러미를 맞잡고 목소리를 큼큼거렸다.

“우리의~ 소통왕♪ 꿈꾸는~ 쇼통왕♬

온라인~ 회춘왕♪ 실제론~ 썩어왕♬”

개복치 의원은 측선이 휘어져라 웃음을 터뜨렸다.

“물이 오를 대로 올랐군. 아주 대단해. 리 주필에게 이런 돌려까기 능력이 있을 줄이야.”

“헤헤, 저도 살 만큼 살았거든요. 벌써 종결기만을 남겨놓고 있어요. 앞으로 암컷으로 살아가는 동안 개복치 의원님만을 모시렵니다.”

리본장어의 몸은 누리끼리한 색으로 덮인 지 오래였다. 사파이어처럼 찬란하던 수컷 시절을 기억하는 이는 드물었다.

“내 대왕 좌에 오르면 모든 권력을 동원해 리 주필의 번식을 지원해주겠네.”

리본장어는 끝 간 데 없는 몸통을 양옆으로 휘둘러대며 아양을 떨었다. 진료소를 나오는 길, 그의 지느러미 양쪽엔 해초약재 팩이 두둑이 들려 있었다. 설핏 리본장어의 표정이 바뀌더니 급기야 비웃음을 흘렸다.

‘1년짜리 권력이 뻐기긴. 대왕은 찰나지만 매체는 억겁이거든.’

‘왕동요’는 무서운 속도로 해역을 강타해 나갔다. 짧아서 주둥이에 착 붙는 데다 리듬까지 살아 있어 암수노소를 막론하고 누구나 쉽게 따라 부를 수 있었다. 물살이들은 노래에 깃든 심오한 뜻을 헤아리며 부르진 않았다. 하지만 부르면 부를수록 노래 속 대상은 그들의 대가리에 깊이 박혀갔다. 여기저기서 대왕오징어에 대한 비판과 풍자의 목소리가 나오기 시작했다. 대왕의 오프라인 침묵에 대해 해명하란 주장은 나날이 탄력을 받았다. 얼마 후 [오션일보]에도 ‘왕동요’에 대한 기사가 실리자 여론은 더욱 거세졌다. 개복치 의원은 그 흐름을 이어받아 충격 담화를 발표하겠다고 했다.

담화 당일, 수많은 물살이들이 충격을 듣기 위해 진료소 앞으로 장사진을 이루었다. 백합조개 역시 그중 하나였다. 그녀는 잔뜩 긴장한 것 같았지만 한편으론 아주 태연해 보이기도 했다. 은빛연어 역시 저 멀리 떨어져 호기롭게 지켜보았다.

"물살이 여러분, 오늘 저는 충격 고백을 하기 위해 이 단상에 올랐습니다. 최근 대왕님의 영상을 보고 좀 이상하단 생각 안 하셨습니까? 지나치게 젊어 보인다든가, 혹은 연설 내용이 이질적이라고 느낀 적 없습니까?"

모여든 물살이들이 두런거리자 개복치 의원은 힘주어 말을 이어갔다.

"최근 난파선 가에서 이상한 냄새가 난다는 신고를 여러 번 받았습니다. 인간쓰레기 퇴치 운동을 벌이기도 했지만 악취는 사라지지 않았죠. 저 역시 그 냄새에 의문이 생겨 진원지를 찾아 나섰습니다. 그런데 놀랍게도 그곳은 난파궁이었습니다. 대왕오징어님이 아닌 그 누구도 들어가선 안 되지만 이 해역의 청정을 위해 기어코 뚜껑을 열었습니다. 잘못된 일인 걸 알았지만 저 역시 그간 대왕오징어님을 만나지 못했던 터라 오프라인 침묵에 대한 이유를 듣고 싶기도 했습니다. 그렇게 안으로 들어간 저는 믿을 수 없는 장면을 목격하고 말았습니다…… 난파궁의 인간 대장 자리에 대왕님의 시체가 있었습니다. 인간처럼 몸통을 등판에 기대고, 긴 다리와 촉완은 의자 밑으로 늘어뜨린 상태였습니다. 시취의 진원지는 인간 의자에 앉아 있던 대왕의 썩은 육신이었던 겁니다."

"제 눈으로 보기 전까지 믿을 수 없습니다."

"대왕오징어님이 죽다니요. 말도 안 됩니다."

물살이들의 항의가 빗발치자 개복치 의원은 그 소리를 누르듯 더 크게 외쳤다.

"여기 모인 물살이들에게 시체가 된 대왕오징어님을 보여주시겠습니까, 난파궁에 함께 있었던 CEO님?"

개복치 의원의 눈길이 백합조개에게로 향하자 그녀는 억지웃음을 지어 보였다.

"대체 무슨 소릴 하는 건지 모르겠군요. 그리고 감히 난파궁을 들어가다니, 대왕님께서 노하실 텐데 두렵지도 않으십니까?"

"그럼 백합조개님은 거기 왜 들어갔던 겁니까?"

"바늘 가는데 실 가는 거 몰라요? 부부는 한 몸입니다."

"좋습니다. 그럼 하나만 묻겠습니다. 현재 대왕님은 살아 있습니까?"

"물론이지요. 감히 대왕님을 죽은 생물 취급하다니 머잖아 천벌을 받을 겁니다."

"아무렴요. 그럼 살아 있는 대왕님을 제 앞으로 모시고 나오십시오. 모든 죗값은 그 이후 받겠습니다."

"고작 개복치 의원 때문에 대왕님을 부르는 게 말이 돼요? 조만간 영상으로 입장 표명하실 테니 천벌 받을 준비나 하고 계세요."

"죽었으니까 영상으로밖에 대체할 수 없는 거겠지요."

백합조개는 열패감에 찬 듯 껍질을 부르르 떨었다. 다시 물살이들의 술렁임이 커졌다.

"뭐야, 대왕님의 시체 냄새였던 거야?"

"근데 진짜 돌아가신 거야? 용왕님 곁으로 가셨다고?"

"그럼 영상 속의 모습은 뭐야?"

"온라인에서 접한 대왕님이 어딘가 모르게 부자연스럽긴 했어."

개복치 의원은 연이어 의문을 제기하는 좌중을 진정시키곤 입을 열었다.

"여러분이 영상에서 본 것은 살아생전의 대왕이 아니라 AI였습니다. 목소리, 성격, 표정, 습관 등 모든 게 인위로 조작된 AI대왕이었단 말입니다. 저 뻔뻔하고 극악무도하기 이를 데 없는 백합조개가 난파궁 안에서 AI대왕 만드는 현장을 제 두 눈으로 똑똑히 보았습니다. 우린 거기에 놀아나고 있었던 겁니다. 형체 없는 AI를 대왕으로 이제껏 모셨다니, 이렇게 황당무계한 일이 어디 있습니까? 백합조개는 AI를 띄워놓곤 뒤에서 자신이 대왕 행세를 하고 있었던 겁니다."

백합조개가 씩씩거리며 단상으로 올라왔다.

"베갯머리송사 몰라요? 살아생전 부부끼리 나눈 대화를 참조해서 만든 거라구요. 여러분, 대왕오징어님이 죽은 건 사실입니다. 그러나 달라진 건 없습니다. 여전히 AI대왕오징어님은 꿈을 꾸고 용왕님의 말씀을 전달하십니다. AI대왕님으로부터 권력을 갈취하려는 개복치 의원의 말에 현혹되어선 안 됩니다."

"우와, AI대왕이 용왕님 꿈까지 꾼다고요? 그럼 밤에 CEO님이랑 같이 사랑도 나누나요?"

리본장어가 비아냥거리자 백합조개는 육두문자가 튀어나오려는 것을 간신히 참았다.

'내게 알랑방귀나 뀌어대며 굽실대던 놈이……'

그때 백합조개를 지지하는 물살이들이 소리쳤다.

"앞으로도 대왕님이 식사하는 모습, 웃는 모습, 주무시는 모습 등 다양한 모습 보여주세요. 전 CEO님 응원해요."

"AI든 뭐든 상관없어요. 저렇게라도 대왕님을 볼 수 있어서 너무 좋은걸요."

"힘내라 힘! 대왕오징어님 복원하시는 CEO님 최고!"

누군가 '파이팅'이란 구호를 외치자 한쪽에선 곡소리를 냈다.

"아이고 아이고… 대왕님이 돌아가시다니."

"이제 가면 언제 오나… 으흐흑."

훌쩍거림은 점차 통곡으로 번져갔다. 자신을 지지하는 물살이 덕에 어느 정도 자신감을 되찾은 백합조개는 다시 발언을 이어나갔다.

"여러분, 이건 슬퍼할 일이 아닙니다. 기술의 발달 덕에 영원히 대왕오징어님을 볼 수 있게 되었으니까요. 몸뚱이만 죽었을 뿐 대왕님의 정신은 언제까지고 우리 곁에 머물 수 있게 되었습니다. 영생을 얻은 대왕님과 동시대를 살아가게 되었으니, 이 어찌 축복의 시대가 아닐 수 있겠습니까?"

"대왕님은 영원하라!"

"영원 같은 소리 하고 자빠졌네."

두 편으로 나뉘어 격렬한 대립 구도가 생성되자 관망하고 있던 은빛연어가 단상으로 나왔다. 그간 장 주필이 없어 [장수일보]가 무기한 휴간에 들어갔던 만큼 그는 봇물 터지듯 말을 쏟아냈다.

"CEO의 역할이 AI대왕을 만드는 겁니까? 대체 누가 그런 권한을 주었습니까? 또한 대왕오징어님의 죽음을 왜 알리지 않았습니까? 언제까지 은폐하려 했는지 모르겠지만 죽은 자를 조종하여 해역을 이끌어나간다는 건 있을 수 없는 일입니다. 이는 부부라는 명분하에 저지른 명백한 권력 남용입니다."

"하지만 물살이들이 AI대왕을 원하고 있잖아요!"

백합조개는 몸부림치듯 발악했다. 보고 있던 개복치 의원이 나섰다.

"자, 그럼 투표를 통해 AI대왕을 추대할지, 다른 후보를 뽑을지 결정합시다. 마침 선거가 다가오고 있어요."

"이건 또 무슨 막말입니까? 왜 AI대왕에게 후보 자격을 부여합니까?"

"왜, 대선에 나오려 했는데 경쟁자가 늘어서? 죽은 물살이한테 질까 봐 쫄려요?"

백합조개가 은빛연어에게 쏘아붙였다. 하지만 은빛연어도 가만있지 않았다.

"유권자 물살이를 농락한 죗값을 치러도 모자랄 판에 AI대왕을 내세워 대선에 나온다니. 이게 가당키나 합니까?"

"쫄리면 철수하든지."

두 물살이의 기운이 팽팽하게 흐르는 가운데 개복치 의원이 중재했다.

"오늘 저의 충격 담화로 인해 많이 놀라셨을 겁니다. 다들 서식처로 돌아가셔서 애도의 시간을 충분히 가지십시오. 또한 현행법상 난파궁엔 아무나 드나들 수 없으므로 대왕님의 시체 처리 문제는 대선 이후 논의토록 하겠습니다."

"아, 글쎄 죽은 게 아니라니까! 여러분, 서식처 가서 신나게 지느러미 흔들고 즐기세요. 대왕님의 영생을 마음껏 기뻐하라구요."

개복치 의원은 조금도 지지 않으려는 백합조개에게 다가가 속삭였다.

"출마하는 건 자유데 탈당하고 무소속으로 해라."

"뭐? 내 당… 아니 대왕님 당을 탈당하는 게 말이 돼?"

"난파궁 뚜껑 지금 확 젖혀버려?"

개복치 의원은 당장이라도 난파궁으로 갈 것처럼 방향을 틀었다. 백합조개는 눈을 부라렸지만 아무 말도 하지 못했다.

공방

"은빛연어 후보는 늘 날이 서 있어."

"은빛색깔 보기만 해도 차가워 보이잖아."

"그에 비해 개복치 후보는 언제나 호감형이야."

대선을 앞둔 공개 대담 자리였다. 개복치 후보는 자신에 대한 예찬을 슬렁슬렁 주워 담으며 첫 운을 뗐다.

“물살이 여러분, 요즘 참 먹고살기 힘들지요. 대왕오징어의 ‘적당히 경제정책’은 완벽히 실패했다고 봅니다. 하지만 추락하는 경제보다 더 무서운 게 있으니 뭔 줄 아십니까? 바로 전쟁입니다. 은빛연어 후보가 왕좌에 오르면 이 해역엔 담수가 와장창 섞여들 겁니다. 이곳을 잡탕도가니로 만들고 싶습니까? 민물이 침범한다 생각해보십시오. 그 물이 얼마나 더러운진 잘 알지 않습니까? 오죽하면 인간들도 기생충의 우려 때문에 민물살이를 안 먹겠습니까. 반면 우리가 사는 이 해역은 얼마나 깨끗합니까? 한 예로 태아를 감싸고 있는 인간 암컷의 양수 염도가 바닷물과 같은 3%인 것만 봐도 알 수 있습니다.”

옆에 있던 은빛연어 후보가 지느러미를 들어 발언권을 요청했다. 개복치 후보는 해볼 테면 해보란 듯 고갯짓을 해 보였다.

“개복치 후보는 예전 대선 때 포유류를 표적 삼으시더니 이번엔 민물을 주적으로 삼으셨습니까? 대체 민물과 바닷물이 싸움을 왜 합니까? 이 해역을 이루는 물은 민물에서 들어왔단 걸 모르십니까? 작은 시냇물이 강으로 흐르고 그 강이 바다로 흘러가는 순리를 왜 부정합니까? 다르다 해서 적대할 게 아니라 상생해야 합니다. 혹시 압니까? 천재지변으로 인해 우리의 서식환경이 하루아침에 민물로 바뀔지. 그에 대비해서라도 서로 지느러미 맞잡을 필요가 있습니다. 뭍에 사는 인간에 대해선 신중하게 대처해야 하지만 물살이들끼린 화합해야 합니다."

말이 끝나기가 무섭게 개복치 후보가 반론을 제기하고 나섰다.

"여러분, 화합했다간 우리 해역의 정체성이 온데간데없이 사라질 겁니다. 민물교가 들어오면 용왕교가 수장될지도 모릅니다."

은빛연어 후보는 참을 수 없단 듯 반박했다.

"갑자기 용왕교는 왜 끌어들이십니까? 용왕교 들먹여 정권 잡은 대왕오징어처럼 그 수순 따라 하시는 겁니까? 또한 물살이들은 교리를 스스로 선택할 자유가 있습니다."

"지금 후보께선 용왕교를 이탈하라고 부추기고 있습니다. 이는 용왕님에 대한 모독입니다."

"민물 이단은 물러가라!"

개복치 후보를 극단적으로 응원하는 물살이가 '이단'을 언급하자 등딱지가 까만 블랙아이 크랩이 옆으로 기어 나왔다.

"은빛연어 후보가 왜 이단인가요? 어째서 다른 교를 믿으면 이단이 되는 거죠?"

금기를 깨는 발언에 좌중의 술렁거림은 더욱 심해졌다. 누군가 포효하듯 외쳤다.

"용왕교 아닌 다른 교를 믿는 건 천지가 개벽해도 있을 수 없는 일입니다!"

그 말에 블랙아이 크랩은 집게발을 좌우로 저었다.

"여기 사는 동안 가스라이팅을 심하게 당하셨네요. 이 해역만 벗어나면 용왕교라는 게 있는지도 모르는 물살이들이 수두룩해요. 전 반수생이라 여러 해역을 돌아다녀서 알아요. 다른 해역엔 다른 교가 있어요. 세상에 그런 교들이 얼마나 많겠어요. 그러니 제발 보이는 게 전부라고 생각하지 마세요. 타 물살이의 교리도 존중해주시구요."

"존중 같은 소리 하고 있네. 이 해역에선 오직 용왕교만 믿어야 해!"

"그런 법이 어딨어요? 다른 교가 전파되어 오면 받아들이는 건 자유 아닌가요?"

"뭍과 뭍을 오가는 네놈 존재 자체가 불순분자고 이단이야."

"해역을 혼란케 한 네놈을 용왕님이 반드시 심판하실 거다."

여기저기서 야유가 쏟아졌지만 블랙아이 크랩은 위축되지 않았다.

"다르다는 걸 존중하는 게 그렇게 힘들어요? 그래서 흰수염고래님이 책을 읽으라고 하셨던 거예요. 책 속엔 나와 전혀 다른 곳에서 나고 자란 이들의 이야기가 있거든요. 꼭 거길 가지 않아도 그들의 입장에서 생각하고 이해해볼 수 있는 아량이 생기지요. 그런데 이제 읽을거리라곤 보도감도 안 되는 선동 글뿐이니 원."

○○○

—왜 이렇게 온라인에서 싸움박질만 해댐?

—같은 현상을 두고도 매체마다 온도 차가 너무 심함.

—다들 자기 말이 맞다며 절대 승복 안 함.

—그러게. 졌는데도 이겼다고 정신 승리하는 꼴이란.

—갈수록 편파적인 놀이터만 늘어나고 있음.

—'망'을 이용하면서 어느 순간 우리 모두 악마가 된 듯.

—우리 속 악마 본성을 '망'이 일깨워준 건 아니고?

—어찌 됐든 '망' 없이 못 삶. 솔직히 하루라도 접속 안 하는 물살이 있음? 우린 이미 '망'의 노예임.

—인간계의 제국주의 국가들이 식민지에다 제일 먼저 한 게 철길 깐 거라고 함. 철길의 편리함을 맛본 식민지인들은 제국주의가 싫은 것과 별개로 기차를 타지 않을 수 없게 되었다고. 우리도 마찬가지임. 무료라며 물꼬 터주어서 아무것도 모르고 지느러미 적셨는데 이제 와서 못 쓰게 된다면 금단 현상으로 발작 올 듯.

—휴, 그럼 죽을 때까지 '망'에서 치고박고 싸워야 함?

—태어난 곳, 나이, 이름까지 밝힌 후 글을 쓰면 좀 정화되지 않겠음?

—거기다가 사진까지 박으면 예의를 제대로 차릴 것 같음.

—하루에 댓글 다는 횟수를 제한하는 건 어떰?

—그럼 언론 탄압이라고 난리 날 거임.

—독재를 하겠단 게 아니라 '망'에 접속할 때 신중해지잔 취지임.

—아무튼 예의만 갖추면 해결됨. 언어가 달라도 예의를 차리면 소통이 가능해지는 것처럼. 지느러미 짓만으로도 알아차리니까.

—답은 결국 실명제? 하지만 반대 여론이 만만치 않을 것 같음.

—폭력보다 낫지 않겠음? 온라인에서의 언어폭력은 결국 오프라인에서의 신체폭력을 불러올 거임.

은빛연어는 대선 후보가 된 후 공사다망한 나날을 보냈다. 이렇게 대선을 앞당겨 치를 줄 알았다면 장수거북을 그리 보내지 않았을 것이었다. 다행히 도움의 지느러미길이 필요할 때마다 누군가 나서주었다. 얼마 전엔 새까만 윤기가 도는 크랩 하나가 유창한 언변으로 일당백을 톡톡히 했다.

'지금쯤 어디일까. 장수거북님과 폼폼크랩님이 C의 정체를 알아냈을까? 희소식을 들고 무사히 돌아왔으면……'

은빛연어는 [장수일보]를 임시로나마 재개해야겠다고 생각했다. 마침 갯바위당에 들른 불가살이가 해초약재 팩의 실체를 알리는 충격적인 제보를 해왔다. 해초약재 팩 안에 난바다곤쟁이가 가득하단 증거를 사진으로 디밀기까지 했기 때문에 더는 지느러미 놓고 있을 수 없었다. 불가살이는 대선 동안만이라도 장 주필을 대신하기로 했다. 그날 오후 개복치 후보에 대한 뇌물 의혹 기사가 [장수일보]의 1면을 장식했다.

해초약재 팩에 약재 아닌 먹이가 들어 있단 익명의 제보 접수, 오래전부터 뇌물 뿌려 물살이들 환심 산 개복치 후보는 당장 사퇴해야

개복치 후보는 곧이어 [오션일보]를 통해 반박했다.

환자들에게 적절한 처방 내린 것에 불과, 허위 사실 유포 시 강력 대응할 것

[장수일보]도 맞불을 놓았다.

신속히 진료소 수색하지 않는다면 금단의 성역이란 의심 면치 못할 것

그러자 며칠 뒤 [오션일보]는 전혀 새로운 기사를 냈다. '뇌물'이라는 단어를 한 방에 덮을 정도로 새로운 이슈는 해역을 뜨겁게 달구었다. 은빛연어가 시계탑 광장에서 오줌을 갈기는 사진 아래 '풍기문란'이란 네 글자가 크게 쓰여 있는 기사였다. 이는 곧 무생매체를 타고 일파만파 퍼졌다. 당찬 이미지의 은빛연어 후보는 하루아침에 오줌싸개로 전락했다. 은빛연어는 며칠 뒤 [장수일보]에다 입장 표명을 했다.

생리 현상으로 인한 순간적 실수, 공중도덕 문란케 한 점 반성해

그에 질세라 [오션일보]가 기사를 냈다. 한동안 다루지 않았던 개복치 후보의 뇌물 의혹에 대한 내용이었다.

난바다곤쟁이에서 마음을 어루만지는 특효 성분 검출, 뇌물 아닌 약재로 판명돼

곧 [장수일보]는 특효 성분을 공개하라고 요구했다. 얼마 지나지 않아 [오션일보]엔 전혀 다른 성격의 기사가 떴다.

개복치 후보의 꿈에 용왕님 최초 등장, 돌아가신 대왕오징어님까지 나와 삼자대면

그 아래 진한 글씨로 용왕님의 메시지를 전달하고 있었다.

난바다곤쟁이의 특효 성분 덕에 아픈 물살이들 쾌차했다고 기뻐하셔, 허나 해역을 떠다니는 배설물로 인해 전염병 우려하셔

댓글에선 권력이 이양되는 거 아니냐는 추측을 내놓았다. 벌써부터 개복치 후보가 대선에서 승리한 것처럼 자축하는 물살이도 있었다. 서식처 안에서 기사를 읽던 불가살이는 촉수를 꿈틀거렸다.

—내 꿈엔 한 번을 안 나오네

이제 쩐으로 사겠어 얼마면 돼?

댓글을 등록한 불가살이는 밖으로 나왔다. 방향 없이 기어가던 중 낯익은 물살이 하나가 저 멀리 널브러져 있는 걸 발견했다. 어디서 본 듯한 물건도 그 옆에 나뒹굴고 있었다. 펜은 칼보다 힘이 세대. 그니까 너 가져. 하하, 말도 안 돼. 이건 마법의 볼펜이라니까. 항상 네 꼬리에 붙어서 귀찮게 했는데 싫은 내색 한 번 안 했

잖아. 고마워서 주는 선물이야. 잘 받아둬. 함께 대화를 나누었던 물살이가 아니길 바라며 불가살이는 천천히 다가갔다. 그러나 자신이 선물로 건넨 볼펜임을 확인하자 망연자실해졌다. 불가살이의 팔에 닿은 물살이의 몸은 차디찬 돌덩이처럼 굳어 있었다. 흰 눈이 소복이 쌓인 아가미는 조금도 달싹이지 않았다. 너덜너덜 찢겨 있는 가슴지느러미만이 물살을 따라 일렁였다.

폭로

—혹시… 진료소는 처음이십니까?

—부서…졌어요.

—네?

—치료가 되지 않을 것 같아요……

—아픈 부위를 자세히 말씀해주시죠.

—이제… 그 이전으로 돌아갈 수 없는데 치료가 무슨 소용일까요……

—여기에 오신 이유가 있을 텐데요. 마음 편안히 털어놓으세요.

—제가 여기에 온 걸 비밀로 해주실 수 있나요.

—용궁까지 묻고 가겠다고 맹세하지요.

—그 자리보다 높은 자리가 있나요?

—그게 무슨 말인지?

—그래야만 단죄할 수 있어요.

—무슨 말인지 모르겠군요.

—제가 제대로 찾아온 거면… 좋겠어요.

마지막 장면에선 긴 침묵이 공백을 휘감는 것이 느껴졌다. 절망에 흐느끼는 홍가오리의 모습은 보는 물살이들을 분노에 차오르게 했다. [장수일보]에서 공개한 영상의 조회수는 하늘 무서운 줄 모르고 치솟았다. 퍼나르는 속도만큼이나 댓글도 순식간에 불어났다.

—그 자리보다 높은 자리 → 대왕 자리 말하는 거 아님?

—두말하면 주둥이 아픔. 이건 백 퍼 성폭행임. 가슴지느러미가 너덜너덜 찢긴 채로 죽어 있었으니 이보다 확실한 증거는 없음.

—모르긴 몰라도 한두 번 당한 게 아니었을 거임. 이렇게 살다간 죽을 것 같아서 진료소 찾아간 듯.

—영상 위에 표기된 촬영 날짜를 보면 [난파선당]과 [의원당] 합당 전임. 다시 말해 개복치 의원은 홍가오리의 SOS를 무시하고 합당한 거.

—완전 해양 쓰레기네. 어떻게 그런 사실을 알고도 대왕과 지느러미 잡을 수 있음?

—이번 일로 개복치 후보 민낯이 드러남. 권력을 잡기 위해서라면 뭐든 할 놈임.

—대선 후보 사퇴는 물론이고, 단죄까지 해야 함.

—누가 이렇게 소설을 쓰나. 왜 죄 없는 개복치 후보님을 물고 늘어짐?

—죄가 없다고? 이게 죄가 아니면 뭐가 죄임?

—홍가오리 그년이 성폭행을 당했는지, 지가 꼬리를 쳐서 즐겼는지 어떻게 앎?

—하긴, 얌전한 척하는 것들이 뒤에서 호박씨 잘 깜.

—알다시피 홍가오리는 200볼트의 전기를 일으킬 수 있는 괴력을 가지고 있음. 그러니 대왕의 부름에 거절할 수도 있었을 거임. 그런데 응했다? 이건 권력자 옆에 빌붙고 싶어서 교태를 부렸다고밖에 해석이 안 됨.

—맙소사, 자살한 홍가오리에게 어떻게 그런 막말을 퍼부을 수가 있음? 이건 2차 가해임.

—실컷 즐기다가 대왕 죽으니까 후환 두려워서 자살한 거임. AI대왕을 조종하는 백합조개가 눈 시퍼렇게 뜨고 있으니 얼마나 쫄았겠음.

—그러고 보면 백합조개도 피해자임.

—별로. CEO 되고 싶어서 무늬만 혼인했던 거 모름?

—자, 다시 본론으로 돌아와서 개복치 의원은 잘못 없음. 죄라면 꼬리 친 년 이야기를 들어준 것뿐.

—뚫린 주둥이라고 마구 내뱉어도 되는 줄 아나. 서식처 구석탱이에서 지느러미로 홍가오리 두 번 죽인 살인자들아, 천벌을 받을 거다.

—미안하지만 용왕님이 지켜주심.

대선을 코앞에 두고 연일 자극적인 기사와 폭로가 쏟아졌다. 가장 뜨거운 감자는 홍가오리의 자살이었다. 이는 풍기문란 혹은 특효 성분이라는 단어까지도 완벽히 지울 만큼 회오리바람을 몰고 왔다.

은빛연어는 불가살이로부터 문제의 볼펜을 건네받았을 때 신기함을 넘어서 기이하기까지 했다. 이렇게 작은 카메라가 존재한다는 사실보다도 얇은 물건 속에 감쪽같이 숨겨진다는 게 더 놀라웠다. 볼펜에 담긴 영상을 만천하에 공개하자 곧 개복치 후보는 나락으로 떨어졌다. 얼마 후 [오션일보]에 개복치 후보의 변명이 실렸다.

본래 호랑이 잡으려면 호랑이 굴에 들어가야, 합당 후 진상규명 위해 대왕 만나려 했지만 난파궁에서 나오지 않아 번번이 실패, 골든 타임 놓친 홍가오리 사건 안타깝게 생각해

하지만 그 뒤에도 개복치 후보를 향한 비난 여론은 쉽사리 가라앉지 않았다. 심지어 백합조개마저 고춧가루를 뿌렸다. 그녀는 긴급 기자 회견을 열곤 참담한 표정으로 읍소했다.

"존경하는 물살이 여러분, 대왕의 아내 되는 저는 전부터 홍가오리로 인해 극도의 스트레스를 받아 껍질이 갈라지는 등 혼수상

태를 여러 번 겪었습니다. 사실 저는 알고 있었습니다. 홍가오리가 주군을 여러 번 유혹했다는 것을요…… 하지만 이 해역의 안정과 평화를 위해 저 하나만 눈감고 입 다물면 될 일이었습니다. 그런데 이렇게 까발려지자 수치심이 온몸을 옥죄었습니다. 생을 마감할 결심도 해보았습니다. 하지만 제가 죽으면 AI대왕님은 누가 만든단 말입니까? 그분의 뜻과 메시지는 누가 전달한단 말입니까? 저는 남은 생을 AI대왕님의 업을 이어나가는 일에만 전념하기로 마음먹었습니다. 아내, 그리고 CEO의 역할 역시 충실히 수행해 나갈 것입니다……"

마지막으로 백합조개가 왈칵 울음을 터뜨리자 듣고 있던 물살이들도 눈물바다가 되었다.

○○○

'인간이 달에 착륙했을 때 이런 기분이었을까?'

C와 정면으로 마주친 두 물살이는 놀라지 않을 수 없었다. 어미 크랩이 가르쳐준 방향대로 따라온 결과, 커다란 무언가가 떡하니 버티고 서 있었다. 상대를 압도할 만한 네모난 덩치에 비해 새끼 크랩 말처럼 움직임이 굼뜬 게 그나마 다행이었다. 물결을 따라 이따금 몸을 들썩거리는 걸 보니 파래나 미역처럼 자의에 의해 움직이지 못하는 종 같았다. 이따금 찬 기운이 뿜어져 나왔는데 C를 이루고 있는 외피가 금속이기 때문인 듯했다. 장수거북

은 물살이의 형질이 금속일 수 있나 하는 의구심이 들었지만 지금은 그런 걸 따질 때가 아니라고 생각했다. 거대한 직사각형처럼 생긴 C는 어찌 보면 뾰족한 뿔이 달린 심해어 같기도 했다. 하지만 이곳은 심해가 아니었다. 몸의 중간엔 아가미 모양으로 생긴 홈이 파여 있었는데 색이 바래 있었다.

"여기 문신이 새겨져 있어요."

폼폼크랩이 낮게 외쳤다. C의 움직임이 없단 것을 확인한 장수거북은 홈 주변으로 다가갔다. 배운 적 없는 문자 'Collection'이 발음될 리 없었다.

"한글에 가끔 섞여서 본 듯도 한데……"

"뜻도 알 수가 없으니 원."

"코레크티온……?"

"심오한… 뜻이겠죠?"

그런데 보면 볼수록 낙서 같았다. 그러니까 몸에 새긴 문자가 아닌, 고철 위에다 누군가 끼적여놓은 장난처럼 보였다. 만약 이것이 생물이 아니라면 접근 방식을 달리 해야 할 것이었다. 그렇다고 경계의 고삐를 늦출 순 없었기에 두 물살이는 좀 더 잠복하여 살피기로 했다.

○○○

개복치 후보는 살면서 지금처럼 진퇴양난을 겪은 적이 없었다.

백합조개가 눈물샘을 쥐어짠 이후로 자신에 대한 지지율은 더욱 곤두박질쳤다. 홍가오리의 호소를 묵인한 비양심적인 놈이라는 욕설이 각 잡힌 미역 문양을 타고 심심찮게 들려왔다. 그는 고개를 갸웃거렸다.

'그날 홍가오리는 감정에 못 이겨 호흡조차 고르지 못했어. 그런데 그 현장을 몰래 담고 있었다? 정말이지 난 년이 아닐 수 없군.'

자신을 곤경에 빠뜨린 문제의 영상의 조회수는 날이 갈수록 고공행진하고 있었다.

"하지만 이 또한 잠재울 방법이 있지. C가 있는 한 해역은 내 편일 테니까."

"C가 누구예요?"

개복치 후보의 혼잣말이 끝나기가 무섭게 리본장어가 저편에서 휴대기기를 점검하다 말고 쏜살같이 달려왔다. 얼마 전, 기사가 수정되어 C에 대한 언급이 삭제되었다는 것을 리본장어는 알고 있었다. 그건 자신이 한 일이 아니었다. 개복치 후보가 비밀리에 키우는 심복이 있을지도 모른다는 위기감은 리본장어의 몸통을 비비 꼬게 만들었다.

"C가 누군지 저에게 알려주실 수 있나요? 그래야 도와드리지요, 헤헤."

"리 주필은 신경 쓰지 않아도 되는 문제야. 그것보다도 분산되고 있는 표를 모으는 게 급선무 아닌가? 백합조개는 어디 있나?"

"난파궁이요. 곧 나올 시간이네요."

"난파궁 앞에서 대기하고 있다가 백합조개가 나오면 이리로 오라 전해. 비장의 무기를 쓸 때가 됐거든."

리본장어는 더 이상 질척대지 않았다. 이럴 땐 깔끔한 모습을 보여줄 필요가 있었다. 얼마 지나지 않아 리본장어가 백합조개를 데리고 오자 개복치 후보는 기기를 충전 중인 모든 전기가오리들에게 나가 있을 것을 명했다. 리본장어 역시 눈치껏 나갔다. 두 물살이가 함께 있었던 시간은 길지 않았다. 무슨 말이 오갔는지 알 수 없지만 다음 날 백합조개는 기자회견에서 깜짝 발표를 했다.

"존경하는 물살이 여러분, 저는 이번 대선에서 사퇴할 것을 공식 선언하는 바입니다."

백합조개는 담담하게 말을 이어나갔지만 자신의 위태함을 숨기려 한다는 인상을 지울 수 없었다.

"어제 AI대왕님과 의논한 결과 개복치 후보에게 힘을 실어주자는 쪽으로 결정이 났습니다. 하지만 슬퍼 마십시오. 여러분의 가슴속엔 영원히 AI대왕님이 살아 숨 쉬고 있으니까요. 우린 이제 죽어도 죽은 게 아닌 세상에서 살고 있습니다. AI대왕님 만세삼창 외치며 마무리하겠습니다."

만세 소리가 난파선 인근을 가득 울려 퍼지자 대기하고 있던 개복치 후보가 백합조개에게로 다가갔다. 그는 백합조개를 자신의 이마 위로 올렸다. 웃는 백합조개의 입가가 살짝 떨렸다.

"확실히 묻어두는 거죠?"

"한 주둥이로 두말하는 물살이 아닙니다."

개복치 후보는 평소의 정갈함을 머금은 채 답했다. 단일화 선언으로 인해 또 한번 여론이 뒤집히자 물살이들은 갈팡질팡했다.

"며칠 전만 해도 즙 짜면서 뽑아달라고 하지 않았어?"

"정신이 오락가락하나 봐."

"원래 제정신은 아니었어."

○○○

"비장의 무기가 뭔지는 몰라도 참으로 대단한걸요. 개복치 후보님의 지지율이 급상승했어요."

"한 마리 젖혔으니 남은 한 마리도 요리를 잘 해봐야지. 물론 이번만큼 쉽지 않겠지만."

"에이, 이미 왕좌는 따 놓은 당상이죠."

"왜 그리 확신하나?"

"제가 따르는 물살이는 무조건 지도자에 오르더라구요, 헤헤."

리본장어는 그간 자신이 갈아치운 대왕의 수가 헤아려지지도 않았다.

"그럼 이번에도 틀림없으렷다. 자, 이제부터 홍가오리와 관련된 기사는 일절 싣지 않도록. 이 보도지침을 잘 따라주게."

"넵."

리본장어는 개복치 후보의 말투가 어느새 대왕의 그것과 닮아 있다고 느꼈다.

"[오션일보]는 홍가오리 죽음을 덮을 만한 더 강력한 이슈를 실어야 하네."

"하지만 대선이 얼마 남지도 않았는데 이슈몰이 할 만한 게……"

"없으면 만들면 되네."

그는 리본장어를 끌어당겨 작은 목소리로 소곤거렸다. 곧 리 주필의 표정이 환해졌다.

"와, 그거면 홍가오리는 그냥 덮겠는데요?"

"마지막 승부수를 띄울 때가 되었어. 리 주필이 자연스럽게 연출해보라구. C만큼이나 자신의 역할을 잘 해내리라 믿어 의심치 않네."

개복치 의원은 충성 경쟁을 유도하기 위해 C를 힘주어 언급했다.

C

대선이 하루 앞으로 다가왔다. 개복치 후보가 총력을 기울여 마지막 연설을 하던 중 웬 플라스틱 덩어리가 단상으로 굴러들어 왔다. 인간쓰레긴 줄 알고 내다 버리려 한 그는 곧 그것의 정체를 알아차렸다.

"아니, 공개수배되었던 장수거북님 아니십니까. 근데 꼴이 그게 뭡니까."

개복치 후보는 얼마 전 이렇게 생긴 플라스틱 쓰레기를 어디선가 본 듯도 하였다.

"대왕이 죽었다던데 저의 공개수배도 풀려야 마땅하지 않겠습니까? 사실 상거래하는 게 수배당할 일은 아니지요."

"로마에선 로마법을 지켜야 하는 거 모릅니까? 이때까지 잘도 숨어 있다 이제 와서 풀어달라 하시니, 참으로 뻔뻔하군요."

"비밀리에 취재를 하느라 잠시 은거했을 뿐입니다."

"할 말 끝났으면 내려가십시오. 보다시피 연설 중이었습니다."

"그런데 연설보다도 제 특종에 더 관심을 보일 것 같은데요."

"이 무슨 결례……"

"C를 만나고 왔습니다."

개복치 후보의 동공이 두어 번 흔들렸다. 웅성거림이 커지는 가운데, 장수거북은 준비해온 [장수일보] 패드에 영상을 재생시켰다. 커다란 진회색 고철덩이가 화면에 잡혔다. 이윽고 화면 속에서 개복치 후보가 등장했다. 그가 색이 바랜 홈 부분에 지느러미를 갖다 대자 철체 문이 열렸다. 안에는 수백 개의 칸막이가 쳐져 있었는데 저마다 초록 불빛으로 빼곡하게 채워져 있었다.

"초록 불빛이 뭔지 궁금해할 것 같으니 하나만 보여드리겠습니다."

장수거북은 영상 속 초록 불빛과 똑같은 빛을 띠는 구슬 하나를 꺼내 보이더니 네모난 칩에 연결시킨 후 패드에 띄웠다. 곧이어 새로운 영상이 떴다. 배경은 난파선 내부였다. 풀이 죽은 홍가오리, 그리고 맞은편에서 인상을 쓰고 있는 백합조개가 고스란히 잡혔다.

—네가 뭘 착각하나 본데 패드 충전만큼이나 중요한 게 대왕님의 육체 충전이야. 대왕님의 원기 충전은 네 노동 중 일부라고. 네가 대왕님을 어떻게 충전해드리느냐에 따라 그날의 기운이 달라지고, 그 달라진 기운들이 모여서 향후 [난파 의원당]의 성공 여부가 결정될 수도 있다고. 알아듣겠어? 앞으로 대왕님께서 또 충전을 원하시면 온몸을 불태워서 화끈후끈 고속으로 해드리도록 해.

그때 개복치 의원이 난파선 안으로 들어오는 모습이 잡혔다.

—어디 가서 입 뻥긋하기만 해라. 넌 꼬리 친 가오리로 찍혀서 바로 매장당할 거야. 물살이 하나 쥐도 새도 모르게 없애는 거 일도 아냐.

백합조개는 나지막하게 뇌까리며 눈짓으로 나가란 신호를 보냈다. 개복치 의원은 홍가오리가 주눅이 든 채로 스쳐 지나가는 걸 흘끗 보고는 바로 고개를 돌렸다. 영상이 끝나자 여기저기서 아우성이 터져 나왔다.

"이래서 백합조개가 쏙 들어갔구나."

"대신 개복치 후보한테 영원히 덮어달라고 했겠지. 그런데 어쩌나? 이렇게 까발려졌으니."

"지도 한 패면서 피해자인 척 읍소했던 거야? 파렴치하기 그지없구먼."

"협박하는 놈이나 협박당하는 년이나."

"그런데 저 초록 불빛 구슬 어디서 본 적 있지 않아?"

"그러게. 낯설지 않아."

물살이들이 수군거리자 장수거북이 입을 열었다.

"그렇습니다. 우리는 본 적이 있습니다. 빤히 들여다보지 않으면 알 수 없을 정도로 느리게 깜박이는 초록 불빛 구슬을요. 다만 시계탑의 초침과 분침에 신경을 빼앗겨 제대로 본 적이 없을 뿐이지요. 개복치 후보는 아주 오래전 시계 속에 초소형 카메라를 넣어두었습니다. 거기에만 구슬을 심어둔 게 아닙니다. 영상 속 C 안에 든 수많은 구슬을 보십시오. 백합조개의 것처럼 여러분의 과오와 실수가 빠짐없이 저장되어 있습니다."

물살이들의 쑥덕거림이 소음에 가까울 정도로 커지자 은빛연어 후보가 앞으로 나왔다. 그는 장수거북과 뜨거운 해후를 나누고 싶었지만 공식적인 자리인지라 눈짓만 가벼이 주고받았다.

"개복치 후보는 자신이 궁지에 몰릴 때마다 상대를 겁박하기 위해 하나씩 꺼내 썼습니다. 도대체 무슨 권리로 우리의 사생활을 감시하고 통제하는 것이며, 자신이 뭐라고 그걸 무기로 쓴단 말입니까? 후보는 제 말에 대답해보시지요."

"연설 중이셨으니 말씀해보시지요."

장수거북까지 덩달아 몰아붙였다. 개복치 후보는 의연한 웃음을 지었다.

'생각났어… 며칠 전 C 앞에 플라스틱 의자 하나가 덩그러니 놓여 있기에 별 의심 없이 지나쳤는데 그게 장수거북 놈이었을

줄이야… 하지만 승리는 나의 것이지, 암.'

개복치 후보가 입장 표명을 하기 위해 입을 떼려던 그때 물살이들이 소지하고 있던 휴대폰에서 새로운 속보가 떴다.

어제 새벽, 79선 부근에서 물살이 떼 죽은 채로 발견

물살이들 사이에서 순식간에 불안감이 고조되었다. 이제껏 민물과 해역의 경계선에서 크고 작은 사건들이 있었을지언정 떼로 죽어나간 적은 없었다. 자신의 계획대로 착착 진행되는 것을 지켜보던 개복치 후보는 시기적절하게 연설을 이어나갔다.

"방금 속보 보셨을 겁니다. 만약 은빛연어 후보가 대왕이 되면 79선에선 더 심한 소요 사태가 벌어질지도 모릅니다. 은빛연어 대왕을 등에 업은 민물살이들이 우리 해역을 얼마나 헤집어놓을지 모른단 말입니다. 전에도 말했듯 이 해역이 담수화되는 것을 막기 위해서라도 은빛연어 후보는 절대 왕좌에 올라선 안 될 것입니다."

"아니, 이번 사건이 민물살이 때문에 일어났단 증거 있습니까? 물타기를 해도 유분수지, 저는 왜 끌어들이는 겁니까?"

은빛연어 후보가 거세게 항의했으나 대선의 흐름은 이미 새로운 국면을 향해 치닫고 있었다. 한순간에 '초록 구슬'에서 '79선'으로 프레임이 전환되자 갯바위당의 패색이 짙어졌다. 물살이들은 불안이 가중되자 이성이 질식되어 정상적인 판단을 할 수 없

게 되었다. 이 틈을 노려 개복치 후보는 한 번 더 좌중을 집중시켰다.

“제가 시계탑을 비롯한 여러 곳에 초소형 카메라를 설치한 이유는 바로 이런 날을 대비해서였습니다. 여러분을 감시하기 위해서가 아니라 안전을 지켜드리기 위해서였단 말입니다. 하루에도 얼마나 많은 민물살이들이 79선을 넘어오는 줄 아십니까? 원래 간첩들은 어수선하고 복잡한 데를 선호합니다. 자신의 정체를 숨겨야 하니 시계탑 광장만큼 좋은 장소도 없을 겁니다. 저는 간첩들로부터 여러분의 생명을 보호하기 위해, 나아가 이 해역의 안보를 위해 구슬을 설치했던 건데, 저의 진중한 선의를 은빛연어 후보는 이렇듯 왜곡, 폄하했습니다.”

“개복치 후보는 79선을 들먹거리지 않으면 할 말이 없습니까? 언제까지 79선으로 표팔이 할 겁니까? 그리고 뭘 모르나 본데 민물살이는 염분을 견디지 못하기 때문에 해역에 오면 얼마 지나지 않아 죽습니다. 물살이 떼가 민물살이에 의해 공격받아 죽었단 증거 있습니까? 그 잘난 초록 구슬을 왜 못 까십니까?”

개복치 후보는 대가리를 절레절레 저었다.

“민물살이들이 염분을 견디지 못해 바로 죽는다구요? 그런데 왜 은빛연어 후보는 안 죽습니까? 이처럼 계속 사는 민물살이들도 있을 것 아닙니까? 더군다나 민물 출신 후보가 대선에 나온 지금이야말로 간첩이 활동할 적기 아니겠습니까? 그러니 이 시점에서 물살이 떼가 죽은 건 필연이라 봐야 합니다. 증명하고 말 것도 없지요."

은빛연어는 뾰족해진 주둥이 속 날카로운 치아를 한껏 드러내며 외쳤다.

"그거야말로 제가 하고 싶은 말입니다. 까마귀 날자 배 떨어진다고 왜 대선을 앞두고서 그런 떼죽음이 일어난단 말입니까? 79선에서 왜 물살이들이 죽었는지, 혹은 죽은 물살이들이 어디서 실려 온 건 아닌지, 그도 아니라면 누군가의 자작극은 아닌지 제대로 진상 규명을 해야 합니다. 물살이 여러분들은 개복치 후보의 말에 휩쓸리지 마십시오. 이 해역은 어느 때와 다름 없이 잘 흘러가고 있습니다."

"아니요, 은빛연어 후보 말에 속으면 안 됩니다. 현재 후보의 비늘을 보면 민물로 돌아갈 날이 촉박해진 것을 알 수 있습니다. 날이 갈수록 핏빛으로 바뀌고 있지 않습니까? 저 불거진 뼈대를 보십시오! 뼛속까지 민물살이란 증거 아니겠습니까? 그러니 죽은 물살이에 대한 애도는커녕 자작극설을 제기하는 거겠지요."

"저는 산란기를 맞아 혼인 색으로 바뀐 것뿐입니다. 왜 핏빛이냐구요? 자갈이 많은 강바닥의 색이 붉기 때문입니다. 오랜 세월 진화를 거쳐 붉은색이 보호색으로 정착된 것이지요. 제 비늘색이 강바닥 색을 닮은 게 문제가 됩니까? 저는 대왕이 되면 이 해역을 위해 최선을 다할 겁니다. 그리고 임기가 끝나면 79선을 넘어갈 겁니다. 산란은 저의 숙명이니까요. 그게 뭐가 문제란 말입니까?"

"바로 저런 마인드가 문제란 겁니다. 물살이 여러분, 민물에 가는 게 숙명이라고 말하는 자를 뽑으시겠습니까? 아니면 이 해역을 지키기 위해 온갖 구슬을 보유한 자를 뽑으시겠습니까?"

○○○

"대왕님이 되신 것을 감축드립니다."

"79선만 강조하면 왕좌는 따 놓은 당상이지. 평생 프리 패스권이라고나 할까."

"민물교에 신이 있다면 감사 인사라도 드려야 할 판이네요."

리본장어는 뱉어놓고 아뿔싸 했지만 새로운 대왕은 권력에 벌써부터 취한 것인지 그저 웃고 있었다. 한편 리 주필은 C의 정체를 알고서 내심 안도했다. 고작 구슬 수집함이었다니. 구슬 속 내용물을 실어 나르는 게 [오션일보] 아닌가. 그렇다면 C와 경쟁할 게 아니라 파트너십을 갖추면 될 성싶었다.

"자, 그럼 왕좌에 올랐으니 슬슬 몸풀기를 해볼까? 참, 그날 새벽 죽은 물살이 떼를 한데 실어온다고 고생 많았네. 구슬은 진작 파기했으니 안심하게."

"헤헤, 역시 두뇌만큼이나 지느러미도 빠르세요. 그럼 뭐부터 할깝쇼?"

"악한 놈은 절단 내고 약한 놈은 지느러미 봐야지."

"누구부터 할까요?"

"당연히 약한 놈부터지. 악한 놈의 경우, 민물 간첩 혐의를 씌

우려면 시간이 좀 걸릴 거야. 리 주필이 [오션일보]를 십분 활용해주게."

"여부가 있나요."

합법적인 방법을 통해 대왕이 된 그는 난파궁의 뚜껑을 거리낌없이 열었다. 시체 썩은 내는 시간의 더께에 싸여 전보다 더 심한 악취를 뿜어냈다. 시체 지킴이처럼 서 있는 백합조개를 향해 대왕개복치가 콧구멍을 벌름거리며 다가갔다.

"잘 왔어. 그렇지 않아도 대왕 기념 선물을 준비했거든."

그녀는 인간이 입었던 것으로 추정되는 청바지를 흔들어 보였다.

"반 토막을 낸 것 같은 하체에 두르기만 해도 길이가 두 배 이상은 돼 보일걸? 흡사 반인반수처럼 보이기도 하고 말이야. 차별화 마케팅 전략 어때?"

"선물은 고맙게 받지."

대왕개복치는 size88 라벨이 붙어 있는 청바지를 건성으로 낚아챘다.

"이게 끝이 아냐. 국영상점 바지사장직 어때? 대왕이 CEO까지 겸하면 그럴듯해 보이지 않겠어? 물론 다음 선거비용 모으는 건 식은 죽 먹기야. 내 수완이 얼마나 좋은지는 알지?"

"잘 알지. 그래서 처리하려고."

"뭐…?"

백합조개가 껍질을 파닥거렸다.

"돌아갈 때를 아는 자의 뒷모습은 얼마나 아름다운가. 네 역할은 여기까지란 말이야."

"내 이용가치를 이렇게 몰라? 잘 생각해봐. 우선 유출된 내 영상부터 대가리 맞대고 수습하는 거야. 잊힐 수 있는 다른 사건 만들어내는 건 일도 아니잖아. 그다음……"

"내가 왜 대가릴 맞대야 하지? 그리고 네 까발려진 치부는 장수거북한테 가서 따지시든지."

백합조개는 대왕개복치의 육중한 몸체에 오르더니 필살기인 진주질 흘리기를 시도했다.

"처절한 몸부림이로군. 이런다고 달라질 것 같아?"

"안 통하네. 에이씨, 알았어. 까짓거 다녀오면 되잖아. 국면 전환용이 필요한 거지?"

"뭔 소리야?"

"CEO들이 한 번씩 거치는 관문인데 나라고 별수 있나. 일단은 잡혀 들어갈 테니 빨리 사면해주는 거 잊지 마. 난 해먹은 게 크니까."

"꿈도 야무지군. 네가 얌전히 진주나 흘리고 살았으면 그 정도선에서 끝냈겠지만 죽은 놈 등 뒤에 숨어 해역을 농단했잖아. 죗값이 그리 시시해선 안 되지."

"죗값이라니! 내가 오징어 살아생전 얼마나 많은 꿀팁을 전수해줬는지 알아? 대왕이 죽었지만 그간 문제 없이 해역이 잘 굴러갔잖아. 이게 다 누구 덕이었겠냐구?"

"가짜 혼인이란 소문이 진짜였군."

"기브 앤 테이크라고 해줘."

"그럼 이때까지 받은 걸 내놔야지."

"뭐?"

"당신이 가진 게 몸뚱이밖에 더 있어요?"

언제 나타난 것인지 리본장어까지 합세하여 우롱했다. 백합조개는 부아가 치밀었지만 이어지는 대왕개복치의 말로 인해 화낼 기회조차 잃어버렸다.

"네 이름이 백합인 이유가 예전부터 궁금했거든. 그런데 뒤를 캐보니 같은 무늬를 가진 종이 하나도 없을 정도로 다양하단 뜻이더군. 백 가지 무늬를 가졌다 해서 백합이라 한다면, 네 속에 얼마나 많은 꿍꿍이가 감춰져 있단 거야? 그렇다면 더욱 가만둘 수 없지."

"자자, 담그러 갑니다. 다칠 수 있으니 움직이지 마세요."

오징어의 썩은 눈깔 속으로 살아 있는 백합조개를 파묻는 일만큼 두 물살이의 지느러미 합이 잘 맞았던 적은 없었다. 백합조개는 외마디 비명조차 지르지 못하고 순장되었다. 대왕오징어의 눈은 억지로 감겨졌다. 다음 날 리 주필은 [오션일보]를 통해 대왕오징어의 시신을 이관하는 데 모든 물살이가 동원되어야 할 것임을 공표했다. 묻히는 장소는 나노플라스틱 해변이었는데 그곳을 점지해준 건 다름 아닌 용왕님이었다. 엄중하고도 거룩한 분위기 속에서 장례 절차가 진행되는 동안 크고 작은 물살이들이 깔려 죽거나 아사했다. 그러나 각종 매체에선 오직 새로운 대왕의 꿈에 등장한 용왕님의 말씀만이 범람했다.

불가살이

대왕개복치는 진료소에서 잠을 자야 용왕님의 말씀을 더 잘 들을 수 있단 이유로 며칠간 밖으로 나오지 않았다. 실제론 그 안에서 홍가오리 진료 영상 구슬을 찾기 위해 날밤을 새우는 중이었다.

"오, 바로 이거야."

그는 자신이 설치해둔 진료소용 감시 카메라 속 날짜를 확인했다. 영상을 서너 번 재생시키고 나서야 비로소 홍가오리의 꼬리에 붙은 작은 물건이 눈에 띄었다. 낯이 익은 걸로 추측건대 자신이 장뜨락에서 구입하려다 만 볼펜인 게 분명했다. 그는 영상을 정지시킨 뒤 화면을 확대시켰다. 볼펜 귀퉁이 부근에 별 모양의 윤곽이 희미하게 잡혔다. 그 윤곽이 홍가오리 꼬리 뒤로 재빠르게 숨는 것을 몇 번이나 돌려보았다.

'그럼 그렇지. 조력자 없인 불가능한 일이었어. 어쩐지 [장수일보]에서 공개한 영상을 보면 바닥에 붙어서 찍은 것 같더라니.'

놈의 정체를 알아낸 대왕개복치는 곧장 난파선으로 향했다. 한편, 자신의 미래를 알 리 없는 불가살이는 늘 그랬듯 [오션일보]에 댓글을 끼적이고 있었다.

—대왕의 명예 실추 시 강력 처벌?

반 토막한테 실추할 명예는 있고?

킥킥대던 불가살이는 시커먼 그림자가 주위를 드리우자 반사적으로 몸을 수축시켰다.

"리듬 댓글도 네놈 짓이었겠다?"

불가살이는 위에서 울리는 음성에 그대로 굳어버렸다. 피해야 한단 생각이 들었지만 몸이 말을 듣지 않았다.

"내 이런 놈일 줄 알았어. 눈에 띄지 않을 정도로 보잘것없고 막돼먹게 생긴……"

대왕개복치의 지느러미 아귀에 눌린 불가살이는 힘을 잃고 버둥거렸다.

"능지처참이라고 들어봤나?"

"갈가리 찢어 죽이려고? 아이고, 이제 좀 살겠네. 히히… 나는 백 년을 살겠구나!"

"죽을 때가 되니 미쳐버렸군. 아님 원래 미친놈이었거나."

"이왕 할 거 시원하게 쫙쫙 찢으라구. 스트레칭 좀 하게."

"곧 죽어도 주둥이는 살아 있지?"

"미션 완료해서 그나마……"

대왕개복치는 말이 끝나기도 전에 별 모양의 몸체를 갈기갈기 찢어발겼다. 불가살이는 무려 백육십 개가 넘는 파편으로 조각났다. 그것은 형체라고 할 수 없을 정도로 미세한 잔해가 되어 미세플라스틱처럼 해역 곳곳을 떠돌았다. 흩어진 ㅂㅜㄹㄱㅏㅅㅏㄹㅇㅣ들은 오래도록 각자의 자리에서 보이지 않게 너울거렸다.

○○○

얼마나 시간이 흘렀는지 알 수 없었다. 불가살이가 눈을 떴을 때 가장 먼저 본 건 [피바다구 백전백승동 미역 25번지]라는 팻말이었다. 그 뒤로 스물다섯 개의 미역이 칼 같은 군무를 추고 있었다. 관족을 이용해 조금 더 이동하자 저 멀리 광활한 숲이 나타났다. 중앙에 아치형 다리가 있고 사이사이에 물풀을 심어놓은 숲으로 향하는 동안 어째서인지 기시감이 들었다. 한때 저곳에서 피땀을 흘렸던 것 같기도 했고 아닌 것 같기도 했다. 초입에 들어서자 찬란한 빛이 일사불란하게 뿜어 나와 정신이 혼미해졌다. 숲속에는 네모 반짝한 휴대기기가 나무처럼 빽빽하게 심겨 있었다. 불가살이는 양옆으로 길게 늘어서 있는 휴대 나무를 건드리지 않기 위해 조심히 지나갔다. 나무 뒤엔 수백 마리의 전기가오리들이 충전을 도맡고 있었다. 이들은 하나같이 무표정하여 기계인지 생물인지 구분할 수 없을 지경이었다.

모든 휴대 나무는 같은 프로그램을 송출했는데 [오션토피아력 10월 83일]이란 문구로 시작을 알렸다. 커다란 대가리를 가진 물살이가 화면 속을 정신없이 오갔다. '대왕개복치님께 무한영광 드리리라'는 짧은 노래까지 반복되자 얼이 빠질 지경이었다. 그때 뒤에서 두런거리는 말소리가 들려왔다. 불가살이는 곧바로 모래밭을 파고들었다. 그 누구에게도 배운 적 없건만 어떻게 숨어야 하는지를 본능적으로 알고 있었다. 크고 작은 물살이들이 일렬로 줄지어 헤엄쳐오고 있었는데 갓 태어난 치어들은 영상 속 물살이를 보자마자 '어버이'를 연발했다. 이따금 지느러미 행렬이 끊어지기도 했는데 그 뒤를 따르는 갑각류가 유독 느려서였다. 네모 납작한 등을 가진 두 마리의 크랩은 앞으로 기어오는 폼이 퍽이나 서툴렀다. 앞으로 기는 다리와 옆으로 기는 다리가 제각각 따로 놀다가 엉겨 붙는 바람에 꼬이기도 했다. 불가살이는 크랩들의 뒤꽁무니에 바싹 따라붙었다. 이들은 광장처럼 넓은 공간이 나타나자 정지했다. 기다란 시계탑을 중심으로 물살이들이 모여 있었다.

'설마 이 해역의 물살이들이 다 모인 건가?'

만약 그렇다면 생각보다 그 수가 적어 보였다. 이윽고 단상 위로 거대한 물살이 하나가 모습을 드러냈다. 화면 속을 휘젓고 다니던 물살이였는데 실제론 더 비대하고 늙수그레해 보였다. 그는 하체에 88size 라벨이 붙어 있는 기다란 천 조각을 걸치고 있었다. 천의 가장 아랫단엔 돌멩이를 묶어놓았기에 마치 무언가 더 있는 것처럼 몸체가 길어 보였다.

"물살이 여러분. 이 해역이 부강해지는 지름길은 오직 단 하나, 종족 번식을 하여 개체 수를 늘리는 겁니다. 번식이 곧 국력임을 알고 방란과 방정을 하는 데 부지런히 힘쓰도록 하십시오. 새해부턴 자체 검열하는 시간을 가지겠으니 보름에 한 번 이곳으로 모여 산란과 체외수정을 위해 어떤 노력을 했는지 발표하는 시간을 가지도록 하겠습니다."

연설이 끝나자 지느러미 갈채가 터져 나왔다. 88size의 물살이가 자리를 뜨자 아래에 있던 물살이들도 뿔뿔이 흩어졌다. 불가살이도 왔던 길을 되돌아갔다.

그는 자신이 처음으로 눈을 떴던 곳에 도착하자 어안이 벙벙해지지 않을 수 없었다. 자신과 똑같이 생긴 불가살이 수백 마리가 도처에 널브러져 있었다. 불현듯 수백 번 찢어 발겨졌던 과거가 떠올랐다. 손상된 자신의 신체 일부가 세포분열과 분화를 통해 어엿한 개체로 성장한 모습을 본 불가살이는 관족 언저리가 뜨거워졌다.

'그래. 내가 왜 불가살이(不可殺伊)겠어. 아무도 날 죽일 수 없다고.'

그는 자신이 지닌 자가 재생 능력이 지금처럼 자랑스러웠던 적은 없었다. 동지들은 어떤 이정표를 형성하듯 한곳을 향해 뻗어 있었다. 불가살이는 홀린 듯 그 방향을 따라갔다. 가면 갈수록 어떠한 음성이 간헐적으로 들려왔다. 그것은 비장함에 가득 찬 혼잣말 같기도 했고 맥락 없는 잠꼬대 같기도 했다.

"자신이 속한 곳에서 깊은 공감을 하면 남을 배척하게 돼. 깊은 공감은 좁아질 수밖에 없어. 공감의 반경이 그러면 안 돼. 그런데 이곳은 너무 좁아. 배고픈 것도 참을 수 있어. 통각을 차단하고 면역을 억제시키는 것도 문제없어. 어차피 산란기엔 반송장 상태로 강물을 헤엄쳐야 하니까. 하지만 떠날 수 있을까? 지금이라도 산란을 하러 가야 해… 갈 수 있을까? 없을까?"

폐그물 안에 갇힌 은빛연어는 금방이라도 쓰러질 것만 같았다. 비늘도 듬성듬성 떨어져 있었고 살도 군데군데 부패해 있었다.

거기다 핏빛색이 한층 더 강렬해져 눈을 감고 횡설수설하는 폼이 그로테스크해 보이기까지 했다.

“나는 가야 하는데… 여긴 어디지?”

“제자리.”

어디선가 응답을 들려오자 은빛연어의 비늘이 순간적으로 곤두섰다. 그러나 이내 헤실헤실 풀어졌다.

“이젠 헛것까지 들리는구먼.”

은빛연어는 여전히 눈을 감은 채로 대거리했다.

“불가사의한 일이야.”

“뭐가?”

“불가살이한 일이기도 하고.”

“무슨 말인지 원.”

“……”

“그럼 내 얘기 좀 들어볼래? 옛날 옛적, 브론스타인이란 죄수가 살았어. 그는 탈옥을 꿈꿨지. 실제로 온갖 난관을 뚫고서 탈옥하는 데 성공했어. 그럼 가장 먼저 해야 하는 게 뭔지 알아? 바로 가명을 짓는 거야. 브론스타인은 자신을 지키던 간수의 이름을 떠올렸어. 그때부터 그는 트로츠키가 되었지. 나의 이야기에도 두 마리가 나와. 하지만 이 이야긴 미완결로 남을 거야. 날 감싸고 있는 이 정글짐은 한 번도 부서진 적이 없거든. 난 브론스타인으로 죽어야 하는 운명인 거지. 하지만 트로츠키는 강으로 나아가야 해. 후손을 남기는 본능은 언제까지고 이어져야 하니까.”

"결말을 기대할게."

"결말에 도달하지 못한대도."

"불가(不可)."

"뭐라고?"

"살이(殺伊)."

"안 들려."

한참이나 지난 뒤에야 은빛연어는 눈을 떴다. 늘 그랬듯 심해의 뿌연 물결이 사방을 흐릿하게 감싸고 있었다.

"오랜만에 깨기 싫은 꿈을 꾸었지 뭐야. 실제 같아서 몇 번이나 눈을 뜰 뻔……"

은빛연어는 중얼거리다 말고 흠칫했다. 자신을 옥죄고 있는 폐그물이 감쪽같이 사라져 있었다. 동서남북으로 지느러미를 뻗으며 다시금 확인해봤지만 사방 천지 닿는 게 없었다. 그는 후미진 수풀더미에서 폐그물의 잔해를 발견했다. 잘게 부서진 그것들은 동산처럼 쌓여 있었다. 은빛연어는 그 앞에서 잠시 고개를 숙였다.

"이야기는… 꼭 해피엔딩으로 맺겠네."

순간 동산 어귀에서 백육십여 개의 별들이 치솟아 오르더니 눈 깜짝할 사이에 흩어져버렸다. 순식간에 벌어진 일이라 은빛연어는 자신이 또 한번 꿈을 꾸었다고밖에 생각할 수 없었다.

컴백홈

해역의 개체 수는 좀처럼 늘어나지 않았다. 물살이들은 본능적으로 개체 수를 조절해야 하는 시기임을 알고 있었다. 치어들도 자신의 앞날이 어두운 것을 아는지 대부분 태어나자마자 죽거나 부화 과정에서 도태되었다. 이는 지구온난화나 수온의 상승 때문만은 아닐 것이었다. 이런 때일수록 대왕개복치는 산란과 체외수정 조사를 엄격히 했다. 그러던 중 저쪽 해역에서 사찰단이 방문을 해왔다. 명목은 친선이었지만 물살이 수는 얼마나 되는지, 묻혀 있는 자원은 얼마나 있는지 조사해 가는 게 목적이었다. 사찰단의 방문 횟수가 늘어날수록 대왕개복치의 개체 수 조사가 뜸해졌다. 그러더니 언젠가부터 [오션일보]에 '연합'이란 단어가 빈번하게 등장했다. 저쪽 해역과의 만찬 식사 사진도 자주 올라왔다.

장수거북은 매체의 기능을 오래전에 상실한 [장수일보] 앞에 섰다. 비겁한 물살이 하나가 패드 액정에 비쳤다. 그는 공개수배자에서 풀려나는 대신 [장수일보]를 폐간하기로 대왕개복치와 합의를 봤었다. 하지만 한시도 백전불태를 잊은 적은 없었다. 어찌되었든 위태롭지만 않으면 언제든 일어설 수 있다고 믿었다. 그러나 언제까지나 위태롭지 않기만을 바란 것은 아닌지. 그렇게 자신의 안위를 염려하는 사이 이 해역은 이웃 해역에 넘어가기 일보 직전의 상황까지 가고 말았다.

"이럴 때 은빛연어님이 있었더라면……"

장수거북은 한숨을 쉬었다. 은빛연어는 땅속으로 꺼진 건지 바다 위로 날아간 것인지 어느 날 자취를 감추어버렸다. 만약 강으로 무사히 거슬러 간 거라면 자신에게 한마디 인사도 하지 않고 떠났을 리 없었다.

"피치 못할 사정이 있었겠지요."

폼폼크랩은 장수거북의 마음속을 훤히 들여다보고 있었다.

"무사히 잘 건너갔겠죠?"

"은빛연어님의 저력을 알잖아요."

"……"

"전 장수거북님의 현재 행보를 '이 보 전진을 위한 일 보 후퇴'라고 보고 있어요."

장수거북은 속으로 고개를 저었다. 자신을 누르는 무력함에서 도저히 벗어날 길이 없었다.

"참, 예전에 못 다 한 비톨드 필레츠키 얘기, 마저 해주시죠."

잊고 있었던 그 이름이 폼폼크랩에 의해 불리자 장수거북은 꼬리 끝에서 약간의 기운이 차오르는 것을 느꼈다.

"은빛연어님도 불가살이님도 종적을 감춘 마당에 이야길 하려니 만감이 교차하는군요. 하지만 제 곁에 남아 있는 폼폼크랩님이 듣고 싶어 하니 마저 하겠습니다. 비톨드 필레츠키는 아우슈비츠 수용소에 잠입해 히틀러의 만행을 온 천하에 알립니다. 거기에 그치지 않고 독일의 적국 수장인 스탈린의 만행도 퍼뜨리지요. 결국 양쪽 모두에게 미움을 받은 그는 전쟁이 끝난 뒤 버림받아요. 아무 데서도 환영해주지 않았죠. 그는… 같은 편이라고 믿었던 극렬한 공산주의자들에 의해 최후를 맞이했어요. 히틀러에게도, 스탈린에게도 살아남았던 사람이 같은 편에게 그렇게 죽임을 당했다는 게 믿어져요? 하지만 세월이 흐르자 그의 '가치'가 빛을 발하기 시작했어요. 히틀러 때문에 스탈린의 과오가 작게 보이는 착시효과가 한동안 만연해 있어서 그를 재평가하는 데 시간이 걸렸던 거예요. 당대에는 절대 보이지 않던 '가치'가 수면 위로 떠오른 거죠."

"다행이네요. 지하에서 조금이나마 원통함이 가셨겠어요."

이상한 일이었다. 비롤트 필레츠키의 최후를 얘기했을 뿐인데 장수거북은 자신의 안에서 뜨거운 게 용솟는 것을 느꼈다.

"대왕개복치가 일당독재를 하게 된 건 암암리에 저지르던 나쁜 짓이 수습 불가의 지경까지 이르렀기 때문이라고 봐요. 향후 차기 지도자에게 처벌당할 것을 우려해 다른 당 후보들을 모두 죽였죠. 벌하기 위해 죄를 꾸며냈어요. 어용 일보와 초록 구슬만 있으면 조작하고 여론 몰이하는 건 일도 아니에요. 그런데 지금 제일 무서운 게 뭔지 알아요? 언제 이 해역이 넘어갈지 모르는데도 아무도 나서는 물살이가 없단 거예요……"

듣고 있던 폼폼크랩이 주저하듯 입을 뗐다.

"다른 얘기긴 한데… 은빛연어님이 강으로 무사히 회귀하셨는지 알아낼 수 있는 방법이 있어요."

장수거북의 눈빛이 바로 형형해졌다.

"그게 뭐죠?"

"머잖아 은빛연어님의 치어들을 이 해역에서 보게 된다면… 무사히 갔단 증거 아니겠어요?"

"아, 그렇군요. 그럼 우린 대왕개복치의 해코지로부터 치어들을 보호해야겠군요!"

"갑자기 왕년의 장수거북님으로 돌아오신 것 같은데요."

"덕분에요."

장수거북이 머쓱한 표정을 지었다.

"그런데 이 타이밍에 이런 말을 하기 좀 그렇지만 심기일전한 탓에 허기가 지네요."

"하하, 저도 시장하던 참이에요."

"간만에 갯바위에 올라가서 갯지렁이 통이라도 털어 올까요?"

"인간한테 들키기 이전에 대왕개복치한테 걸릴걸요. 수면 위로 나가면 간첩으로 간주할 거라고 공표했잖아요. 더군다나 오늘 저쪽 해역 사절단 방문 예정이라 서식처 밖으로 출입금지고요."

"지금쯤 난파궁에서 열린 만찬 파티 때문에 다들 곤드레만드레일 거예요. 이런 날이야말로 절호의 찬스죠."

배고픔에 의견의 일치를 본 두 물살이는 서식처를 조용히 빠져나갔다. 정말이지 해역은 환경 정화라는 명목하에 물이끼 하나 구경할 수 없을 정도로 텅 비어 있었다. 인간의 낚싯대들이 드리워진 갯바위로 살살 헤엄쳐 가던 중 거센 물보라가 일어나나 싶더니 수면 아래로 무언가가 풍덩 빠졌다. 두 물살이는 질겁하며 도망쳤다. 정신을 차리고 다시 보니 그것의 정체는 휴대폰이었다. 쓸 만한 것인지 보기 위해 가까이 다가간 그때 열한 자리 번호가 뜨면서 전화기의 몸체가 부르르 떨렸다. 걸려오는 전화는 처음이었기에 이들은 어찌할 바를 몰랐다. 어쩌면 대왕개복치가 파놓은 함정일지도 몰랐다. 폼폼크랩은 고민 끝에 집게발을 내밀어 통화 버튼을 터치했다.

—형, 나 명진이야. 별일 없지? 여친이랑은 잘 지내구?

인간 수컷의 목소리가 물살이들의 귓전을 선명하게 때렸다.

—나 이번 휴가 못 나올 뻔했잖아. 헬리콥터 타라길래 북한 지휘부 제거하러 가는 줄 알고 얼마나 쫄았는지 알아? 그런데 평양이 아닌 여의도에 내릴 줄 누가 알았겠어? 그래서 이렇게 살아 있는 건지도 모르겠지만… 여보세요? 명민이 형, 듣고 있어? 왜 이렇게 웅웅거려? 여튼 집에서 봐. 우럭 회 대 자에 소주 콜?

통화는 저절로 종료되었다.

“마지막 문장에서 확 깨네요.”

“저도요. 역시 뭍의 것들이란.”

그때 두 물살이 뒤로 기다란 낚싯대 하나가 슬슬 다가왔다. 자유자재로 구부러지고 휘어지며 접근해오는 그것을 발견한 장수거북은 눈 깜짝할 사이에 등을 까집곤 목과 팔, 다리를 쑤셔 넣었다. 고물 플라스틱 의자가 영락없이 내동댕이쳐진 모양새가 되자 폼폼크랩은 그 밑으로 기어들어 갔다. 낚싯대는 이리저리 움직이며 몸체를 불리기 시작했다. 색깔 또한 무채색에서 붉은색으로 바뀌는가 싶더니 이내 본연의 모습으로 돌아왔다.

"대왕문어님—!"

그 한마디는 억겁 같은 세월을 단박에 돌려놓았다. 대왕문어는 마치 어제 해역을 나갔다 온 물살이처럼 침착하게 주위를 둘러보았다. 그가 등껍질에 새겨진 '지피지기 백전불태'를 어루만지자 장수거북은 꾹꾹 눌러왔던 설움이 폭발했다.

"왜 이렇게 늦게 오셨습니까. 보름달이 뜰 때마다 얼마나 심장이 쿵쾅거렸는지 아십니까?"

"대관절 무엇이 대왕문어님의 귀환을 방해한 겁니까?"

"그간의 안부와 사연을 전하자면 밤을 샐 것 같으니 잠시 미루겠다. 그런데 물결에서 불안한 기운이 감지되는구나."

"개복치 놈이 대왕에 오르고부터 해역이 엉망진창이 되어버렸습니다, 흑흑."

"과거 우리와 원수였던 저쪽 해역 놈들에게 이 해역을 넙죽 바치려고까지 해요. 대왕문어님이 막아주셔야 합니다!"

[장수일보]는 그날로 운영을 재개했다. 1면에 실린 대왕문어님의 귀환 소식은 빠르게 퍼져나갔다. 조용히 숨 고르기를 하고 있던 물살이들은 불합리와 부정부패를 바로 잡기 위해 [장수일보] 앞으로 속속들이 모여들었다. 대왕문어는 그간 있었던 일들을 장수거북으로부터 세세히 보고받았다. 해역에 돌아온 지 하루도 안 되어 감을 잡았는데 인간계에서 겪었던 풍지풍파가 큰 몫을 했다.

"떠날 때 빈 지느러미로 오기 뭣해서 말이다."

대왕문어는 다리 사이에 숨겨놓은 물건을 장수거북 앞에서 슬그머니 꺼내 보였다.

“인간계에서 벌어진 가장 큰 전쟁이 이것의 억제력 때문에 종결되었다더구나.”

둥근 솔방울 같기도, 평범한 인간쓰레기 같기도 한 폭탄의 위력이 상상 초월이란 걸 들은 장수거북은 그것을 경계하면서도 자세히 살펴보았다.

[장수일보]를 접한 난파궁 안의 부역자들은 대응에 나서려 했지만 이미 늦은 뒤였다. 그들이 가짜 뉴스라고 주장하기도 전에 장수거북이 대왕문어의 음성이 담긴 경고 영상을 보낸 것이었다.

> 이 해역을 팔아넘기려 한 매국 수괴와 그 부역자 놈들과 저 해역의 도둑놈들에게 고하노라. 현재 난파궁 입구엔 인간계 폭탄이 설치되어 있다. 열고 탈출하는 즉시 난파궁은 초토화되어 네놈들은 뼛가루로 변할 것이다. 만약 그대로 있으면 굶어 죽게 될 것이다. 어찌하든 비참한 최후만이 남아 있는바, 그 죄의 대가를 톡톡히 치르라. 다시 한번 고한다. 네놈들은 이 시간부로 포위되었다……

장수거북은 난파궁에 부착된 폭탄 사진과 폭탄의 위력을 적나라하게 실어 보냈다. 안에선 지금쯤 ‘리틀 보이’나 ‘팻맨’ 같은 단어들을 검색하고 있을 것이었다. 난파궁은 한동안 잠잠했다. 아마도 어떻게 대처할 것인지 대가리 모아 의논하는 듯했다. 이틀 후 이들은 [오션일보]를 통해 협상하잔 메시지를 보내왔다. 대왕문어는 무시와 차단으로 일관했다. 그러던 어느 날 이상한 냄새가 흘러나왔다. 물살이들은 이전에 맡아본 시체 썩은 내란 걸 어렵지 않게 간파했다. 그날 오후 [오션일보]에 긴 호소문이 올라왔다.

> 이 해역의 원조 대왕이신 대왕문어님의 귀환을 환영합니다. 현명한 대왕문어님께 통촉하오니 제발 폭탄을 제거하시고, 난파궁 안의 살아 있는 물살이들만이라도 불쌍히 여겨 꺼내주십시오. 현재 난파궁 안엔 플라병이 돌아 절반 이상이 숨졌습니다. 먹을 게 없어 플라스틱 찌꺼기를 먹으며 하루하루 연명한 결과 몇 물살이들의 몸이 굳더니 플라스틱화 되었습니다. 우리가 이름 붙인 이 플라병이 전염병인지 아닌지 아직은 모르는 상태입니다. 어찌 되었든 플라병으로 인해 죽는 물살이가 더 이상 속출하지 않도록 자비를 베풀어주십시오. 저희를 구해주시면 하해와 같은 은혜에 평생 감사해하며 새롭게 살아갈 것을 약속드립니다. 참고로 저쪽 해역에서 온 물살이들은 모두 죽었습니다. 살아 있는 건 백 마리 정도의 치어들과 리본장어, 그리고 개복치뿐입니다. 참, 얼마 전 리본장어가 산란을 하였습니다. 아직 알에서 깨어나지도 않은 새끼들이 무슨 죄가 있겠습니까? 더군다나 리본장어는 과거에 대왕문어님을 잘 따랐던바, 선처 부탁드립니다.
>
> —살아 있는 물살이 일동

"리본장어가 쓴 거 너무 티 나는데?"

"부역자 얘기는 들을 필요도 없어."

"그래도 생명은 소중한 거잖아."

"그래서 다시 해역의 물을 흐리자고?"

그렇게 옥신각신하는 사이 또 하나의 글이 올라왔다. 개복치의 입장문이었다.

존경하는 대왕문어님. 저는 본래 환자의 몸을 다스리는 의원이었습니다. 만약 저를 풀어주신다면 속죄하는 심정으로 죽는 날까지 플라병 퇴치를 위한 백신 개발에 힘쓸 것입니다. 제가 그간 왕좌에 있었던 건 대왕문어님이 돌아오기 전까지 공석을 메꾸고자 함이었습니다. 최선을 다해 국정을 맡아왔지만 부덕의 소치로 실망시켜 드린 점, 심히 유감스럽게 생각합니다. 이제 저의 자리로 돌아가려 하오니 부디 해역의 안녕과 번영을 위해 허락해주십시오. 난파궁을 이대로 방치한다면 장차 우리 해역은 위험해질 수 있습니다. 하루빨리 봉인 해제하여 죽은 물살이를 걸러내고 살아 있는 물살이의 심신을 안정시켜 주십시오. 조속하고도 현명한 결정 부탁드립니다.

—개복치 의원

"몇십 년간 이 해역을 풍비박산 내놓곤 꼴같잖은 소릴 하고 있어."

“동정심 유발하는 게 아주 가관이구먼. 바지 입고 인간 흉내 냈던 거 다들 기억하지?”

“어제의 범죄를 벌하지 않으면 내일의 범죄에 용기를 주는 짓이나 다름없습니다. 정의로운 해역은 박애나 관용 같은 것으로 건설되지 않아요.”*

“하지만 플라병이 발생한 이상 난파궁을 열어주어야 하지 않을까요?”

“어차피 죽으라고 가둬둔 건데 왜 열어요?”

“플라병은 변수잖아요. 굶어 죽는 것과 질병으로 죽는 것은 다른 문제라고 봐요.”

“우리가 세균을 퍼뜨린 것도 아니잖아요.”

“우리의 방치로 세균이 퍼졌다곤 할 수 있죠.”

“하긴 물살이권이란 것도 있으니까.”

“부역자 놈들에게서 존엄성을 찾겠단 건가요?”

“병을 낫게 한 다음에 단죄해도 늦지 않단 말이에요. 더군다나 개복치님은 한때 우리 해역을 오래 다스린 대왕이에요. 어느 정도 대접해주어야 한다고 봐요.”

“그러게. 전관예우란 게 있죠.”

“리본장어 알들도 살리고 봐요.”

듣다 못한 폼폼크랩이 폼폼을 흔들며 앞으로 나섰다.

* 프랑스 작가 알베르 카뮈의 말 인용. 카뮈는 ‘정의로운 프랑스’라고 했으나, 본문에서는 ‘정의로운 해역’으로 바꾸어 씀.

"이봐요. 저들을 처벌하지 않으면 악행을 답습하는 물살이들이 또 등장하게 될 거예요. 절대로 나쁜 선례를 남겨선 안 됩니다."

"하지만 이제야 자리 잡으신 대왕문어님이 초반부터 강경하게 나오면 물살이들이 등 돌릴 수도 있어요. 연임을 생각한다면……"

"벌써부터 표 걱정해요? 그러니까 아무것도 못 하는 거예요. 이 눈치 저 눈치 다 보다가 시간 흐르면 골든타임 놓쳐요. 나중엔 해역을 바로잡는 게 더 힘들어질 거예요."

"옳소! 저놈들 봐주면 목숨 걸고 해역 지켜온 물살이들은 뭐가 됩니까?"

"폭파시키는 게 영 내키지 않으면 어디 외딴 곳에다 추방이라도 시키는 게 어때요? 뜻 맞는 놈들끼리 왕국 건설해서 지지고 볶고 살라 해요."

"아니요, 결단코 살려둘 수 없습니다. 반드시 응징해야 합니다."

온건파와 급진파로 갈려진 두 그룹은 이내 싸우기 시작했다. 한 치 양보도 없는 숨 막힌 대립이 이어지자 해역에 돌아온 지 얼마 안 된 대왕문어는 머리가 지끈거렸다.

"개복치만은 용서해선 안 됩니다. 천수를 누리고 죽는 꼴을 볼 수 없습니다."

"하지만 의원으로서 이 해역을 이롭게 하는 일을 하다가 죽겠다잖아요."

"아니요, 이 해역은 이미 안전합니다. 지금껏 우리 중 플라병에 걸린 물살이가 나오지 않았단 게 증겁니다. 옆 해역에서 온 놈들만 죽었다지 않습니까. 우리 모두 면역력을 갖추고 있다구요."

"그래도 앞으로 창궐할지도 모르니 대왕, 아니 개복치 의원을 살려두는 게 낫지 않을까요? 감시만 제대로 한다면 문제없을 거예요."

"방금 [오션일보]에 부고가 떴어요. 리본장어가 죽었다고 합니다."

순간 좌중이 조용해졌다. 그러나 다시 시끄러워지는 데 얼마 걸리지 않았다.

"때가 되어 죽은 것뿐이에요. 원래 알 낳은 다음에 우리 물살이들 대부분 죽잖아요."

"추모 기사 봤어요? 억지 슬픔 짜내려는 행태에 눈살이 절로 찌푸려져요."

"아니, 당신은 피도 눈물도 없어요? 마지막까지 매정할 건 없잖아요."

기로

며칠을 고민한 끝에 대왕문어는 살아 있는 물살이들을 방면해 주기로 했다. 이들은 죽을 때까지 노동으로 죗값을 치르기로 했다. 알에서 막 깬 리본장어의 새끼들만은 노동에서 제외되었다.

폭탄이 제거된 난파궁의 뚜껑이 열리던 날, 해역의 물결에 비치는 빛을 처음 본 새끼장어들은 꼬리를 연신 흔들어댔다. 그러곤 앞에 선 대왕문어를 향해 넙죽 인사를 올렸다.

"이제부터 대왕문어님께 최선을 다할 거예요."

"알러뷰, 대왕님."

어미를 잃어 상심이 크겠다는 위로를 하려던 대왕문어는 리본장어가 환생한 것만 같아 소름이 끼쳤다. 그는 준비해온 덕담도 하지 않은 채 새끼들을 서식처로 보내버렸다. 그 뒤로도 여러 잔챙이들이 교화될 것을 약속하며 난파궁을 나갔다. 마지막으로 거대한 몸통의 개복치가 낚싯줄에 꽁꽁 묶여 끌려 나왔다. 그는 대왕문어를 향해 살려주셔서 감사하단 말을 짧게 전했다. 바지 벗은 개복치는 많은 물살이들이 지켜보는 가운데 진료소로 호송되었다.

"죄수 개복치는 죽을 때까지 백신 개발에 힘 쏟아야 할 것이며 종종 아픈 물살이들이 찾아오면 무료 봉사하는 것으로 자숙하라. 끼니때가 되면 진료소 안으로 제한된 난바다곤쟁이가 지급될 것이다."

대왕문어는 자신이 인간계에서 다사다난한 시간을 보냈던 만큼 이 해역 역시 크게 몸살을 앓았음을 실감했다. 공백의 시간만큼이나 부작용은 컸다. 당장 난파궁을 어떻게 처리할 것이냔 문제부터 [장수일보]와 [오션일보], 그리고 무생매체의 운영, 새로 생긴 규칙 검토까지 참으로 많은 난제들이 산적해 있었다. 대왕문어는 [피바다구 백전백승동 미역 25번지]를 [갯바위구 물풀동 파래 25번지]로 돌리는 작업부터 해나갔다. 점차 해역은 본래의 모습을 갖추어가는 듯했다.

"대왕문어님이 돌아오신 기쁨을 흰수염고래님과 함께 나눌 수만 있다면……"

"은빛연어님도 함께였으면 얼마나 좋았을까요."

"그러고 보니 은빛연어님을 닮은 치어들을 얼마 전에 본 것 같기도 해요."

"엇, 저도요."

"은빛연어님의 새끼들은 지금보다 더 나은 세상에서 살 수 있겠지요?"

"우리가 그렇게 만들어야지요."

"눈 뜨고 태어났는데 거저 주어진 자유, 그걸 마음껏 누리는 치어들. 상상이나 돼요?"

"그러고 보면 세상에 절로 이루어지는 건 하나도 없는 것 같아요."

장수거북과 폼폼크랩은 오랜만에 여유를 누리며 갯바위당을 거닐었다. 어느새 비밀 통로까지 온 이들은 약속이라도 한 듯 동시에 눈이 휘둥그레졌다.

"아니, 이건 불가살이의 볼펜 아닌가요?"

"이게 왜 여기 떨어져 있을까요?"

"혹시 일부러 흘리고 간 걸까요?"

"그럼 불가살이도 돌아왔단 말……?"

"어느 날 불쑥 우리 곁에 나타날 것만 같지 않아요? 마치 아무 일도 없었단 듯 몽니를 부리며."

"이제는 그 어떤 행동도 불가사의하지 않아요. 불가살이님이니까."

폼폼크랩은 그날 밤 개복치의 진료소 입구에 잠입했다. 불가살이의 볼펜에서 뺀 초록 구슬을 구석진 곳에다 꼼꼼히 붙이곤 조용히 사라졌다. 보름달이 서너 번 뜨고 지는 동안 별다른 정황은 포착되지 않았다. 하지만 월척은 방심한 사이에 일어나는 법이었으니 한시름 마음을 놓고서 과거를 망각할 때쯤 덜커덕, 대어가 낚였다.

—작위를 보장해주겠단 저쪽 해역 계약서에 지느러미 사인을 하기 직전이었어. 대왕문어가 조금만 늦게 등장했더라도 상황은 바뀌었을 거란 말이지.

—이건 뭐 도둑놈한테 눈 뜨고 서식처 빼앗긴 꼴입니다. 갑자기 떡하니 나타나 투표도 하지 않고 새치기로 대왕이 되다니, 이게 말이나 됩니까?

—난파궁에서 우리가 짰던 작전 2호 기억하십니까?

—옳거니, 아직 방책이 남아 있지.

—까짓거 실패하면 반역이고 성공하면 혁명 아니겠습니까? 오늘 밤 밀어붙이죠.

—좋아. 2호를 발동시킨다. 그럼 갯바위당에 잠입해서 폭탄을 가져오는 첫 임무를 누가 맡겠는가?

모두가 꼬리를 내리는 와중 리본장어의 만이가 앞으로 나섰다. 개복치의 입꼬리가 스윽 올라갔다.

—폭탄을 가져오면 네 부모가 맡았던 [오션일보] 오너 자리를 주도록 하겠다. 자, 과거의 패배를 설욕하러 떠나거라!

[장수일보]를 통해 영상이 급속도로 확산되자 또 한번 해역이 한바탕 뒤집어졌다. 비밀 회동 영상 속에서 자신의 얼굴을 발견한 부역자들은 처음엔 아연 실색했지만 나중엔 취재 윤리에 어긋나는 매체를 폐간해야 한다고 외려 목소리를 높였다. 그러자 [장수일보] 측은 '윤리를 어기는 자들이 없으면 취재 윤리를 어기는 일 역시 없을 것'이라고 반박했다.

—폭력이 정의에게 대들어서 맞붙으면 누가 이기겠어? 그러니 우리 승률이 항상 이따위였던 거야. 이제 무사(武士) 정신으로 무장할 때도 됐잖아?

어심은 어느 때보다 하나로 뭉쳐 있었다. 궁지에 몰린 부역자들은 여론을 뒤집기 위해 [오션일보]를 적극 활용하기도 했으나 무생매체가 폐간된 뒤부터 공신력을 잃었다. 게다가 은밀하게 옆 해역으로 도주 준비 중이던 개복치가 수하의 밀고로 들통이 나는 사건까지 일어나자 더 이상 왈가왈부할 수도 없게 되었다.

포승줄에 묶인 개복치가 끌려 나오던 날 시계탑 광장은 수많은 물살이들로 인해 초만원이었다. 뭉뚝한 그의 몸은 구석구석이 썩었거나 쭈그러져 있었다. 저 추한 몸뚱이가 한때 모든 권력을 독점했었단 사실을 물살이들은 보고도 받아들일 수 없었다. 단상에 오른 대왕문어는 긴 다리를 뻗어 매국 수괴의 면상을 단단히 틀어쥐었다.

"저는 이 해역을 팔아먹으려 했던 개복치에게 기사회생할 기회를 주었습니다. 그러나 자비를 베푼 결과는 쿠데타라는 역모로 돌아왔습니다."

"하지만 아무도 다치지 않았……"

개복치가 아가리를 벌려 대꾸하자 대왕문어는 다리를 여러 개 뻗어 매타작을 했다. 이내 상황은 수습되었다.

"이 해역은 무시무시한 소용돌이에 빠질 뻔했습니다. 이번 일을 타산지석으로 삼기 위해 절대악을 처단하는 본보기를 보여드리고자 합니다. 물론 제가 절대선이란 말은 아닙니다. 이 세상에 절대선이란 없습니다. 그러나 절대악은 존재합니다. 절대악의 최후를 지금부터 똑똑히 보십시오."

과연 늙고 탐욕스러운 매국 수괴를 어떻게 처단할 것인지 모든 물살이들의 눈길이 한곳에 쏠렸다. 이어진 대왕문어의 행동은 아무도 예상하지 못한 것이었다. 아가리를 잔뜩 벌린 대왕은 개복치의 넙데데한 대가리를 한 입 푹, 하고 베어 물었다. 질겅질겅 씹을 때마다 주변의 물결이 대왕의 거친 숨결에 따라 요동쳤다. 한때 반인반수로 불렸던 독재자의 대가리 절반이 동족의 뱃속으로 들어가는 것을 물살이들은 지켜보았다. 대왕문어의 주위가 핏빛으로 번져갔지만 아무도 동요하거나 움직이지 않았다. 오직 적막만이 사위를 장악했다.

인간 편

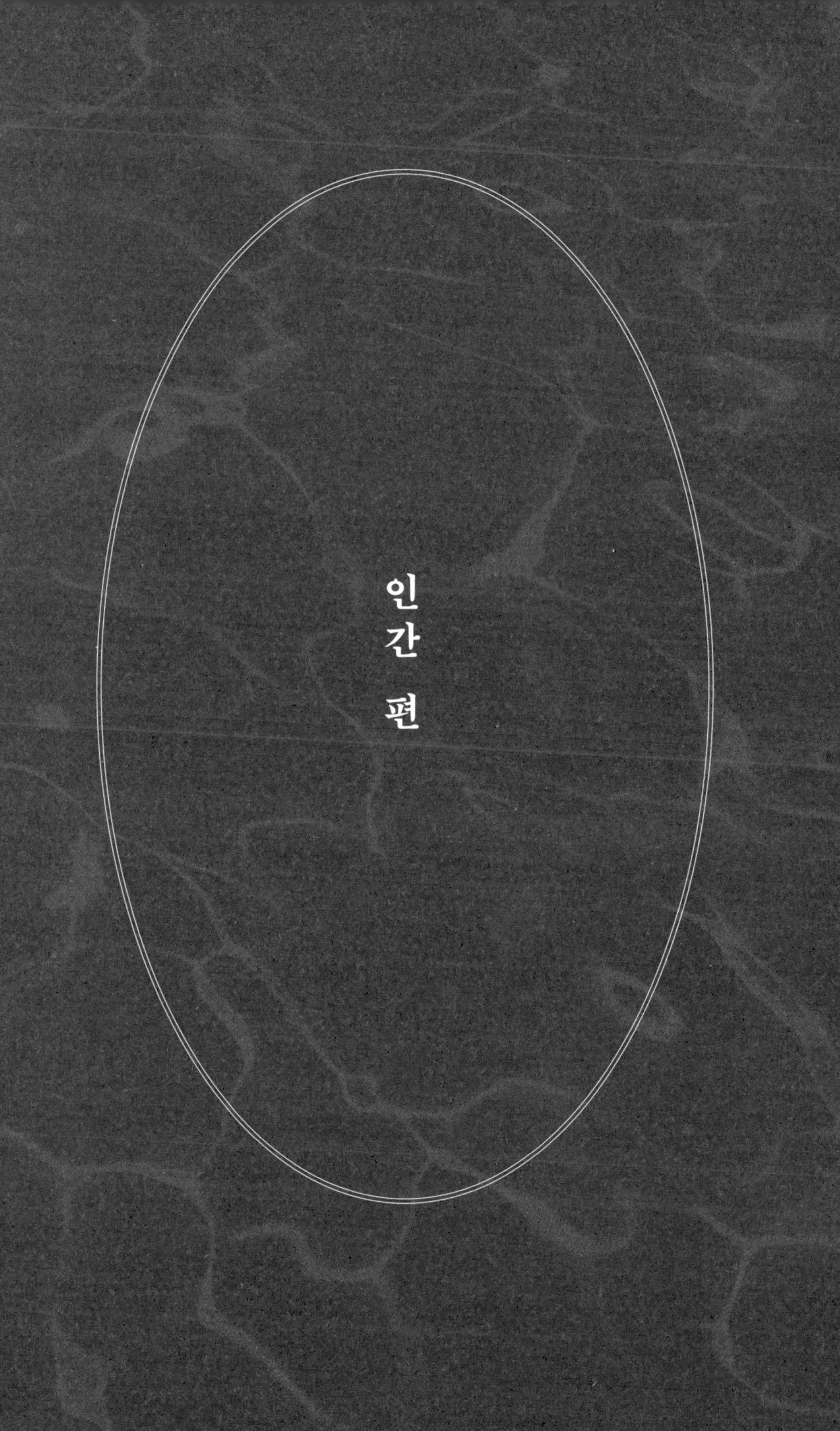

아쿠아리움

—댓글에 신경 쓰지 마세요.

명민으로선 고민 끝에 보낸 디엠이었다. 예상했지만 [아쿠아리움] 계정으로부터 회신은 오지 않았다. 하지만 이럴수록 오지랖을 부리고 싶어졌다. 그는 다시 한번 용기를 냈다.

—계정에 제일 악플 많이 다는 아이디 아시죠? 어떤 사람인가 궁금해서 제가 들어가 봤는데 일회용 컵에 일회용 빨대 꽂은 사진을 매일 올리는 여성이더라구요. 아마도 진짜 보여주고 싶은 건 그 옆에 있는 명품 백이었을 겁니다. 아메리카노라는 메뉴는 안 바뀌는데 가방은 매번 바뀌었으니까요. 도대체 얼마나 많은 악어와 소가 희생된 걸까요. 그런 사람은 적어도 타인을 욕하면 안 되는 거 아닌가요? 위악자(僞惡者)는 아니, 그런 부류는 악

한 척조차 못할 거예요. 그저 악한 자겠죠. 그런 사람이 위선자도 아닌 진짜 착한 사람한테 욕하는 이 사태가 얼른 수습되길, 더불어 잘 견뎌내길 바라요.

—충분한 위로가 되었습니다. 디엠 감사합니다.

—엇, 답을 바라고 보낸 건 아니었는데… 저야말로 감사합니다.

[아쿠아리움] 계정은 옥토 쇼 영상의 조회수가 기하급수적으로 늘면서 인기몰이를 했다. 명민은 전부터 이 계정을 알고 있었다. 우연히 피드에 뜬 옥토 쇼 영상에서 옥토와 마주 보며 환하게 웃는 영인의 얼굴을 보고는 계정을 팔로잉했었다. 그녀는 이 계정의 운영자였다. 명민은 가끔 올라오는 일상 피드에서 영인이란 아쿠아리스트의 개인 성향을 짐작해보기도 했다. 한 번도 실제로 본 적은 없었지만 점점 친밀감이 느껴졌다.

어느 순간 아쿠아리움 계정의 팔로워 수와 악플이 정비례하여 늘어났다. 생물을 사랑한다는 사람이 왜 생물팔이 하는 직장에서 일하냐는 댓글은 약과였다. 악플러들은 사무실 책상에 올라온 지갑 사진에도 서슴지 않고 공격을 했다.

—거북이 등껍질 벗겨서 만든 지갑을 들고 다니는 주제에 생물을 사랑하라느니 물고기를 물살이로 부르라느니… 이중적 행태에 진심 소름 돋음.

선물로 받은 지갑이라는 답글은 곧 삭제되었다. 선물임을 인증하란 댓글부터 외모를 헐뜯는 댓글까지 악플이 주구장창 달렸다.

명민은 이에 참다못해 기나긴 디엠을 보낸 것이었다. 그리고 답을 받고 나서야 자신의 본심을 깨달았다. 그는 상대에게 깊은 호감을 품고 있었다. 그 후로도 몇 번 더 메시지를 주고받았다. 명민의 조언을 받아들인 것인지 [아쿠아리움] 계정은 얼마 지나지 않아 댓글 창이 닫혔다. 명민은 '좋아요'를 지속적으로 누르며 발자취를 남겼다.

—댓글 알림이 울리는 환청을 아직도 겪긴 하지만 이제는 약을 끊었어요. 여러모로 신경써주셔서 감사합니다.

—별말씀을요. 언제 한번 관람하러 가겠습니다. 물고기가 아닌 물살이의 관점에서 아쿠아리움을 보고 싶어졌어요.

명민이 만난 영인은 생각보다 밝은 사람이었다. 사진이나 영상에선 어딘지 모르게 고독한 기운을 풍겼는데 그건 그녀에게서 나오는 싱그러움을 담지 못해서였다. 보통 사람들에게서 느낄 수 없는 순수한 활기가 그녀에겐 있었다. 명민은 아쿠아리움을 찾는 빈도가 점점 늘어났다. 이따금 밖에서 만나 커피를 마시기도 했는데 영인이 들려주는 엉뚱한 이야기를 듣고 있다 보면 시간이 쏜살같이 지나갔다. 아쿠아리움을 탈출한 생물들이 물탱크 트럭을 타고 싶어 하는 것 같아서 차주 몰래 카풀해 주었다는 이야기는 그야말로 상상을 초월했다. 하지만 그녀에게 허언증이 있다곤 생각되지 않았다. 명민은 갈수록 영인의 매력에 빠져들었다.

그는 다니던 직장에 병가를 낸 상태였다. 승진을 코앞에 두고서 발목을 다치는 바람에 악재가 겹쳤다고 생각했지만 영인과 사귀게 된 이후로 그것은 호재로 해석되었다. 그는 아쿠아리움 인근 도서관에서 자격증 공부를 하다가 점심시간이 되면 함께 식사를 하기도 했다. 때론 아쿠아리움 폐장 시간까지 기다렸다가 영인을 바래다주기도 했다. 그녀가 사는 빌라촌은 아쿠아리움에서 도보로 얼마 걸리지 않아서 데이트 마무리 코스로 더없이 좋았다. 패턴 잠금을 풀고 집 안으로 들어가는 모습을 빌라 바깥에서 확인한 다음에야 그는 발걸음을 뗐다. 언젠가 라면 먹고 가라는 말을 하지 않을까 하는 기대를 해보기도 했는데, 그럴 때면 바보 같은 웃음이 튀어나왔다. 그는 해물을 넣어 먹는 걸 좋아했는데 영인과 먹게 된다면 파와 계란 정도만 넣어야겠다는 상상의 나래를 펼쳐보기도 했다.

영인은 귀가하면 티브이부터 튼다고 했다. 자신이 구독한 유튜브 채널과 추천으로 뜬 채널을 패드에 연결된 티브이로 번갈아 보는 게 퇴근 후의 루틴이라고 했다. 자기 전 독서를 할 땐 잠시 꺼놓는다며 종종 그날 만난 책 속 문장을 보내주기도 했다.

—단 한 사람만을 제외한 모든 인류가 동일한 의견이고, 그 한 사람만이 반대 의견을 갖는다고 해도 인류에게는 그 한 사람에게 침묵을 강요할 권리가 없다. 이는 그 한 사람이 권력을 장악했을 때 전 인류를 침묵하게 할 권리가 없는 것과 마찬가지다.

영인은 〈자유론〉 같은 인문서적을 좋아했다. 주로 잠이 오는 구절을 보내왔지만 밤이라서 괜찮았다. 그녀는 불을 끄고 자리에 누우면 다시 티브이를 튼다고 했다. 스티커를 떼고 붙이는 소리, 종이를 자르고 뜯는 소리를 들으면 마음이 차분해진다며 자신이 매일 듣는 '다이어리 꾸미기 숙면 ASMR' 영상을 공유해주기도 했다. 명민 역시 즐겨 듣는 '비행기 1등석 숙면 ASMR'을 공유해주었다.

—오늘은 다꾸 소리 들으면서 잠을 청해봐. 나도 비행기 1등석 소리 들으면서 자볼게. 그리고 어땠는지 내일 말해주기.

—오, 좋아^^

—그런데 이거 들으면 정말 1등석 타고 잔 기분이 들어?

—1등석을 안 타봐서 말해줄 수가 없는걸.

웃음을 터뜨리다 보면 시간이 훌쩍 지나갔다. 대개 영양가 없는 대화였지만 그래서 즐거웠다. 명민은 신을 믿지 않았지만 세상의 모든 신에게 감사하다는 혼잣말을 종종 했다. 이 행복이 오래오래 지속되길 바랐다.

영인

영인은 서울에 온 뒤 자신이 변했다고 느꼈다. 계기는 영산 참사였다. 그녀는 오래전 자신이 나고 자란 동네에서 영산 참사를 뉴스로 접했었다. 서울 한복판에서 일어난 사건은 물리적 거리만큼이나 모호하게 다가왔다. 일개 국민이 정부가 하는 일에 저런 식으로까지 맞서야 하나? 동네 친구들은 비판 일색이었다. 몇 년 후 서울로 직장을 잡으면서 고향을 등지게 되었다. 영인은 영산과 가까운 곳에 사는 서울 토박이들과 어울리게 되었다. 자신의 터를 지키기 위해 온몸으로 저항하다 불에 타 죽은 사람. 가진 게 목숨뿐인지라 그것밖에 내놓을 게 없었던 사람. 사건이 아닌 사람에게 포커스를 맞춘 해석을 들었을 때 영인은 온몸이 불에 덴 듯 뜨거워졌다. 자신이 거주하는 이곳과 자신이 태어난 저곳의 온도 차에 대해서 그녀는 누구에게도 털어놓지 못했다. 자신의 인생에 성큼 들어온 명민에게조차도.

박 대표의 회유에 못 이겨 시작한 [아쿠아리움] 계정은 영인의 바람과 달리 인기를 끌었다. 악플로 인한 괴로움을 호소했지만 박 대표는 묵살했다. 약을 먹어도 진정되지 않는 마음은 옥토의 빨판을 그려줘면 신기하게도 스르르 가라앉았다. 옥토와 교감하는 시간만큼은 악플로부터 씻은 듯이 해방되었다. 그러나 그 시간은 하루에 30분도 안 되었다. 박 대표에게 신경정신과 처방전을 들이밀자 그때서야 댓글 창을 닫으라는 답변을 들을 수 있었다.

명민은 영인이 [아쿠아리움] 계정으로 힘들어할 때 처음으로 자신의 편이 되어준 사람이었다. 영인은 간혹 명민의 계정에 들어가 보았다. 언제나처럼 사진은 없었다. 그래서 그가 방문하겠다고 했을 때 별 기대를 하지 않았다. 그래서였을까. 카키 브라운으로 염색한 스포츠머리가 어울리는, 기대 이상의 남자였다. 둘의 관계는 급속도로 가까워졌다. 하지만 사람으로부터 오는 행복이 직장에서의 스트레스를 상쇄시켜 주진 못했다.

아쿠아리움의 월급이 한두 달씩 밀리기 시작했다. 수조여과장치에 낀 이끼나 부실해진 먹이만 봐도 재정난을 짐작할 수 있었다. 박 대표가 다른 사업을 무리하게 확장해 아쿠아리움 영업이 강제 종료될 수도 있다는, 직원들이 정산도 제대로 받지 못한 채 쫓겨날 수도 있다는 흉흉한 소문이 하루가 다르게 몸집을 불려갔다. 심적으로도 육체적으로도 지치는 날들이 계속됐지만 명민에겐 티를 내고 싶지 않았다. 언제 실직자가 될지 알 수 없었지만 다른 일자리를 알아봐야겠단 생각은 들지 않았다. 옥토와 헤어진다는 건 상상도 할 수 없는 일이었다. 문어의 빨판과 인간의 손 사이엔 3억 년이란 간극이 존재했지만, 영인은 바다생물과 자신이 온전히 서로의 감정을 느끼고 있다고 믿었다.

'만약 박 대표가 전기 공급을 중단시키기라도 하면……'

그녀는 최악의 가정을 해보았다. 폐사라는 단어가 떠오르자 세차게 고개를 저었다. 그러나 박 대표라면 그러고도 남을 위인이었다. 옥토를 지켜내야 했다. 악플로 힘들었던 시기에 자신을 지켜준 옥토를 이제는 자신이 지켜줄 차례였다. 가장 좋은 방법은 직접 키우는 것이었다. 여러 난관이 있을 테지만 그게 제일 마음 편했다. 그녀는 때를 봐서 옥토를 집으로 데리고 오기로 결심했다. 그러나 혼자서 무거운 수조를 옮기기란 불가능했다. 일당을 주고 인력을 쓰기엔 께름칙했다. 창고에 있는 바퀴 달린 카트가 떠올랐다. 감시 카메라에 찍히는 것이 주저되긴 했지만 체불된

임금을 요구하면 박 대표도 세게 나올 수 없을 것 같았다. 어쩌면 그는 사라진 문어 따위에 신경도 안 쓸지 몰랐다. 아니면 재산으로 생각해 관여할 수도 있었다. 영인은 요 며칠간 명민과 제대로 된 통화를 할 수 없었다. 최근엔 피곤해서 일찍 잔단 메시지를 남긴 뒤 수차례 이부자리를 뒤척였다.

○○○

—남부지법 습격한 현행범 체포, 2030청년으로 밝혀져

—헌재 폭동에 시민들 경악

—청년들이 나라의 주인이라는 의식을 강하게 가지고 있어서 다행이라는 현직 대통령의 구치소 발언 화제

어지럽고 흉흉한 사건들이 연달아 터지면서 박 대표가 해외로 도피했단 기사가 묻혔다. 다행인지 불행인지 알 수 없었다.

—권력자가 탄압하고 위협해도 독재가 타당하다고 생각하는 청년들의 인식 개선 필요

—오랜 세월 굴종에 인이 박여 독재가 민주주의인 줄 아는 노인들 인식도 바뀌어야

—표현하는 내용엔 제한이 없어야 하지만 표현하는 방식에는 제한이 필요하다는 존 밀의 사상에 귀 기울여야 할 시점

"영인 씨, 혹시 월급 나왔나요?"

"아… 아니요."

영인은 급하게 휴대폰을 닫았다. 청소 이모님이었다.

"월급도 안 나오고 세상은 어수선하고… 남한 이대로 괜찮다냐? 어떻게 헌재를 습격한대? 자유로워도 너무 자유로워."

"자유가 아니라 방종이에요……"

"하긴, 청년들은 무서울 게 없잖냐. 옛날에 나도 그랬으니까."

"네?"

영인은 환갑이 넘은 이모님이 조선족이었단 걸 상기했다.

"내가 천안문 광장 한복판에서 그랬거든."

"탱크맨 사진으로 유명한 그 천안문 말씀하시는 거 맞죠?"

"그건 2차고 난 마오 주석 살아생전이었는데 아마 젊은 친구들은 모를 거야."

영인은 직장에서 적당한 거리를 두고 지내온 이모님이 홍위병이었단 사실이 믿어지지 않았다.

"당시 교통비며 숙박비며 모든 비용을 정부가 제공하겠다며 청년들을 호출했잖냐. 때마침 공부는 하기 싫지, 집에선 부모님이랑 싸우기나 하지, 나 같은 애들이 얼씨구 좋다구나 하면서 천만 명 넘게 베이징으로 몰려들었어. 중국 스케일 알잖냐. 교통이 마비될 정도였지."

영인은 대한민국의 홍위병 탄생 배경을 막연하게나마 중국에 대입해보았다. 잘못된 권력을 휘두르는 지도자가 청년들에게 주인이라는 의식을 쥐어주면 생기는 일……

"평소에 날 무시하던 선생님을 조리돌림할 수 있어 좋았고, 권위의식으로 뭉친 정치인들을 조롱할 수 있어 짜릿했지. 그때 나는 내가 대단한 혁명가라고 생각했어. 모든 스포트라이트가 나 같은 청년에게 쏟아지니 세상을 바꾸는 일에 동참하고 있다고 믿었잖냐. 한국의 청년들도 시간이 지나면 알게 될 거야. 자신이 정의를 도태시켰단 걸."

"이모님은 그걸 깨달은 계기가 있나요?"

"문화대혁명이 십 년이나 지속됐잖아. 마오 주석은 나중에 우리 때문에 골치가 아팠는지 농촌으로 보내버렸어. 공부해야 할 나이에 십 년간 혁명만 해댔으니 그 시기 문맹률이 40%가 넘었잖냐. 대학입시까지 취소되었으니 그야말로 나라 교육 꼴이 엉망이었지."

'소속감이나 정체성이 옅은 청년들일수록 권력자의 말에 휘둘리게 되는 걸까? 마치 자신들이 기득권에 편입된 양 착각에 빠져…?'

"문화대혁명이 왜 문화인지 안다냐?"

"글쎄요……"

"처음엔 문화인들을 겨냥했거든. 권력자가 듣기 싫어하는 말을 주로 문화예술인들이 하잖냐. 그런데 역사, 법률, 경제학 분야에 몸담은 사람들까지 쓴소리 하니까 대혁명을 개시하자고 한 거지. 이때 자영업자들과 농민들은 반응하지 않았어. 이념이고 뭐고 당장 먹고사는 게 힘드니까. 결국 마오 주석이 자신의 편으로 끌어들일 대상은 사회경험은 없지만 혈기는 왕성한 청년들이었던 거지. 실제로 마오 주석 어록 중 그런 문장이 있거든. 혁명을 시작하려면 젊은이들에게 의지해야 한다. 그렇지 않으면 악의 세력을 무너뜨릴 수 없다……"

청년들을 동원해 일어난 폭력사태가 과거 옆 나라에도 있었다는 건 이번 사태를 단순히 볼 수만은 없단 뜻이기도 했다. 저 바다 건너 대륙에서도 청년들의 선동이 계속되고 있지 않은가.

"이모님, 월급 얼마나 밀렸어요?"

"한 석 달 치 밀렸나? 갑자기 그건 왜?"

불현듯 영인은 마오 어록을 외우는 이모님과 함께 자신의 '일'을 해치워야겠단 결심이 들었다. 한때 방황의 절정을 달린 이모님이라면 선뜻 수락해줄 듯도 싶었다. 마음을 굳히자 말이 거침없이 나왔다.

"제가 이 자리에서 절반을 드릴게요. 저를 도와주시면 나머지도 드릴게요. 그 정도 금액은 있어요."

이모님은 밀린 월급의 절반가량이 자신의 계좌에 입금되자 뭐든 기꺼이 돕겠다고 했다.

"내가 뭐 영인 씨 하루이틀 본 것도 아니고. 나도 사람 보는 눈 있잖냐. 아무렴 쓸데없는 일 시키고 돈 준다 하겠어."

퇴근 후 두 사람은 손발을 신속하게 맞추었다. 이모님이 감시카메라 앞을 얼쩡거리는 동안 그녀는 바퀴 달린 카트에 수조를 실어 바깥으로 이동시켰다. 사각지대만을 골라 갈 순 없었지만 어차피 이판사판이었다. 옥토는 지상에 대기시켜 놓은 트럭에 무사히 옮겨졌다. 수조를 빌라 안으로 들이는 동안 집주인이 나타나지 않은 게 천만다행이었다. 만약 발각되면 영인은 여전히 1인 가구가 맞다고 우길 참이었다. 입구에 나눔으로 내놓은 침대는 진즉 가져갔는지 보이지 않았다. 방의 한 면은 곧 네모난 수조로 채워졌다. 조선족 이모는 옥토 쇼를 질리도록 보아온 사람이라 그런지 마지막까지 가타부타 묻지 않았다. 영인은 전선 연결까지 마친 후 나머지 금액을 이체해주었다. 두 사람은 나중에 한번 보잔 겉치레 인사를 나누고 헤어졌다. 영인은 투룸에 홀로 남게 되자 내일 아침 박 대표로부터 전화가 걸려올지도 모르겠단 생각이 들었다. 인근의 경찰서에서 갑자기 들이닥칠지도 몰랐다. 휴대폰을 당분간 꺼두어야 하나 싶기도 했다. 그날 밤 수조 옆 매트리스에서 영인은 오랜만에 명민과 통화를 했다.

—자기가 나한테 비행기 ASMR 추천했던 날 말이야. 검색도 안 했는데 이미 추천 영상에 떠 있더라.

—우리 대화를 기기가 인식한 건가?

—개인 정보가 무단으로 수집되는 세상이니까. 얼마 전 미국에서 애플 사용자들이 집단 소송했잖아. 음성 비서 서비스 시리(Siri)를 작동시키지 않았는데도 자신의 대화를 무단으로 녹음하고 광고주 등 제3자와 공유했다며.

—맞아, 기억나. 애플 측에서 합의에는 동의했지만 법적 책임

은 인정 안 했던가? 여튼 그래서 내 유튜브 채널에도 다이어리 꾸미기 세트 광고가 떴던 거구나.

—무서운 세상이야. 오죽하면 일론 머스크가 자신을 SNS로 검열하는 정부를 참지 못해 트위터를 인수했겠냐고.

명민은 잠시 말이 없었다. 이후 이어지는 음성은 나직했다.

—아쿠아리움은… 괜찮은 거야?

—무슨 말이야?

—박 대표가 해외로 도피했단 뉴스를 얼핏 본 것 같아서.

—아무 일도 없어.

—가짜 뉴슨가?

—걱정 말고 자. 그리고 고마워.

—응?

—내가 자기를 알기 전부터 자기는 날 응원해왔잖아. 소리 없이 내 편이 되어주는 사람이 어딘가 있다는 사실을 여태 인지하지 못하고 살았거든.

—앞으로는 보다 선명한 응원의 목소리를 보낼게.

둘은 그날 밤 사랑한단 말을 주고받은 뒤 전화를 끊었다.

명민

명민은 영인으로부터 받은 마지막 메시지를 확인했다. 앞으로 바빠서 메시지 확인이 늦어질 것 같아. 하루가 지나도록 영인은 명민이 보낸 메시지를 하나도 확인하지 않은 상태였다. 집으로 찾아가봐야 할지, 조금만 더 기다려봐야 할지, 혹시 그 사이 자신이 이별을 당한 건 아닌지 별의별 생각이 다 들었다.

다음 날 영인에게 전화를 걸었다. 역시나 꺼져 있었다. 그는 무작정 밖으로 나왔다. 발길이 끄는 대로 가다 보니 어느덧 영인의 빌라 앞이었다. 겸연쩍은 손길로 벨을 눌렀다. 딩동 소리 뒤로 인기척은 따라오지 않았다. 다시 전화를 걸었지만 여전히 꺼져 있었다. 언제 연락이 닿을지 모르니 인근 카페에 가 있을까도 싶었지만 배가 고팠다. 조금만 기다리면 같이 점심을 먹을 수 있을지도 몰랐다. 그는 무심코 손가락을 뻗어 잠금 패턴을 그렸다. 디리릭. 문이 열리는 소리에 명민은 도둑질이라도 한 사람처럼 화들짝 놀랐다. 영인은 자신의 휴대폰 잠금 패턴을 연인 앞에서 스스럼없이 해제하곤 했다. 하지만 현관문 잠금 패턴과 휴대폰 잠금 패턴이 일치할 거라곤 상상도 하지 못했다. 문을 열자 낯익은 수조가 벽면 한쪽을 차지하고 있었다. 명민은 무언가에 홀린 듯 신발을 벗고 방으로 들어갔다. 그때 휴대폰 벨소리가 요란하게 울렸다. 자동반사적으로 통화 버튼을 터치했지만 발신인을 보곤 후회했다.

—어디야?

—미안한데 내가 나중에 다시 걸게.

—잠깐만. 너 지금 어디야?

—왜?

—나 교횐데 곧 마치거든. 근처면 밥이나 먹자.

—안 될 것 같은데.

—왜? 내가 거기로 갈까?

명민은 스피커 버튼을 터치했다. 귀에다 휴대폰을 어느 정도 떨어뜨린 후 자유롭게 고개를 돌렸다. 영인의 방은 문어가 든 수조를 제외하곤 자신이 상상한 1인 여성 가구의 모습을 하고 있었다. 화장대와 행거, 얇은 티브이와 높다란 책장까지 마치 카탈로그의 한 페이지를 보는 것 같았다.

—부정과 불법이 난무하는 선거에 철퇴를 내리소서, 강성노조의 실체가 드러나서 무너지게 하옵소서, 우상을 숭배하는 이들을 벌하시어……

휴대폰 너머로 생각지도 못한 설교 말씀이 들려오자 명민은 멈칫했다. 저도 모르게 앞에 놓인 티브이에 눈길이 갔다. 블랙홀처럼 까맣고 깊은 사물 안으로 자신의 모습이 굴곡지게 비쳤다.

—미안한데 내가 좀 이따 걸게.

그가 종료 버튼을 터치하기가 무섭게 누군가가 뒤에서 휴대폰을 잡아당겼다. 문어의 다리에 감긴 명민의 폰이 수조 속으로 빠진 것은 순식간의 일이었다. 게다가 휴대폰의 액정이 꺼지며 강제 종료되고 있었다. 소매를 걷고 팔을 집어넣으려는데 창밖으로 영인의 목소리가 들려왔다. 전화 통화를 하는 건지, 일행이 있는 건지 파악할 수 없었다. 명민은 허겁지겁 신발을 꿰차고서 영인의 투룸을 뛰쳐나왔다. 자신이 무슨 생각으로 도주 행각을 벌이고 있는지조차 알 수 없었다.

리셋

영인은 수산시장에서 사온 재료들을 손질해 국을 끓여 먹었다. 그리고 일부는 옥토에게 주었다. 옥토의 몸통은 영인의 집에 온 후 매일같이 하얀색을 띠었다. 편안하단 신호였다. 그녀는 아이에게 줄 법한 장난감을 사다가 수조에 넣어주기도 했다. 옥토는 짝 맞추는 장난감을 좋아했다. 집이 종종 물바다가 되는 경우도 있었지만 뒷정리가 조금도 버겁지 않았다. 휴대폰은 여전히 꺼둔 상태였다. 아직까지 자신의 집을 방문하는 낯선 이는 없었다. 명민에게 잠수를 탄 게 마음에 걸렸지만 나중에 자초지종을 설명하고 용서를 구하면 이해해주리라 믿었다.

언제부터였을까. 그녀는 옥토와 집에 있는 시간이 길어질수록 자신의 선택이 최선이 아니었음을 깨달았다. 좁은 수조는 옥토가 살아갈 공간이 아니었다. 사랑이란 이름으로 생물을 속박하고 있었던 건 아닌지. 집에 온 후 한 번도 바뀐 적 없는 하얀색을 보며 더욱 그런 생각이 들었다. 자신을 배려하여 인위적인 색깔을 유지하고 있는 건 아닐까. 추측이 확신으로 바뀌자 더 이상 머뭇거릴 수 없었다. 하지만 옥토를 고향의 품으로 보내주어야겠단 결심은 하루에도 몇 번이나 허물어졌다.

며칠 뒤 이삿짐 트럭 뒤에 수조를 싣고서 그 옆에 기댄 영인은 반쯤 넋이 나가 있었다. 이런 날이 언젠가 올 것임을 알고 있었지만 그럼에도 눈물이 앞을 가렸다. 비포장도로인지라 이리저리 몸이 흔들렸다. 하지만 옥토는 가는 길 내내 평화로운 표정이었다. 마치 모든 걸 그녀에게 맡기겠단 듯.

트럭은 해변가에서 멈추었다. 영인은 수조 개폐 장치를 열어젖히기 전 마지막 인사를 건넸다.

"멀리서 널 소리 없이 응원하는 사람이 있단 걸 잊지 마."

수조 밖으로 나온 옥토는 그 말을 알아들었단 듯 마지막으로 그녀의 팔을 꼬옥 감쌌다. 이 빨판의 감촉이 마지막 교감이란 생각에 다시금 영인의 눈가가 뜨거워졌다. 옥토는 곧 바다의 일부가 되었다. 수조 속의 물도, 그리고 그 안을 떠다니던 네모 납작한 기기도 곧 파도의 한 줌이 되었다. 그녀는 소매로 눈시울을 닦느라 옥토의 긴 다리가 휴대폰을 휘감는 것을 보지 못했다.

집으로 돌아오자마자 영인은 티브이부터 켰다. 그간 옥토를 돌보느라 보지 못한 영상들로 빈 방을 가득 채우고 싶었다.

[남부지법 습격한 의로운 청년들을 징벌방에 가둔 건 명백한 인권 유린입니다. 우리 신도들이 나서서 수호에 앞장서야……]

영인은 수조가 있던 자리를 걸레질하다 말고 티브이에 눈을 고정시켰다. 이제껏 목사가 설교하는 영상이 패드에 뜬 적은 없었다. 더군다나 저런 내용은 한 번도 나온 적이 없었다. 다시 방바닥을 닦다 말고 이번엔 걸레를 유심히 들여다보았다. 빳빳하고도 짧은 머리카락 한 올이 묻어 있었다. 결코 낯설지 않은 색깔이었다. 영인은 떨리는 손길로 휴대폰을 찾아 켰다. 잠시 후 문자 수신 소리가 요란하게 울리더니 뒤이어 현관의 차임 벨이 울렸다.

"영인아, 나야. 문 좀 열어 줘."

—영인아, 전화 좀 받아. ㅠㅠ

음성과 문자가 혼재하는 와중에 철문을 두드리는 소리가 방 안 가득 잠식했다.

[우리 신도들이 나서서 수호에 앞장섭시다……]

티브이 안팎의 불청객들이 기묘한 불협화음을 일으켰다. 영인은 수조가 있던 자리에 주저앉아 언제까지고 비명을 질렀지만 그것은 목구멍 밖으로 나오지 않았다.

에필로그

"아이고, 내 정신 좀 봐. 대왕문어님께 가야 할 시간인데."

대선이 열 번 넘게 치러질 만큼 세월이 흘렀지만 장수거북은 아직도 문어를 대왕으로 칭했다. 시계탑 광장을 지나는 동안 패기 넘치는 선거 구호가 떠들썩하게 울렸다. 기억력이 감퇴된 이후로 장수거북은 이쪽 후보와 저쪽 후보가 늘 헷갈렸다. 선거 기간이 되면 후보들은 노쇠한 그를 찾아와 조언을 구했다. 그럼 언제나 같은 말로 돌려보냈다. 인간계에서 가져온 폭탄의 용도는 쓰지 않는 것으로 쓰임을 다 하고 있네.

대왕문어의 서식처는 먼지마저도 느리게 침잠하는 것 같았다. 대왕문어는 한껏 몸을 웅크리고 있었다. 흉내나 변신을 하지 않은 지 꽤 되었는데 수온 상승으로 인해 짝짓기를 포기한 시점과 맞물렸다.

'과연 저분이 같은 암컷들에게 적극 지지를 받아 연임에 성공

했던 분이란 말인가……'

장수거북은 연임 기억조차도 가물가물했다. 속절없는 세월이 원망스러웠다.

"대왕문어님, 장수거북이가 왔어요. 오늘은 물이끼만 제거하고 갈게요."

대왕문어는 소리를 잘 듣지 못했다. 어느 순간 말도 어눌해졌다. 눈도 침침해지고 나서부턴 장수거북에게 아예 반응하지 않았다. 현재 그녀는 치매를 앓고 있었다.

서식처 모서리엔 톳 줄기가 기다랗게 늘어져 있었는데 거기엔 수십만 개나 되는 알들이 다닥다닥 붙어 있었다. 장수거북이 인간계에서 본 쌀알 크기만 한 그것은 조금씩 커져감과 동시에 하얀색으로 불투명해지고 있었다. 오직 그것을 지키고 보호하는 것만이 대왕문어의 유일한 일과였다. 장수거북은 그 알이 무정란이라고 말할 기회를 오래전에 놓쳤다. 대왕문어는 자신이 짝짓기를 해서 유정란을 낳았다고 생각하는 것 같았다. 그렇지 않고선 저다지도 열성적으로 알들을 돌볼 수 없을 터였다. 대왕의 의미 없는 행위를 보고 있노라면 모성애에 대한 숭고함마저 느껴졌다. 장수거북은 그 에너지로 자신을 챙기란 말을 하고 싶어질 때면 대왕이 치매에 걸렸음을 상기했다.

"내일 또 올게요, 대왕문어님."

돌아서던 장수거북의 꼬리에 무언가가 턱, 걸렸다. 대왕문어가 다리 하나를 길게 빼고 있었다. 다리 중앙엔 생채기가 나 있었다.

소싯적 절대악을 진압하는 과정에서 찰과상을 입은 자리는 아직도 불그스름한 염증을 일으켰다. 과거의 훈장이라 해야 할지, 마지막까지도 말썽을 부리는 후유증이라 해야 할지 알 수 없었다. 그는 대왕의 단잠을 깨우지 않기 위해 조용히 빠져나왔다.

어둠이 몰려오자 대왕문어의 서식처도 차츰 빛을 잃어갔다. 고요함이 무겁게 내려앉자 대왕문어가 늘어뜨리고 있던 다리 하나가 움찔거렸다. 붉은 딱지 속에서 작디작은 생명체가 꼬물거렸다. 감염 속에서 잉태된 기생충이 온몸을 뒤틀며 힘겹게 세상 밖으로 나오고 있었다. 쌀알 크기보다 작은 그것은 톳 줄기를 향해 뽈뽈 기어갔다.

작가의 말

20세기에 김창만이란 사람이 살았다. 그는 살아생전 주군을 다섯 번 바꿨다. 처음엔 백범 김구, 다음은 약산 김원봉. 이후 대세가 된 최창익. 무정장군이 반짝 인기를 얻자 또 주군을 갈아탔다. 해방이 되자 소련을 등에 업은 김일성에게 최종 정착했다. 이후 백범은 암살당했고 남은 세 명은 김일성에 의해 북에서 숙청당했다. 주군을 쉼 없이 바꾼 김창만은 참을 수 없이 가벼운 영혼 덕에 수면 위로 떠올랐지만 주도면밀하고 치밀한 이들은 역사 속에 고이 묻혔다. 심지어 영웅으로 둔갑했다. 앞에선 정의를 말하지만 뒤에선 권모술수를 펼치는 엑스 맨들은 21세기에도 여전히 존재한다. 그들은 자신을 포장하는 데 능하고 임기응변에 강하다. 나라 걱정을 입버릇처럼 하지만 뒤로는 자기 밥그릇 키우는 데만 급급하다. 이러한 권력자들 때문에 오천만 국민들의 밥그릇이 송두리째 위태로워진다. 그래서 우리는 능동적으로 세상을 대할 줄 알아야 한다. 두 눈을 부릅뜨고 보는 것에 그치지 않고 그 너머의 세계를 상상, 규정할 수 있어야 한다.

"사람들은 권력이 없을 때만 품위가 있다. 지식인이 보통 사람이 되기 힘든 이유가 거기에 있다."

조지 오웰이 남긴 말이다. 그리고 그는 말했다. 정치적인 편향이 없는 책은 이 세상에 단 한 권도 없다고. 예술은 정치와 무관해야 한다는 의견 자체가 정치적이라고.

나는 〈동물농장〉에서 영감을 받아 이 작품을 썼다. 이십 대와 삼십 대와 사십 대에 읽은 〈동물농장〉은 확연히 달랐다. 그렇기에 2024년 12월 3일을 겪은 사람으로서 이런 이야기를 쓸 수밖에 없었다.

처음 기획했던 당시, '바다 편'과 '인간 편'의 분량이 비슷했다. 그러나 어느 순간 현실이 소설의 비현실성을 추월하는 바람에 '바다 편'을 확대 개편하기에 이르렀다. 갈아엎고 새롭게 쓰는 동안에도 소설이 현실을 따라가지 못해 누추해져 버리는 기현상은 번번이 일어났다. 하지만 '현실'을 소설에 적용했더라면 작위적이라는 비판을 피하지 못했으리라. 실로 현실은 소설보다 더 불합리하고 불편한 진실로 가득 차 있는데 말이다.

〈인류세 인간의 시대〉 〈내 안의 물고기〉 〈좋은 생명체로 산다는 것은〉 〈지구의 삶과 죽음〉 〈공감의 반경〉 〈다윈지능〉 〈마오쩌

둥의 사생활〉 등을 참고했으며 장대익 선생님과 최재천 선생님의 선한 가르침에 많은 영향을 받았다.

과대포장지를 둘러주어 알맹이의 보잘것없음을 모르게끔 키워 주신 부모님, 책을 좋아하지 않지만 나를 좋아해주는 가족, 불온한 영감이 깃든 소설을 사랑해 마지않는 독자분들께 감사의 말을 전한다. 각자의 자리에서 자신의 몫을 하며 살다 보면 언젠가 우리가 하나의 선으로 연결되어 있다는 걸 깨닫는 날이 올 거란 걸, 기세는 만들어가는 것이지만 흐름은 만들어지는 것이라는 걸, 나는 안다.

2025. 볕 좋은 어느 날

고예나

오션토피아

초판 1쇄 발행 2025년 12월 3일

지은이 | 고예나

편집 | 김화영
디자인 | 엄혜리

펴낸곳 | 팔일오
등록 | 2025년 9월 23일 제 2025-000019호
홈페이지 | www.815books.com
인스타그램 | @815books

ISBN 979-11-995753-0-1 (03810)